940812967

BC

BEDFORDSHIRE LIBRARIES

RUS/AND

D1437626

BEDFORD BOROUGH COUNCIL

WITHDRAWN FOR SALE

Price:

ДЛЯ ВСЕХ,
КТО ЛЮБИТ КНИГИ,

теперь есть на YouTube авторский канал

Натальи
Андреевой

 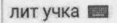

YouTube [R]   лит учка 🔍

- ✓ Смотрите видеоблог,
- ✓ оставляйте свои комментарии,
- ✓ делитесь впечатлениями.

 https://vk.com/nat_andreeva

Наталья Андреева

Браки расторгаются в аду

Издательство АСТ
Москва

УДК 821.161.1-312.4
ББК 84(2Рос=Рус)6-44
     А65

Компьютерный дизайн обложки
Чаругиной Анастасии

Андреева, Наталья Вячеславовна.

А65   Браки расторгаются в аду : [роман] /Наталья Андреева. — Москва : Издательство АСT, 2021. — 384 с. — (Бестселлеры Натальи Андреевой).

ISBN 978-5-17-135157-1

Какова она, любовь Кощея? И что было бы, если бы Василиса прекрасная вышла замуж за него, прельстившись его богатством? Браки по расчету расторгаются в аду, не иначе. Зинаида Царева убедилась в этом, когда муж выставил ее из дома без денег, будто выбросил старую ненужную вещь. А взамен взял новую женщину: красавицу мулатку по имени Анжела. Тогда Зинаида решила разжиться деньгами, организовав похищение любимой игрушки бывшего мужа. Но доверилась не тем людям. В итоге вместо денег образовалась куча проблем и Зинаиде грозит срок за организацию заказного убийства. Куда исчезла девушка? Чей труп нашли в лесу? Мертвая мулатка в наших краях — экзотика. Ищи или беги. В рай, где заключаются браки по любви.

УДК 821.161.1-312.4
ББК 84(2Рос=Рус)6-44

© Н. Андреева
© ООО «Издательство АСT», 2021

ISBN 978-5-17-135157-1

BEDFORD LIBRARIES BOROUGH COUNCIL

ЧАСТЬ ПЕРВАЯ

Ах ты, мерзкое стекло!

Одни говорят, пришло время циников, другие мягко их поправляют, не циников, а реалистов. В любом случае это мое время, хотя бы потому, что я с детства ненавижу сказки. Тем более меня на примере сказочных героев воспитывали, а я этого терпеть не могу, я ведь взрослая девочка, мне даже кажется, что в семь лет я уже была гораздо взрослее и умнее своей мамы. Ведь она училась жизни по книжкам, а я с самого раннего детства понимала: намного ценнее собственный жизненный опыт.

Так, уже с первого класса я поняла: определяющим в среднем балле школьного аттестата является место работы родителей, и перестала переживать по поводу плохих оценок. Поскольку я росла без отца, а моя мама не подвизалась в торговле (в советское время хорошие вещи можно было заиметь только «по блату»), то и золотой медали мне не могло достаться по определению. Я это поняла и успокоилась. А вот мама принимала все за чистую монету, и то, что единственная дочка завмага круглая отличница, казалось ей естественным. Ее она хвалила и называла «хорошей девочкой», а меня ругала за плохие оценки. Меня так и подмывало сказать:

— Ты бы хоть раз подарила моему классному руководителю что-нибудь кроме открытки со своими стихами, и проблема была бы решена.

Вместо этого ровно в восемь часов вечера мама брала в руки толстенную книгу и каким-то вымученным голосом, низким и многозначительным, говорила:

— Сейчас, Зинаида, мы с тобой будем читать сказку.

Это звучало так торжественно, будто бы я была Золушкой и меня уже приглашают на бал. Добрая фея в лице моей мамы обещает мне сияющее, как хрустальная туфелька, счастье. А мне, честное слово, ехать туда не хотелось, на этот бал. Ну, не хотелось, и все тут. Потому что мне не нравился принц. Мне нравился король. Я сразу поняла, что в любой сказке он главный. Но король бедняжку Золушку почему-то не замечал, а изо всех сил подсовывал ее своему дефективному сыночку, ибо как еще назвать парня, который искал жену по размеру ноги? Со зрением у него точно было не в порядке, раз он не узнал девушку, с которой протанцевал весь вечер. Однажды я не выдержала и спросила:

— Мам, а почему принц не носил очки? Разве его папа-король не мог его заставить? Вот ты же заставляешь меня есть манную кашу с комочками, хотя я ее терпеть не могу, особенно комочки!

— Очки, какие очки? — озадаченно спросила мама, оторвавшись, наконец, от книжки.

— А зачем мерить туфлю, чтобы понять, та это девушка или не та? Значит, принц ее не разглядел как следует, когда танцевал с ней на балу. А все почему? Потому что он был сильно близорукий и не носил очки! Не напился же он, как Алькин папа, который наутро совсем не помнит, что натворил вчера? Принц он что — тоже пьяница? Я такого мужа не хочу! Алькины родители все время ссорятся и дерутся!

— Зина, как можно? — всплеснула руками мама. — Это же сказка!

— Но если мне не понятно, почему я не могу спросить?

— Ты... ты не ребенок! Ты чудовище! — и мама расплакалась.

Больше я таких вопросов не задавала. Чудовище так чудовище. Лучше уж я буду чудовищем, чем такой, как эта противная дочка завмага, врушка и зазнавака. А по словам моей мамы — «хорошая добрая девочка». Уж я-то знаю, какая она добрая! Лопает свои бутерброды с икрой тайком, запершись в туалете, чтобы никто не попросил: ну, дай хоть разок укусить! Остальные-то икру в глаза не видели, как же, дефицит! Как ее только не стошнит, эту противную девчонку! И еще я знаю, что математичка исправляет ей синей ручкой ошибки в контрольных работах, чтобы вытянуть на медаль, а потом бежит к ее «доброй» мамочке в подсобку за дефицитными финскими сапогами. И все это знают, вся школа. Но скажи об этом моей маме, она опять начнет мне выговаривать:

— Как можно, Зинаида, так плохо думать о людях?! Ты просто чудовище!

А что тут думать? Все и так очевидно, и все, кроме моей мамы, это понимают. А она как инопланетянка. Но я-то на ее сказочной планете псевдохороших людей жить не хочу. Я хочу жить в реальном мире.

Что же касается так обожаемой всеми девчонками сказки о Золушке, я почему-то уверена, что, когда король умер, в стране произошла революция, и законный наследник, лишенный всего, отправился прямиком в ссылку. Вместе с бедняжкой Золушкой, которая, слава богу, с детства была готова к лишениям. Мудрый король прекрасно это понимал, не случайно же он выбрал ее из десятков претенденток в жены принцу, хотя она и была бесприданницей. В мире ничего не происходит просто так. Лично я не верю в случайности.

Мне было всего пять лет (именно с этого возраста я себя помню), когда я четко усвоила: что написано пером, не вырубишь топором. Я, стараясь не зевать, томилась в огромном старом кресле, а мама, которая сидела в кресле напротив, торжественным голосом читала мне очередную сказку. Ее кресло было точь-в-точь такое же, как мое, но оно не казалось огромным, когда в нем сидела мама, потому что мама была высокой и грузной. Каждый день, ровно в восемь часов вечера меня начинали воспитывать. Педагогический опыт моей родительницы, почерпнутый из книжек, говорил, что лучше всего это делать на примере сказочных персонажей. Сама она работала в библиотеке и свято верила в силу печатного слова.

— «Сказка о мертвой царевне», — торжественно объявляла она, и я пыталась подсчитать, в который же раз я ее услышу, эту сказку? Поскольку считать я тогда умела лишь до десяти, то вывод мой был таков: в десятый раз по десять. Разумеется, это преувеличение, чтобы вы могли представить, насколько же мне все это осточертело еще в возрасте пяти лет. А мама вовсе не собиралась останавливаться на достигнутом. Книг у нее в библиотеке было полно.

Все случилось из-за нее. Из-за этих проклятых сказок. Когда я начинала капризничать, мама строго спрашивала меня:

— Что случилось, Зинаида?

— Скучно.

— Как это может быть скучно? — удивлялась она.

— Ведь это же все неправда! Так не бывает!

— Сказка ложь, да в ней намек, — многозначительно говорила мама.

Это из-за нее я стала воспринимать все, без исключения, сказки, и авторские, и русские народные, как руководство к действию. Или инструкцию по эксплуатации.

Как вам это?

> Весть царевну в глушь лесную
> И, связав ее, живую
> Под сосной оставить там
> На съедение волкам! (*восклицательный знак лично от меня*)

Говорила же мне мама, что у Пушкина есть ответы на все вопросы, а я в этом еще сомневалась! И напрасно! В безвыходной ситуации я открыла книгу его сказок и все, что мне надо, там нашла.

Но обо всем по порядку. Первые мои слезы были по поводу Василисы Премудрой. Когда я поняла, что другого конца у этой сказки не будет. Что Василиса так и выйдет замуж за Иванушку, а Кощей умрет. Лично мне в этой сказке больше всех понравился Кощей. Ох, как же он был мне симпатичен! Мне хотелось, чтобы он был счастлив, женился бы на Василисе, и она бы тоже стала бессмертной. Вот кого я, убей, не понимала! Она же такая умная, да к тому же волшебница. Охота ей связываться с простым смертным? То ли дело Кощей! Сундуки полны золота и бриллиантов, вся мебель импортная, та самая, на которую в магазине очередь размером в сто лет. Прислуги у него — полон дом, даже баба Яга, знатная гадалка! А как он любит Василису? Вот за что его убили? За то, что любил? Но он же не виноват, что полюбил именно Василису! И сначала он ее добивался по-честному: предложил замуж. А уж когда она отказала, превратил в лягушку, чтобы никому не досталась. Какая же она Премудрая, если вышла за Иванушку? Уверена, что она об этом сто раз пожалела. Вот я бы своего шанса не упустила, выбрала бы Кощея.

Зигмунд Фрейд легко бы объяснил мою особую симпатию к мужчинам, которые мне в отцы годятся. Комплексом Электры или какой-нибудь другой психической болезнью. Но не будем вдаваться в дебри психиатрии. Нас ждет история гораздо интереснее.

По факту.

Лично я поступила с точностью до наоборот, когда пришло мое время выходить замуж, хотя у меня тоже был свой Иванушка. А точнее, у меня их было двое, Иванушка и Иван Иваныч. Двое женихов. О! Я хорошо усвоила урок! Хотя мама мне говорила:

— Зинаида, ты сошла с ума! Ты еще девочка, а Иван Иваныч взрослый опытный мужчина. То ли дело Ванечка. По-моему вы с ним отличная пара.

Но я так не считала. Я была счастлива, что Иван Иваныч обратил внимание именно на меня, и вовсе не собиралась превращаться

11

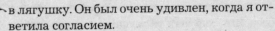в лягушку. Он был очень удивлен, когда я ответила согласием.

— Не ожидал в вас, Зиночка, такой житейской мудрости. Ведь вы совсем еще девочка.

Это я потому мудрая, милый, что в детстве мне читали сказки. И я извлекла из прочитанного урок. И потом: мне он в самом деле нравился гораздо больше, чем Ванечка. Мне его было жалко, Иван Иваныча, ведь он был такой одинокий в свои сорок пять лет, такой, как мне тогда казалось, несчастный. Я распахнула для него свое сердце и дверь в свою спальню. Он стал моим первым мужчиной и очень этому удивился и обрадовался. Я же осуществила свою мечту: исправила сказку, написав ее конец по-своему. Кощей получил достойную награду за свою любовь. А я получила в одном флаконе мужа и отца, которого мне так не хватало в детстве. Кто скажет, что два в одном это плохо?

В своем выборе я не ошиблась. Еще в советские времена, которые все теперь вспоминают с благословенной грустью, у Ивана Иваныча все было: большая московская квартира, хорошая машина, двухэтажная дача. Но по-настоящему он развернулся после того, как партийная номенклатура поделила между собой народное достояние: фабрики, заводы, шахты, нефтяные скважины, лесные угодья и т.д. Народу раздали бумажки со словами: «Вот вам каждому по Волге». Имелась в виду машина Волга, за-

НАТАЛЬЯ АНДРЕЕВА

ветная мечта каждого советского человека, условная стоимость которой и значилась на бумажке: 10 000 рублей. Как вы сами понимаете, в стране тогда не было столько машин, сколько этих бумажек. В итоге самые предприимчивые поменяли свою Волгу на бутылку водки, чтобы поскорее забыть об этом кошмаре, а глупцы вложили несуществующую машину в такие же мифические инвестиционные фонды, которые вскоре после этого испарились. И «пайщикам» пришлось взглянуть на все трезвыми глазами, признав собственную глупость. Так в стране произошло массовое ограбление простого народа, которое деликатно назвали приватизацией.

Мой Иван Иваныч был среди тех, кто прекрасно понимал истинную стоимость ваучера. И знал, для чего это все затеяли. Олигархом он не стал, но стал почти олигархом. Или, как еще говорят, ООМ. (Очень обеспеченный мужчина). Он приватизировал завод, директором которого на тот момент являлся, и тут же сделался Председателем Правления Совета Директоров. Короче, захватил контрольный пакет акций. А я стала гендиректором ООМ. Приватизировала Иван Иваныча вместе с его очками, лысиной и брэндовыми пиджаками, захватив контрольный пакет акций на все его чувства в полном их объеме. И мы зажили душа в душу, я с ним, а он со своим заводом.

У него всегда все было хорошо. У меня тоже все было хорошо. Как вы сами понимаете, я ни дня не работала. Не было необходимости. На мне лежали обязанности хозяйки большого дома. Иван Иваныч зарабатывал миллионы, а я принимала в доме людей, которые ему в этом помогали. И все они были довольны. Хотите — верьте, хотите — нет, но я ему не изменяла, своему Ивану Иванычу. Об этом в сказках ничего не было, ни в русских народных, ни у Пушкина. О любовниках. Двадцать четыре года у нас с мужем все было хорошо, а потом...

Сначала я подумала, что на стекле появились мелкие трещинки. Я имею в виду зеркало, которое всегда было моим лучшим другом. Я даже разговаривала с ним.

— *Я ль, скажи мне, всех милее?*

И оно, улыбаясь, кивало.

У меня и детей потому нет. Жаль было портить такую красоту, ибо я на самом деле, хороша необыкновенно. Как только я представляла, что это прекрасное тело, истинное совершенство, будет обезображено огромным животом... О нет! И еще сто раз нет!

И вот зеркало, которое всегда было мне лучшим другом, начало дурить. Как я уже сказала, сначала я подумала, что это от старости. От его старости. Оказалось, что от моей. На фигуре возрастные изменения мало сказались, я по-прежнему была стройна, но вот лицо...

Со мной перестали знакомиться на улице. Раньше и дня не проходило, чтобы какой-нибудь мужчина не подскочил и не открыл передо мной дверь. Я даже не замечала всех тех мелких знаков внимания, которые оказывал противоположный пол моей красоте. Потому что их было так много, этих знаков, что замечать, право слово, так и жизнь мимо пройдет. А мне очень нравилась моя жизнь. Точнее, ее радости, коих у меня, благодаря Иван Иванычу, было много.

Я чуть ли не каждый день слышала:

— Девушка, а можно ваш телефончик?

Мне всегда казалось, что мир вращается вокруг меня. Потому что мужчины столбенели, едва я появлялась на горизонте. Бог дал мне такую фигуру, что она могла бы запросто украсить какой-нибудь музей, изваяй меня из мрамора известный скульптор.

Но однажды я услышала:

— Женщина, здесь парковаться нельзя.

Сначала я ушам своим не поверила. Парень в жилете ядовитого лимонного цвета запрещал мне, красавице, парковаться там, где я хочу, да еще и назвал меня женщиной! До сих пор ко мне обращались исключительно «девушка». Я подумала, что он меня не разглядел как следует, и до упора опустила запылившееся стекло. Сказала с улыбкой:

— Извините, я не расслышала.

— Я сказал, женщина, что здесь не место для парковки, — зло ответил он. — Проезжайте мимо. А если вы глухая — обратитесь к врачу!

Это было в первый раз, когда мне нахамили. То есть, женщины хамили мне

15

и раньше, я давно привыкла, что все они — мои смертельные враги. Но чтобы мне нахамил мужчина?! Такого отродясь не бывало! Едва отъехав, я впилась взглядом в зеркало. Что не в порядке с моим лицом? Показалось, что просто макияж неудачный, потому что мне некогда было разглядывать свое отражение в зеркале, руля на запруженных машинами московских улицах.

Но через день я опять услышала:

— Женщина, вы в банкомат стоите?

Мне чуть плохо не стало. Я кинулась домой и стала всерьез разбираться с зеркалом.

— Что ты хотела, Зинаида? Старость пришла, — грустно сказало оно.

Какая к черту старость! Мне всего лишь сорок два! О господи! Мне сорок два!!! Это еще повезло, что до сорока ко мне обращались «девушка»!

Я кинулась к пластическому хирургу. И вот тут меня ждало главное разочарование.

— Круговую подтяжку делать рано.

— А что тогда делать?

— Можно попробовать ботокс. Или рестилайн. Но честно предупреждаю: с вашим типом лица могут быть проблемы.

— А что такое с моим типом лица?

— Видите ли, у вас слишком тонкая кожа. Придется закачать вам столько яда, что могут начаться сильные головные боли. Это раз. Ботокс — это ведь яд.

— Я в курсе.

— Филеры вам не поставишь, это два. Как я уже сказал, кожа слишком тонкая. Появятся бугры. Блефоропластику тоже делать бесполезно. У вас нет на лице жировых отложений, скорее напротив. Синяки под глазами от того, что видны мельчайшие сосуды. Резать нельзя, напротив, надо закачать туда жир, но поскольку кожа тонкая, то не уверен, что будет лучше, чем сейчас. Синяки, конечно, исчезнут, но лицо будет деформировано. Не советую также фраксель, глубокий химический пилинг, да и вообще аппаратное вмешательство. Вам нельзя жечь свою кожу, потому что она...

— Слишком тонкая. Это я уже поняла. А что мне делать?

— Стареть с достоинством, — пожал плечами пластический хирург. — В конце концов, полно известных актрис, которые принимают себя такими, какие они есть, и не делают пластику.

— Да плевать мне на них! Я не хочу стареть! — я вскочила.

— Вы рискуете себя изуродовать, — тихо сказал он. — Вы очень красивая женщина, Зинаида Андреевна, и мне будет жаль, если на вашем прекрасном лице появятся шрамы. Это еще больней, чем видеть морщины. Вы, конечно, можете обратиться к другому пластическому хирургу, и он скажет вам «давайте попробуем». Но не приходите потом ко мне. Я вас честно предупредил о последствиях.

Я вышла, проклиная свою тонкую кожу, которой раньше так гордилась. Лицо у меня всегда было, как у фарфоровой куклы, нежное, гладкое. И вот этот изысканный фарфор начал трескаться, причем оказалось, что он не подлежит реставрации!

Я сидела в машине и горько плакала. Я прощалась со своей молодостью и мучительно раздумывала: что же теперь делать? А мимо проходили люди, и среди них — молоденькие хорошенькие девушки. Я впервые смотрела на них с завистью. На всех. Вон какие подросли! Поднялись и расцвели! А я состарилась. Ну почему такая несправедливость? У меня есть все, а у них только молодость, и я, в отличие от них, чувствую себя такой несчастной. Выходит, молодость — это все? Выходит, это и есть счастье... Почему я раньше об этом не думала? До тех пор, пока не услышала:

— Женщина...

Хорошо не бабушка.

С тех пор мы с зеркалом почти не разговаривали. А потом я узнала, что у мужа появилась молодая любовница. Эти охотницы за олигархами заполонили все московское пространство. Для них нет ничего святого. За деньги они готовы душу дьяволу продать. Раньше я их не боялась, потому что зеркало говорило мне:

— Ты — самая красивая в мире.

И это была святая правда. Я еще не встречала женщины, красивее себя, потому и была так спокойна. Мой Иван Иваныч знал, что в любом месте, хоть на премьере в театре, хоть на пляже в Майами, самая красивая женщина стоит, сидит или лежит, в зависимости от обстоятельств, рядом с ним. Я была исключительно хороша, что в вечернем платье, что в купальнике. Само совершенство. И вот все закончилось. Нашлось другое совершенство, гораздо совершеннее меня. Просто потому, что я состарилась.

О! Будь мне двадцать или хотя бы тридцать, я бы этой Анжеле сто очков вперед дала! Ни одна женщина в мире не будет так хороша в двадцать лет, как хороша была я! Я ведь следила за мужем, как только поняла, что он ко мне охладел, и потому не раз, и не два видела ее, эту Анжелу. Я внимательно ее изучила и пришла к выводу, что ей, двадцатилетней, до меня двадцатилетней далеко. Несмотря на ее модельный рост, смазливое личико и наращенные ногти. У нее, похоже, все наращенное, и волосы тоже. Я уж не говорю о мозгах! Они у нее такие же силиконовые, как и губы, умные мысли там не живут, исключительно пошлости и штампы. Анжела — типичная жертва моды. В двадцать лет я вообще ничего не делала со своими волосами, они вились сами по себе, мне оставалось только аккуратно подрезать кончики. И ногти у меня были свои, замечательной формы, и такие твердые, что при любой длине не загибались. Но дело в том, что мне теперь не двадцать, а сорок. Точнее, сорок два. Волосы мои больше не вьются, и в них появилась седина. Конечно, я их крашу, но ведь все это видят! Я — женщина с крашеными волосами и мелкими морщинками вокруг глаз. Еще и губы словно бы опали и похожи теперь на увядшие лепестки розы. Я состарилась и даже не заметила этого.

Зато это прекрасно заметил Иван Иваныч и поспешил найти мне замену. Мне было сказано, что я тунеядка, гвоздя моего в доме нет и я должна убраться из особняка на Новой Риге в том, в чем туда пришла. В своем единственном парадном платье. То, что я двадцать лет принимала в этом доме нужных мужу людей, устраивала званые обеды и зажигательные вечеринки, улыбалась дамам и господам, которых терпеть не могла, выслушивала пошлые комплименты, а порою подвергалась откровенным домогательствам, которые прекращала с присущей мне ловкостью, — все эти мои подвиги в мгновение ока были забыты! Я оказалась больше Иван Иванычу не нужна. Все наши друзья приняли его сторону. Люди всегда принимают сторону сильного. К тому же я состарилась и больше не представляла интерес для мужчин в качестве партнера по постельной гимнастике. Меня предали все, и рассчитывать теперь приходилось только на себя.

Какое-то время я с тоской читала заметки в светской хронике о разводах оли-

НАТАЛЬЯ АНДРЕЕВА

гархов. Кому-то из бывших жен достался особняк в Лондоне, кому-то компенсация в десять миллионов долларов. Все они разводились по месту жительства, кто в Англии, кто в Швейцарии. А мне придется делать это у нас, в России, да еще не имея денег на хорошего адвоката! Когда-то я неосмотрительно подписала составленный Иван Иванычем брачный контракт, по которому отказывалась от принадлежащих мужу акций. Как же я была глупа!

И что мне было делать? Не я начала эту войну, и кто бы на моем месте согласился отдать все девчонке, которая возжелала получить все и сразу, уведя из семьи ООМ? Я отслужила при Иван Иваныче почти четверть века и даже пенсию по возрасту, как оказалось, не выслужила. Это было по отношению ко мне несправедливо, и я решила действовать.

Поскольку мне не приходилось больше рассчитывать на свою красоту, я решила подключить свой ум.

Раньше я не пользовалась этим капиталом, хватало тонкой талии и длинных стройных ног. Но я всегда считала себя женщиной неглупой, раз не совершила ту же ошибку, что и Василиса Премудрая. Мой ненаглядный Кощей больше двадцати лет исправно платил по моим счетам. А я наслаждалась жизнью. Когда дело запахло разводом, я всерьез задумалась: что же делать?

Вот тогда мне и вспомнилась эта сказка.

> Весть царевну в глушь лесную
> И, связав ее, живую
> Под сосной оставить там
> На съедение волкам.

И я начала разрабатывать план...

Чернавка

План мой был таков. Организовать похищение Анжелы и пару недель продержать ее в лесу, разумеется, не привязанной к сосне, а в деревенском доме, хоть и без удобств, но зато с телевизором. Просто на время убрать девушку с глаз долой и тем самым решить свои проблемы. Мой Иван Иваныч уже не молод, ему шестьдесят девять, и у него уже был один инфаркт, после которого его и потянуло на молоденьких. Выписавшись из больницы, он сказал мне, что видел Смерть. С тех пор я с крайней неприязнью отношусь к Смерти, потому что это она внушила мужу мысль, что он умрет, не оставив наследника, а я завещаю все любимой собаке.

И что тут такого? Даже люди, у которых есть дети, оставляют миллионы в наследство домашним питомцам. Но Иван Иваныч пришел в ужас. Должно быть из-за того, что несколько сотен квадратных метров элитной московской недвижимости получит в законную собственность тойтерьер, с легкостью помещающийся в коробке из-под

наталья Андреева

модных туфель. Сказал бы спасибо, муж, что я не составила завещание в пользу хомячка! А Иван Иваныч вдруг озаботился мыслью родить наследника. Так в его жизни появилась Анжела.

Так вот о телевизоре. Это лучшее, что я могу ей дать, и пусть она скажет мне спасибо. Ибо Анжела не мыслит свою жизнь без этого ящика. Она просыпается к полудню и тут же берется за пульт, после чего намертво приклеивается к экрану. Смотрит примитивные сериалы и кретинские ток-шоу, а в особенности обожает реалити-шоу, где люди рвут друг другу волосы и глотают насекомых и прочую пакость, лишь бы остаться в ящике. Сплошная мерзость, одним словом, от которой Анжелу невозможно оторвать. В перерывах между мерзостями сама Анжела глотает рекламу, щедро заедая ее черной икрой и запивая шампанским «Мадам Клико». Маникюрша, парикмахер и стилист, равно как и массажист, ходят к ней на дом. Сама она выезжает оттуда исключительно в модные бутики, и то по выходным, когда, по ее мнению, ничего стоящего по ящику не показывают. Читать она вряд ли умеет, ее словарный запас примерно такой же, как у ее отца, когда он приехал в Россию с Мадагаскара. С тех пор папа Анжелы прекрасно научился говорить по-русски, но забыл научить этому дочь, видимо потому, что просто о ней позабыл. Детей у него семеро, от трех разных жен.

Иван Иваныч уверен, что Анжела столь же плодовита.

«Белолица, черноброва, нрава кроткого такого».

Черноброва, это да. Насчет лица. Дело в том, что Анжела — мулатка. Вот такая сказка. Но ведь и Пушкин был на четверть араб, он очень уважал своего великого предка и даже написал по этому поводу повесть «Арап Петра Великого», которую, кстати, так и не закончил. Но я уверена, что там все было бы хорошо. Вот почему, глядя на Анжелу, я вспоминаю именно Пушкина. Она ведь тоже полукровка.

Насчет нрава стоит сказать отдельно. Как подсказывает мой жизненный опыт, кроткий нрав обычно бывает у слабоумных. Взять царевну из сказки Пушкина. Живет человек в глуши, куда попал, окончательно и бесповоротно заблудившись. Если бы это было не так, что ей мешало вернуться домой, к жениху, которого она любила без памяти, раз отказала семи претендентам на руку и сердце? Значит, дороги назад царевна так и не нашла, что тоже говорит о ее невысоком IQ. Поблизости никакого лесного терема нет, не то что дачного поселка, вообще никакого человеческого жилья, даже избушки лешего. И вот приходит нищенка и просит милостыню. Нет чтобы спросить:

— Бабушка, ты что, заблудилась? Каким ветром тебя сюда занесло?

Девушка ведь даже не удивилась! Лично у меня, когда мама читала мне эту сказку, на языке все время вертелся вопрос: а не показалось девушке странным, что нищенка забрела просить милостыню за тридевять земель? И как она только дошла, вся такая ослабевшая от голода! И почему царевна не спросила дорогу, которую бабушка наверняка знает? Не собиралась же нищенка пообедать и умереть под сосной?

И почему, если она такая голодная, сама не съела яблоко? Голод не тетка, как же, будешь ты носить яблоко в кармане, когда у тебя в животе урчит! Только глупышка могла принять все за чистую монету и обменять хлеб на смертельный фрукт, да еще и съесть его вместо того, чтобы тут же отдать на токсикологическую экспертизу хотя бы своей собаке! И не считайте меня жестокой, пес-то все равно издох. Царевну оживили, а его нет. Лично я бы на месте королевича поцеловала собаку, которая, ожив, с радостным визгом кинулась бы мне на шею. И это был бы воистину счастливый конец сказки, потому что собака — друг человека, она не способна на предательство, чего не скажешь о жене. Это я себя имею в виду, я ведь собралась сжить Иван Иваныча со свету.

Царевна мне никогда не нравилась. Не мой типаж. Лично я считаю, что надо быть поумнее и прежде, чем что-то сделать, как следует подумать.

Вот и Анжела такая же овца. Когда я за ней следила, мне даже не пришлось нанимать частного детектива. Потому что эта овца ничего не заметила. Она вообще ничего не замечает. Ее мозги лежат в области гениталий. Она исключительно умеет трахаться, Иван Иваныч и подумал, что у них с мулаткой непременно будут дети. А они, видимо, все такие, эти мулатки. Темпераментные. Траханье и занимает все мысли Анжелы, больше ее ничего не интересует. Даже к тряпкам она относится как-то вяло. Без энтузиазма. Я ни разу не видела, чтобы во время шопинга у нее горели глаза. Она вообще какая-то странная, такое ощущение, что не от мира сего. Ей не мешало бы провериться у психиатра, вдруг там тоже что-то серьезное? Умеренная степень дебильности или синдром Дауна в скрытой форме.

Но я знаю, что Иван Иваныч сходит по Анжеле с ума. Вот странность: болело сердце, а всерьез пострадали мозги. Он просто помешался на своей мулатке. Я решила, что за неделю легко доведу его до второго инфаркта, после чего стану богатой вдовой. Другого выхода у меня просто нет.

Как только Иван Иваныч встретил Анжелу, мы с ним разъехались. Анжела перебралась к нему, в элитный коттеджный поселок на Новой Риге, а меня сослали в Москву. И то Иван Иваныч сказал, что квартира в центре слишком для меня хороша. После официального развода я, мол, перееду в однушку на окраине, куда-нибудь в Бирюлево или в Новые Черемушки. С чем я была категорически не согласна. Я ведь прожила с ним почти четверть века, следовательно, имею право не только на московскую квартиру, но и на половину всего имущества. Вы только подумайте! Меня, Зинаиду Андреевну Цареву — в Новые Черемушки! Да сама мысль об этом оскорбительна!

Из-за моего упрямства бракоразводный процесс застопорился. Мне постоянно угрожали нанятые Иваном Иванычем адвокаты, и я вынуждена была принять меры. Как только Анжелу похитят, на мобильный телефон пока еще моего мужа начнутся угрожающие звонки. Его, Иван Иваныча, будут пугать до смерти. Потом он получит отрубленный палец Анжелы.

Разумеется, я не собиралась ее калечить. В конце концов, при чем тут она? С ума сошел он. Ладно, четверть века назад он женился на женщине, которая была на четверть века моложе него. Но теперь-то он решил оформить отношения с женщиной, которая была моложе него на сорок пять лет! Это ли не безумие?!

Самым трудным в моем плане мне представлялось достать отрубленную руку мулатки. Даже в московском морге трудно отыскать тело девушки, чья кожа цвета кофе с молоком. Да еще и бесхозное. Я лично готова была раскрасить ее ногти так, как это

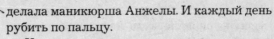 делала маникюрша Анжелы. И каждый день рубить по пальцу.

У меня, как вы уже поняли, крепкие нервы. Из еды я больше всего люблю сырое мясо, бифштекс по-татарски и карпаччо. Когда кухарка лепит котлеты, я отвлекаю ее внимание и похищаю с полкило фарша, который с наслаждением потом поедаю у себя в комнате, заперев дверь на ключ. Я обожаю томатный сок, потому что он цвета крови, а из спиртных напитков пью исключительно красное вино. А еще у меня фотоаллергия, на солнце моя нежная кожа покрывается водянистыми волдырями, которые, если я немедленно не уйду в тень, лопаются и у меня все тело мучительно начинает чесаться. Есть подозрение, что я — латентный вампир. Человечиной не питаюсь, но это лишь потому, что обстоятельства так складываются. Еды мне до сих пор хватало. Той еды, которую я люблю. В детстве я спокойно смотрела, как по двору бегает курица с отрубленной головой. Когда при мне дедушка резал кроликов, я не падала в обморок, хотя и особого удовольствия не испытывала. Так что была бы у меня отрубленная рука мулатки, а дальше уж я справлюсь.

Вот это-то и представлялось мне самым сложным, об этом я все время и думала. Но если задача максимально усложняется с одной стороны, значит, она максимально упрощается с другой. Если Иван Иваныч увидит отрубленный палец мулатки, он подумает о том же, о чём и я. Достать мёртвую мулатку практически невозможно, значит, это палец Анжелы и никого другого.

Сама Анжела меня волновала мало, настолько я озаботилась трупом абстрактной мулатки. Я собиралась отпустить девчонку, как только стану вдовой, дав своей «жертве» много денег. Иван Иваныча Анжела всё равно не любит, просто не хочет с ним спорить. Раз хочет жениться — пусть женится. Хорошенько её узнав, я убедилась, что ей удобнее взять денег у меня просто за то, чтобы недельку-другую посидеть взаперти, чем рожать Иван Иванычу наследника. Она вообще не хочет никого рожать, а хочет просто трахаться. Я могла бы с ней договориться, но уж больно она тупая. К тому же боится Иван Иваныча. Его все боятся, кроме меня. А я спокойно смотрю, как по двору бегает курица с отрубленной головой, что мне Иван Иваныч, да будь он Трижды Председатель Троекратного Совета Директоров? Ха!

Его смерть в яйце, а яйцо это в Анжеле. Яйцеклетка, которую он собрался оплодотворить. Узнав, что она теперь без пальца, Иван Иваныч придёт в ужас, который смертельной иглой вопьётся в его и без того больное сердце. Надо только легонько нажать. Если надо, послать ему ещё один палец, а то и два. Я уверена, что даже до пятого дело не дойдёт. Максимум на четвёртом я получу всё, что хочу. Мой Кощей отнюдь не бессмертный.

Как вы сами понимаете, не царское это дело — организовывать похищения. И здесь мне тоже помог Пушкин. Кого она там кликнула, царица? Чернавку? Или сенную девушку. Прислугу. У меня такая тоже есть. Ее зовут Анисья, родом она из Сибири. Анисья преданна мне до гроба, потому что я — ее кумир.

У Анисьи редкой красоты и тембра голос. Я имею в виду вокал. Она поет, как Шаляпин. Без преувеличения, потому что поет Анисья басом. Еще она удивительным образом умеет подражать голосам артистов. Особенно мужчинам. Из-за этого Анисья решила, что ей место на сцене, и приехала в Москву поступать в театральное училище. Проблема в том, что Анисья удивительно некрасива. Она очень толстая, у нее мясистые щеки, огромный нос и сальные волосы, жидкими прядями висящие вдоль этих мясистых щек. А еще угри. И никакой вокал здесь не поможет. Приемная комиссия даже не стала ее слушать в первый год.

Но Анисья упрямая. Вот что значит сибирский характер! Во второй раз ей все же удалось выступить. В третий — произвести на комиссию впечатление. В четвертый она дошла до последнего тура, но там все же срезалась, и на пятый раз все повторилось. Ведь в театральное училище поступает много блатных, и конкурс там всегда огромный. Анисе с ее внешностью невероятно трудно пробиться. Была бы она хотя бы худая. Клоунессы всегда нужны. Но кому нужна безобразная толстая клоунесса с угрями? Похудеть Анисья не может, у нее нарушен обмен веществ. Отсюда и угри. Косметолог, к которому она обратилась по моей рекомендации, сказала, что проблема девушки не снаружи, а внутри. Да хоть жидким золотом обмажься — толку не будет. И нужно пройти серьезное обследование, сдать кучу анализов, на что у Анисьи нет ни времени, ни денег.

— Если бы я была такая, как вы, Зинаида Андреевна, я бы уже была кинозвездой, — говорит мне она. — Какая же вы красавица!

Несмотря на то что я такая, как я, мысль о том, чтобы стать кинозвездой, ни разу не приходила мне в голову. Поскольку мой муж богат, среди моих знакомых есть парочка киноактеров и даже киноактрис. Пообщавшись с ними, я поняла, что это очень зависимые люди. Все они глубоко несчастны, особенно в те дни, когда молчит их телефон. А когда он звонит не переставая, с ужасом думают о том, что после светлой полосы начнется черная, и если сейчас телефон не замолкает, то потом он замолчит навеки. Поэтому они хватаются за любую работу, даже самую неблагодарную. А потом начинают жаловаться на жизнь и без конца оправдываться, что, мол, плохого кино не бывает, а есть непонятливые зрители. Эти артисты — издерганные, насквозь больные люди, крайне чувствительные к критике. Мне их искренне жаль, и я такой быть не хочу.

Анисье я искренне советую стать поваром, она замечательно готовит. Но она каждый год упорно поступает в театральное училище. В этом году в предпоследний раз, потому что скоро ей исполнится двадцать пять. Кажется, туда до двадцати пяти лет можно поступать, на дневное.

Поскольку я к Анисье очень добра, в ее преданности я не сомневаюсь. Когда муж сослал меня в Москву, я нарочно оставила Анисью на Новой Риге — шпионить за Анжелой. Что она исправно и делает. Но теперь ей предстоит задачка посложнее.

Выслушав мой план, Анисья казала:

— А что? Очень даже!

Ее отношения с моим мужем никакие. Он ее просто не замечает, как не замечает прислугу в принципе. Пусть даже она поет, как Шаляпин, и пишет картины, как Левитан. Ее проблемы. Пусть поет, пока моет пол, лишь бы пол был чистым. Поэтому Иван Иваныча Анисье не жалко. К тому же я обещала ей много денег и протекцию при поступлении в театральное училище. Ведь это ей предстоит звонить моему мужу и пугать его до смерти. У нее яркий драматический талант, я уверена, что она справится.

— Твоя задача вывести мулатку за ворота, — наставляла я Анисью. — И передать с рук на руки похитителям.

— Как же я ее уговорю? — заволновалась Анисья.

— О господи! Скажи, что на лужайке, сразу за двухметровым забором выросли белые грибы! И что на Рублевке последний писк моды варить из них суп! Только собирать их обязательно надо своими руками, в этом-то и фишка. И у нас на Новой Риге Анжела сразу станет законодательницей мод, надо только поскорее собрать эти самые грибы, пока другие не опередили. Тебе только надо сказать: «Ах, какие миленькие грибочки, и все, как один — белые!» Она такая тупая, что поверит.

— Да, это так, — вздохнула Анисья. — Анжела Зафировна умом не блещет.

— Что?! Какая она тебе Зафировна?!

— Это Иван Иваныч велел ее так называть. По имени-отчеству. Уважительно чтоб.

— Ах, вот до чего дошло! Надо срочно от него избавляться, а то он и свою собаку велит звать по имени-отчеству. Кстати, это моя собака, но он так испугался, что я оставлю ей наследство, что запрещает нам видеться, сволочь! Но ничего, я ему это припомню! Кстати, ты не знаешь, кто приходил к нему в палату под видом Смерти?

— Не поняла? — испуганно заморгала Анисья.

— Я не верю в то, что это была всего лишь галлюцинация. У меня есть враг, и враг этот очень даже неглуп. Кто бы это мог быть? Смерть, часом, была не мулатка?

— У Анжелы З... г-м-м... на это фантазии не хватит.

— Так-то оно так, — я тяжело вздохнула. — Но у нее ведь есть родственники.

— Они с Иван Иванычем познакомились уже после того, как он выписался из больницы. Вы ж знаете.

— Ладно, разберемся. Ты мне лучше скажи, кто бы мог ее похитить и держать неделю взаперти?

— Есть такие люди, — коротко вздохнула Анисья. — Коля и Толя.

— Ты с ума сошла!..

«Богатыри»

Это была моя первая реакция, и как потом оказалось, совершено правильная. Мне надо было в ту же секунду отказаться от моего плана, как только Анисья сказала заветное «Коля-и-Толя». Но я думала только об отрубленной руке абстрактной мулатки, причем, уже мертвой. Это-то меня и отвлекло. «Коля-и-Толя» стали началом моего конца.

Краткое пояснение. Коля-и-Толя — местные жители. Назвать их, согласно «Сказке о мертвой царевне», богатырями у меня просто язык не повернется. Они не богатыри — они пигмеи. Гномы, причем в самом плохом смысле этого слова, у них крохотный гномий мозг, куда помещается лишь одна мысль: о выпивке. Или «где-до-быть-выпивку»? Знак вопроса уже не помещается, поэтому фраза звучит утвердительно. «Где-добыть-выпивку, где-добыть-выпивку, где-добыть-выпивку...» И так до бесконечности, словно бы это заезженная пластинка, ни о чем другом они думать не могут. Словарный запас у них еще меньше, чем у Анжелы, любой разговор они начинают с фразы:

— Э... Выпить есть?

Ею же и заканчивают.

Причем водка для них деликатес, они с трудом добывают денег даже на табуретовку. Потому что отраву, которую они покупают у бабки Маши, можно произвести разве что из древесных опилок, ничто съедобное так не выглядит и уж тем более не пахнет. Табуретовка и есть. Анисья как-то приносила, показывала:

— Зинаида Андреевна, можно этим протирать лампы в вашем солярии? Говорят, что самогон не хуже спирта. А у меня как раз закончился. И дешево.

Я понюхала и чуть в обморок не упала. И категорически запретила Анисье ходить к бабке Маше за самогоном. Пусть берет настойки из трав, маринованные опята, березовые веники и т.д. Но только не эту отраву.

Откуда взялись Коля-и-Толя? Там, где сейчас красуются особняки элиты, раньше были подмосковные деревни. Деревня всегда была первична, из таких вот деревень и вырастали города, нынешние мегаполисы, а жить за МКАДом вошло в моду, когда Москва превратилась в клоаку. Когда там стало нечем дышать, и не протолкнуться

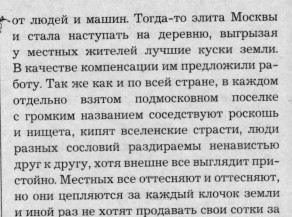

от людей и машин. Тогда-то элита Москвы и стала наступать на деревню, выгрызая у местных жителей лучшие куски земли. В качестве компенсации им предложили работу. Так же как и по всей стране, в каждом отдельно взятом подмосковном поселке с громким названием соседствуют роскошь и нищета, кипят вселенские страсти, люди разных сословий раздираемы ненавистью друг к другу, хотя внешне все выглядит пристойно. Местных все оттесняют и оттесняют, но они цепляются за каждый клочок земли и иной раз не хотят продавать свои сотки за баснословные деньги просто из упрямства.

Новая Рига еще не так освоена, как пресловутая Рублевка. Земли здесь много, пока хватает всем. На Коли-и-Толину халупу никто покамест не позарился, да и боюсь, что купить ее нельзя. Никаких документов на дом и на землю у братьев нет. Их избушка стоит почти в самом лесу, там столько комаров, сколько у человека нет крови. Просто Коля-и-Толя к их укусам нечувствительны, да и комары не очень уважают табуретовку, которая течет в жилах братьев. Больше в этом месте вряд ли кто выживет, если только спилить деревья и всерьез заняться выкорчевкой, но кому охота с этим возиться, когда вокруг одни пустые поля? Сейчас осень, поэтому за Анжелу я спокойна. Ее даже комары не покусают.

Коля и Толя никогда нигде не работали, они пробиваются халтурой. В приличные дома их на порог не пускают, доверяют разве что вырыть сточную канаву или выгребную яму, чтобы организовать канализацию для прислуги. Причем я уверена, что родились они нормальными, у них по две руки, по две ноги и, как ни странно, две головы, по одной на каждого. Почему они спились вместо того, чтобы стать нормальными людьми? А почему люди спиваются? От скуки. Из-за слабоволия. Вследствие лени.

Я сразу усомнилась: справятся ли братья с таким сложным заданием?

— Справятся, — заверила меня Анисья.

— А они ничего *такого* с ней не сделают? Спьяну-то?

— Изнасилуют, что ли? — хмыкнула она. — Да они не могут.

— А ты что, проверяла?

— Слухи ходят.

Прислуга, как известно, любит посплетничать. То, что Анисья дружит с местными, не удивительно. Ведь большинство из тех, кто работает в нашем элитном поселке садовниками, уборщиками, сторожами, помощниками поваров — деревенские жители. Анисья и сама из деревни, только из сибирской.

— Ты недооцениваешь Анжелу, — вздохнула я.

— Это вы о ней слишком хорошо думаете, Зинаида Андреевна, — хмыкнула Анисья.

Я живо представила себе сцену соблазнения Анжелой Коли-и-Толи.

— Э-э-э... скучно.

— М-м-м? Да-а-а...

— И че делать?

— Э-э-э... О-о-о...

— Тупишь!

— Э-э-э... м-м-м...

— Да-а-а... Глянь сюда! На мне лифчика нет!

— Э-э-э... Выпить будешь?

Я вздохнула:

— Пожалуй, что ей ничего не грозит. Анисья, ты вот что. Я дам тебе денег, купи братьям новый телевизор. Большой. Плазму. Я хочу, чтобы Анжела была счастлива.

— Добрая вы, Зинаида Андреевна, — вздохнула Анисья.

— Я?! Добрая?! — я чуть не расхохоталась. — Ты ошибаешься. Я злая. Очень злая.

— Добрые люди потому и кричат, чтобы их поменьше использовали. И ругаются потому же. Когда они добрые, да еще и хозяева, у них другого выхода нет.

— Откуда ты знаешь?

— Я же прислуга, — усмехнулась Анисья. — Вот Иван Иваныч. Он ох, какой злой! Хотя слова плохого никогда не скажет. И всегда на вы. Но злее человека, чем он, я еще в жизни не встречала, — она аж передернулась.

— Ты его боишься, что ли?

— Его все боятся.

— Он же маленький и плешивый. Что он может тебе сделать?

— Он может! — Анисья поежилась. — Он как посмотрит — ажник в дрожь бросает! Словно ледяной воды за ворот вылили. «Будьте любезны, протрите здесь!» Вот кто злой!

— А я, бывает, ору: «Поворачивайся, корова!»

— Да уж лучше так, — улыбнулась Анисья. — Вы же это не со зла. Все в доме загрустили, когда вы уехали. «Ну, — говорят, — теперь конец нам. Иван Иваныч нас заест».

— А что Анжела? Разве она за вас не заступается?

— Да когда ж? Она у нас такая занятая, — скривилась Анисья. — А потом: ей ведь все по фигу.

— Где ты нахваталась этих жаргонизмов? — невольно поморщилась я.

— Как где? У нее! Она, похоже, только два слова и знает: «по фигу» и «прикольно». А еще ест, как слон какой-нибудь. Мы все гадаем: она ж тощая! И куда в нее столько влезает? Замучились уже готовить! А сколько она икры лопает?! На меня уже в магазине косо смотрят! И это у нас, на Новой Риге! В двадцати километрах от Москвы! Да у нас одни олигархи живут! И те столько икры не жрут! Чтоб ей подавиться!

— Что же вы не уволились?

— А куда идти? Иван Иваныч хоть издевается, но платит. Штрафами только замучил.

Анисья тяжело вздохнула. Я тут же ее утешила: как только дело выгорит, у нее не будет необходимости работать прислугой. Я щедро оплачу ее услуги. Ну и братьев, разумеется, тоже. Куда деваться?

Поскольку Иван Иваныч затеял бракоразводный процесс, время меня поджимало. Меня ведь атаковали адвокаты, которые нагло и бесцеремонно лезли в мою частную жизнь, шпионили за мной, строили козни, и я вынуждена была согласиться на Колю-и-Толю. Я забыла, что они еще ни разу не сделали дело от начала и до конца, так, как им сказали. Они напоминают мне персонажей из другой сказки: «Двое из ларца». Помните, есть такой мультфильм? Называется «Вовка в Тридевятом царстве». О мальчике, который страстно любил халяву. И вот ему достался сундук, а в нем — близнецы, которые должны были исполнять любое желание своего хозяина. По его приказу два дебильного вида мужика месили дрова и рубили тесто, усиленно делая вид, что не понимают, чего именно от них хотят. Или и в самом деле не догоняли. Вот что-то похожее делают Коля-и-Толя. Весь наш коттеджный поселок помнит подвиги братьев. Потому что такое забыть невозможно.

Канава, которую они копают, непременно упирается в канализационную трубу, в итоге весь двор в дерьме. Сухое дерево, которое братья валят, падает на забор, причем именно в том месте, где стоит соседский сортир. Это уже стало источником для анекдотов в нашем поселке. Все они — про гуано. Его Коля-и-Толя умудряются извлечь из всего. Даже из того, где, казалось бы, его нет и быть не может в принципе. Когда они, по просьбе нашего садовника, заказали машину щебенки, которую должны были разгрузить в метре от забора, им привезли... Правильно! Его самое. Проснулись мы в то утро от упоительного аромата свежего навоза. Слежавшийся он не так воняет, но ради Коли-и-Толи расчистили коровник. Который они разгрузили прямо под окнами спальни Иван Иваныча.

Когда Иван Иваныч впервые повысил голос и начать орать:

— Что это такое?!

Знаете, что сказали братья?

— Это к деньгам.

Он их чуть не убил. Потому что, если бы дерьмо и в самом деле было бы к деньгам, Коля-и-Толя давно уже стали бы долларовыми миллионерами.

И вот этим людям я доверила похищение Анжелы! Совсем с ума сошла!

Пришлось с ними встретиться. Я с трудом держалась, но куда деваться?

— Справитесь?

— А то!

— Чтобы пальцем ее не тронули, поняли?

— Еще бы!

Братья стояли передо мной навытяжку и тупо улыбались. Они были трезвые,

41

во-первых, потому что раннее утро, а во-вторых, потому что у них еще не было денег. От них разило перегаром, и я старалась не дышать глубоко и не морщиться. Мне надо было, чтобы они сделали свою работу. А для этого проявить максимум терпения. Раньше у меня был целый штат прислуги, куча денег и масса вариантов, чтобы решить свои проблемы. А теперь только Анисья и существенное ограничение во времени и пространстве, а также в средствах. Мои счета были заблокированы Иван Иванычем, покамест я не стану сговорчивей, мне теперь самой приходилось ездить за продуктами и даже, страшно сказать, самой мыть посуду! И позволить себе профессионалов в области похищения людей я не могла. Не по карману. Переговоры с братьями мне тоже пришлось вести самой. Я понадеялась, что, получив деньги, они войдут в глубокий запой и ничего из того, что случилось, не вспомнят. И не вспомнят долго. Возможно даже, никогда. Потому что алкоголики пьют, пока у них не кончатся деньги, а я собираюсь заплатить братьям так много, чтобы доза приобретенного ими на эти средства алкоголя оказалась смертельной.

У братьев, кстати, очень интересные лица. Их можно было бы назвать красивыми, если бы не выражение беспросветной тупости и не черная щетина, похожая на наждачную бумагу, которая облепила щеки братьев и их подбородки. Если бы не это, право слово, можно было бы залюбоваться! Правильные черты лица, большие карие глаза, длинные ресницы, ровные дуги бровей. Да и рост у братьев хороший, плечи широкие, животов нет, ведь Коля-и-Толя никогда не едят досыта. У них были бы красивые дети. И вот на тебе! Алкаши!

— Вы точно справитесь? — с сомнением спросила я.

— Рады! Стараться! Зинаида! Андревна!

Я засомневалась. Это же Двое из ларца!

— Я прослежу, — шепнула мне на ухо Анисья.

Выдав братьям небольшой аванс, я отпустила их с миром, то есть с войной, ведь они должны были пойти в поход на Анжелу, и стала давать подробные инструкции своей сенной девушке:

— Проследи, чтобы у Анжелы была еда. А то эти двое из ларца все деньги пропьют, а холодильник так и останется пустым. Она ведь ест как слон, ты сама сказала, и, чтоб ей провалиться, не полнеет!

— Видать, конституция такая, — с завистью сказала Анисья. — Вот почему так? Одним все, а другим ничего!

— Не переживай, мы восстановим справедливость. Анжела свое получит.

— Хорошо бы. А то она мне страсть как надоела. Кровать в крошках, постельное белье каждый день приходится менять, потому что оно с обеда кофеем залито. Прямо свинья, а не человек!

— Надо дождаться удобного момента. Как только узнаешь, что муж уезжает на ночь...

— Все поняла, — заверила меня Анисья. — А уж из дома я ее как-нибудь выманю.

Я вздохнула:

— Что касается денег...

— Рассчитаемся, Зинаида Андреевна, не волнуйтесь. Вы ведь меня от себя не прогоните?

— Не прогоню, — заверила я. — Ты очень много для меня делаешь, и я это ценю.

На сем мы и расстались.

Итак, машина была запущена, оставалось только дождаться удобного момента. Я даже представить себе не могла, что совсем скоро моя жизнь превратится в кошмар! А как хорошо все начиналось!

Поистине, браки заключаются на небесах, а расторгаются в аду!

Весть царевну в глушь лесную!

Удобный момент наступил, не прошло и недели. Я еще спала, когда раздался телефонный звонок. Но, увидев на дисплее, что звонит Анисья, поспешно схватила айфон. По пустякам она меня тревожить не станет, прекрасно зная мой распорядок дня. Я ведь сова, ложусь глубоко за полночь, а встаю не раньше полудня.

— Что? — крикнула я в эфир.

— Только что Иван Иваныч вызвал меня к себе, — взволнованно сказала Анисья. — Сказал, что уезжает с ночевкой к своему партнеру по бизнесу на какие-то там важные переговоры.

— С каких пор он перед тобой стал отчитываться? — подозрительно спросила я.

— Да он не отчитывался. Просто сказал: еду на переговоры, дома ночевать не буду. Останешься при Анжеле Зафировне и сделаешь все, что она прикажет. Исполнишь любой ее каприз, а иначе, при малейшей ее жалобе, вылетишь как пробка. «Вы все поняли или мне оставить вам указания в письменной форме?» — передразнила она.

Я невольно вздрогнула, настолько ее голос был похож на голос моего Иван Иваныча, и даже интонация, с которой он говорит с прислугой. Ледяное презрение и брезгливость.

— А потом меня вызвала Анжела За... в общем *она*. Велела к вечеру всех отпустить, всю прислугу. Часам к семи.

— Странно...

— Она иногда так делает. Видать, шампанским решила накачаться, пока спонсора дома нет. Отманикюрится, начешется, намассажируется и прилипнет с бутылкой к ящику. Меня уже за черной икрой послали в маркет. Ну что? Удобный момент или еще подождем?

— Ждать нельзя, — решительно сказала я. — Тем более она будет пьяная. Так ее легче уговорить выйти за шлагбаум. А что братья?

— Я потому и звоню с утра, — деловито сказала Анисья. — Надо их перехватить по дороге к бабке Маше. Запускаем процесс, Зинаида Андреевна? Паша дежурит, — таинственным голосом добавила она.

Паша — ее поклонник. Можно даже сказать, что жених. Он тоже родом из Сибири и больше всего на свете уважает сибирские пельмени. А Анисья, как я уже говорила, знатная кулинарка. Иногда она балует Пашу пельмешками. Да что там! Пельменищами! Каждая — размером с кулак! И таких пельмениц Паша запросто может выкушать кастрюльку. Причем не раз проверено: пока он их ест, он ничего не видит и не слышит. Так ему вкусно, еще и Анисья развлекает в это время пением:

— А вот, Пашка, слышь? Кобзон! «Слышишь время гудит — БАМ!..»

— Да ну тебя, чуть не подавился! Давай что-нибудь современное!

— «А впереди еще три дня и три ночи. И шашлычок под коньячок вкусно очень...»

Анисья прекрасно знает, как ему угодить. На этом «шашлычок под коньячок» Паша отрубается напрочь. Мыслями он уносится в далекий теплый город Сочи, к женщине в неважно каком платье, лишь бы под коньячок. Можно колонну груженых самосвалов мимо его будки прогнать, он ничего не услышит и не заметит, да хоть полпоселка

46

вывези! Проверено. Как только я узнала, что Иван Иваныч уезжает во время Пашиного дежурства, сразу поняла: звезды сошлись.

— Действуй, — коротко сказала я Анисье. — И каждый час обо всем мне докладывай. С того момента, как выведешь Анжелу за ворота. Говори коротко, по сути. И звони с того телефона, который я тебе дала, помнишь?

Когда умерла бабушка, у меня на руках остался ее паспорт. Потому что она умерла в психиатрической больнице. Вы не подумайте ничего плохого, просто старушке было девяносто два года, и она вследствие долгой и трудной жизни впала в глубокий старческий маразм. Так и норовила поджечь квартиру и выбить соседям стекла. А еще без конца звонила в полицию и признавалась в промышленном шпионаже в пользу Америки через телевизор на кухне. Пришлось позаботиться о старушке соответствующим образом. Когда она умерла, ей даже не делали вскрытие, и так все было понятно: американцы убрали резидента.

Мне не выдали на руки справку о смерти, зато не забрали бабушкин паспорт. На него-то Анисья, по моей просьбе, и зарегистрировала симку. Тот факт, что столетней бабке понадобился вдруг мобильник, никого из менеджеров Связного не удивил. Они даже не обратили внимания на дату рождения. По-моему, их не волнует ничего, кроме процентов с продаж. А там, хоть марсиане.

Таким образом, канал связи мы наладили, если что, я скажу: бабушкин паспорт, как и положено по закону, у меня забрали после ее смерти, концов-то теперь все равно не найдешь. А то, что у нас по мобильникам покойники звонят, удивлять никого не должно после того, как все они дружно голосуют за действующего президента еще минимум три года после того, как их снесли на кладбище. Покойники у нас, между прочим, самый ответственный электорат. Сначала с этим разберитесь. И докажите, что избирателям не нужны мобильники.

Если бы я ездила на метро, то поняла бы, что все гораздо проще. Я имею в виду связь. Можно купить симку, вообще не имея паспорта. Я так и поступила, когда моя жизнь изменилась настолько...

Но обо всем по порядку.

Как только я дала отбой, начались душевные терзания. Не то что мне было жалко Анжелу. Она ведь не оставила мне выбора. И ничего плохого с ней не случится, ну, не будет у нее Иван Иваныча, будет Сан Саныч. Она еще долго останется молодой и красивой, а мулаткой так вообще навсегда. Богатых русских так и тянет на экзотику. Я просто боялась, не наломают ли братья дров? Мучительно думала: ну и где здесь дерьмо? Всплывет ведь, как пить дать! Раз тут замешаны Коля-и-Толя. Поэтому мне и было волнительно. Хотелось, чтобы все закончилось побыстрее и с минимальными для меня потерями.

Я уже поняла, что выхода у меня нет: либо я доведу Иван Иваныча до второго инфаркта, либо сяду в тюрьму. Это была игра ва-банк, либо пан, либо пропал. И так пропал, что обратного пути нет, остается только умереть самой. Но если я вдруг одержу победу (а я все для этого сделаю), то все мигом забудут об Иван Иваныче, нынешние его друзья вновь станут моими и все они кинутся мне помогать. А среди них есть очень влиятельные люди. Анжела же не способна развить бурную деятельность, чтобы за себя отомстить. Все, что ей нужно, — телевизор, диван и столик перед ним, на котором лежит айфон, бутылка шампанского и вазочка с икрой. Это и есть ее счастье, большего она не хочет. И уж тем более не хочет никаких детей. С Анжелой я договорюсь.

К тому же в статье уголовного кодекса, касающейся похищения людей, есть замечательные слова: «лицо, добровольно освободившее похищенного, освобождается от уголовной ответственности, если в его действиях не содержится иного состава преступления».

Мне надо будет только доказать, что никакого злого умысла в отношении Иван Иваныча у меня не было, а его смерть — чистая случайность. Но на этот случай есть деньги, и есть отличные адвокаты, которых можно на них купить. Ну и влиятельные друзья.

«У тебя все получится, у тебя все получится», — повторяла я, как заклинание, чтобы успокоить нервы.

Было раннее утро, и мучиться я должна была до вечера. Часов до семи, когда вся прислуга будет отпущена и Анжела останется один на один с Анисьей. Да еще с час надо ждать, пока смуглая пассия моего «обожаемого» супруга накачается элитным шампанским.

День тянулся мучительно. Меня так и подмывало позвонить Анисье и спросить:

— Ну, что?

Но я мужественно терпела. В семь мне никто не позвонил. Я ходила из угла в угол до половины восьмого. Звонок так и не раздался. В восемь я начала волноваться. Теперь каждая минута казалась вечностью. Неужели все провалилось? Коля-и-Толя сдали меня полиции. Смешно, но всякое бывает. Или Анжела что-то почувствовала и не пошла с Анисьей за ворота. А к нам в усадьбу Колю-и-Толю вечером не пустят без соответствующего распоряжения Иван Иваныча. Понятно, что он такого распоряжение не отдавал, напротив, после того случая с навозом вместо щебенки приказал и близко братьев к воротам не подпускать.

Время ползло. Десять минут девятого, пятнадцать... Теперь каждая минута была за год. Я чувствовала, что старею прямо на глазах. Чтобы успокоиться, я стала думать о хорошем. О том, как заживу на деньги

Иван Иваныча, но уже без самого Иван Иваныча. Игра стоила свеч. Первым делом я поеду в круиз. На красивом океанском лайнере. Затеряюсь в бескрайних бирюзовых водах, где буду пить шампанское, принимать солнечные ванны на отдельной палубе для випов и строить глазки загорелым мачо. Может быть, решусь закрутить роман.

Сексопатолог, у которого я консультировалась, сказал мне, что я по природе своей фригидна, не пора ли проверить это на практике? Вот уже четверть века я живу со стариком, который с самого начала относился ко мне, как к своей визитной карточке. Предъявлял меня, когда требовалось произвести впечатление. А стариком Иван Иваныч был всегда, если не физически, то морально. Его душа состарилась еще до моего рождения, потому что уже тогда он начал сколачивать свое состояние. Деньги убивают чувства. Каждый заработанный миллион долларов добавляет столько же лет. Этих глубоких стариков, олигархов, давно уже ничего не волнует и не интересует. Кроме, пожалуй, эликсира бессмертия. Они регулярно обследуются и бегают к врачам на каждый чих, знаю по своему мужу. Который мне до смерти надоел. К тому же он меня предал, и я имею полное право отомстить.

Мне нужен молодой и сильный мужчина, может, это вернет и мне самой молодость?

Мои мысли прервал телефонный звонок. Я жадно схватила айфон. Анисья! Наконец-то! Сердце мое билось, как никогда в жизни. Получилось или не получилось?

— Все в порядке, — сдавленно сказала она. — Ее увезли.

— Куда? Ах, да... Ее телефон братьям отдала?

— Да. Все, как договаривались.

Она, похоже, нервничала. Я тоже начала переживать:

— Эй, все в порядке?

— Да, можете не сомневаться, Зинаида Андреевна. Анжела там, где ей положено быть.

— Как тебе удалось выманить ее из дома?

— Сказала, что приехал брат.

Родственники Анжелы все время клянчат у Иван Иваныча деньги, и он запретил их впускать. На въезде в поселок стоит охрана, которой даны соответствующие распоряжения. Вся Анжелина родня в черном списке (уж простите за каламбур), а мулатка очень привязана к своей семье. Поэтому тайком бегает за ворота, когда приезжает кто-нибудь из ее родни, отец, брат или сестра. Особенно она привязана к младшему брату Эрику, тому, что от второй папиной жены. Это смазливый парнишка, вертлявый и бойкий, и на Новую Ригу он приезжает не случайно. Наверняка просил сестру свести его с незамужней бизнесвумен или с соломенной вдовой, у которой полно денег и свободного времени и она не прочь поразвлечься с симпатичным темнокожим юношей. Эрик и мне строил глазки, но я его мигом отшила. Слишком уж он напоминает мне Анжелу. А она отняла у меня все самое дорогое: любимую спальню в багровых тонах, безлимитную кредитку и мою обожаемую собаку.

— Как только она узнала, что приехал Эрик — тут же метнулась к выходу, Зинаида Андреевна.

Ай да Анисья! Умно!

— А что ты скажешь Иван Иванычу, когда он хватится Анжелы? — на всякий случай проверила я.

— Что уснула и не слышала, как она ушла из дома. Ах да! Слышала, как звонил ее мобильный!

Это мы с Анисьей обговорили. Мулатке якобы был звонок, после которого она выскочила из дома и больше не вернулась. Проверить это невозможно, поскольку телефон похитили вместе с Анжелой. Таким образом, первая и, как мне тогда казалось, основная часть плана была реализована.

— Все, отдыхай, — велела я Анисье. — Завтра начнем играть спектакль. Твой выход — первый. Так что учи текст. Всю ночь учи. Поняла?

— Да все я поняла. Не бойтесь, не подведу.

И мы одновременно дали отбой. Уф! Надо перевести дух.

...Уснуть мне в ту ночь так и не удалось. Я все пыталась просчитать реакцию Иван

Иваныча. А вдруг он сразу побежит в полицию? Или поднимет на уши собственную Службу Безопасности, где есть настоящие профессионалы? Надо его хорошенько запугать, чтобы и мысли об этом не допускал.

Увы! Главная часть моего плана так и оставалась нереализованной! Я имею в виду отрубленную руку мулатки. В первых двух моргах, куда я наведалась на этой неделе, мне сразу хотели вызвать карету скорой помощи. У патологоанатомов совершенно отсутствует чувство юмора. И только в третьем морге мне попался более или менее адекватный товарищ. Он был мужского пола, уже в одном этом мне откровенно повезло.

— У меня к вам не совсем обычная просьба, — принялась я строить ему глазки, понадеявшись на скудное освещение. Мои морщины в этом мрачном подземелье были не так заметны.

— Слушаю вас, — очаровательно улыбнулся он.

— Мой муж — олигарх. Вам известно об их странностях?

— А как же!

— О! Остались еще в стране люди, которые смотрят телевизор!

— Скорее, имеют неограниченный доступ в Инет.

— У вас здесь вай-фай?

— У нас здесь все, — серьезно сказал он. — Полный спектр услуг. Так что у вас за дело? Можете не стесняться.

— Мой муж собирает не совсем обычную коллекцию. У него э-э-э... Кунсткамера.

— Заспиртованные рептилии?

— Он предпочитает человеческие органы.

— Тогда это, действительно, странность, — грустно сказал патологоанатом. — К психиатру не обращались?

— Во всем остальном муж вполне нормален. Что же касается заспиртованных органов, это напоминает ему о прошлом.

— Он что — бандит?

— А есть в нашей стране многомиллионные состояния иного происхождения?

— То-то и оно, что нет, — патологоанатом тяжело вздохнул. — Ну и какой вы хотите орган?

— У мужа скоро день рождения. И я хотела бы ему сделать настоящий сюрприз.

— Например?

— Мне нужна рука мулатки.

Его брови поползли вверх.

— Я знаю, что мое желание сопряжено с определенными трудностями, — одарила я его самой ослепительной своей улыбкой. Похоже, сейчас мне опять попытаются вызвать санитаров из психиатрички. Не пора ли уносить ноги? Но он оказался адекватен.

— Вы даже не представляете с какими, мадам! У нас э-э-э... не Африка. Бесхозные тела афроамериканцев на дороге не валяются. А у дочки какого-нибудь посла, как вы сами понимаете, безнаказанно руку не оттяпаешь.

Я показала ему средний палец. Нет, вы не думайте, это не означало «фак ю!». И он это прекрасно понял. Его взгляд так и впился в платиновое кольцо с каратником.

— Настоящий? — спросил патологоанатом, жадно разглядывая бриллиант.

— И чистота прекрасная, — я повернула кольцо так, чтобы бриллиант попал в луч света. И хотя освещение здесь было скудным, каратник есть каратник. Особенно если он такой прекрасной чистоты и огранки. Патологоанатом это оценил.

— Да, задачка.

— И еще: мне нужно, чтобы вы сохранили это в секрете.

— Само собой, — он кивнул. — Как жаль, что у нас не Африка.

— Но тогда бы и цена была другая.

— А как быстро вам нужна эта рука?

— В течение месяца.

Я тогда еще не знала, что звезды сойдутся всего через неделю.

— Оставьте свой телефон, я вам позвоню.

— Я рада, что нашла в вашем лице понимание.

— А если честно: зачем вам это нужно?

— Ответ на вопрос стоит полкарата. Вы хотите это кольцо или другое, с бриллиантом в два раза меньше?

— Нет, я хочу именно это, — поспешно сказал он. — Да не все ли мне равно, зачем вам рука мулатки? Я предпочитаю забыть об этом, как только передам вам емкость со

наталья АНДРЕЕВА

спиртом, в которой будет находиться искомое.

— Вот и прекрасно! Я буду ждать.

Честно сказать, надежды у меня было мало. Хорошо хоть, санитаров из психбольницы не вызвал. Зато я надеялась, что нервы у Ивана Иваныча окажутся менее крепкими. Все ж таки не мальчик, и один инфаркт у него уже был. Может, и без отрубленного пальца обойдется?

Мы с Анисьей договорились, что панику она поднимать не будет. Анжела может целый день не вылезать из постели. И никто не смеет ее беспокоить. Пропажу должен обнаружить сам Иван Иваныч. Насколько я изучила процесс, похитители выдерживают сутки. А потом начинают звонить и требовать выкуп. У нас была разработана другая схема. Мы ничего не будем требовать. Просто пугать и нагнетать обстановку. Надо как следует его помучить.

Никто не знал, когда именно вернется Иван Иваныч. Он никого не ставил в известность, как, где и с кем собирается провести время. Но, по моим расчетам, после ночных переговоров в сауне отсыпаться он приедет домой. Ведь завтра ему опять в офис. У Президентов не важно чего напряженный рабочий график.

Утром я встала почти спокойная. Полдела сделано, теперь, хочешь не хочешь, надо идти до конца. Я решила не форсировать события. Просто сидела и ждала. И дождалась.

Когда зазвонил телефон, я, было, подумала, что это Анисья с отчетом. И очень удивилась, увидев на дисплее «муж-козел» (козла я дописала после того, как он меня бросил). И вот этот, извиняюсь, козел мне звонил!

Что такое? Неужели он обо всем догадался? Я не сразу ответила на звонок. А когда взяла телефон, не нашлась что сказать. Заговорил он и, честно признаться, я не сразу узнала его голос. Такой он был убитый, мой Иван Иваныч.

— Зина...

— Да?

— Зина, мне плохо... Мне *очень* плохо...

— Что случилось?

— Ты... Ближе тебя у меня никого нет... Как оказалось...

— Да что случилось-то?

— Анжела... С ней беда.

— Беда? Какая беда? — я старалась говорить спокойно.

— Она... Господи, она пропала! — отчаянно выкрикнул он. — Я боюсь, что ее похитили!

— Да кому она нужна?

— Ты не понимаешь... У меня... крупная сделка... намечается...

Неужели это связано со вчерашними переговорами? Вот удача так удача!

— Иван, не надо паниковать раньше времени.

— Если бы им нужны были деньги... Но боюсь, что не деньги.

— Тебе уже звонили?

— В том-то и дело, что нет! Я приехал — а ее нет! Исчезла! Я весь дом обыскал! Родственникам ее даже звонил! Никто ничего не знает!

— Прислугу допросил?

— Допросил и выгнал к чертовой матери! Хожу из угла в угол, как дурак. Помоги мне.

— Да чем?

— Поговори со мной хотя бы.

— О ком? Об Анжеле?

— Я понимаю, что ты ее ненавидишь. Но она... она беременна!

— Что-о?!

— Анжела ждет ребенка.

— Это она тебе сказала?

— Да.

Ситуация осложняется. Ну, ничего. Поскольку они с Иваном Иванычем пока не расписаны, то и наследник этот незаконный.

— Успокойся. Все будет в порядке.

Господи! Что я такое говорю?! Мне же надо довести его до инфаркта!

— Зина, говори со мной, не молчи.

— Иван, если ты помнишь, мы с тобой разъехались.

Я начала злиться. В первую очередь на себя. Что я творю? Надо жестче. Вот уж не ожидала от себя такого слюнтяйства! Подумаешь, девка беременна!

— Да, я помню, — упавшим голосом сказал муж. — Я был к тебе несправедлив, Зина.

У меня что, слуховые галлюцинации?! Муж раскаивается! Этот человек, без совести, без чести, говорит, что он был несправедлив к женщине, которую бросил без средств к существованию, прожив с ней почти четверть века!

— Я... Зиночка, мне не к кому пойти со своим горем. Не с кем поговорить. Как выяснилось, у меня нет друзей. Только ты. Не гони меня, Зина. Хотя бы выслушай. Поддержи.

Ему и в самом деле плохо. Мой расчет оказался верен.

— Даже не знаю, что тебе сказать, Иван.

— Я знаю, Зина, как жестоко по отношению к тебе говорить об этом. О моих чувствах к Анжеле. Я ее так люблю... Господи! Как же я ее люблю! И ребенок... Мой ребенок. Ты должна меня понять...

— Я пытаюсь.

— Можно я приеду, Зина?

— Зачем? — я совсем растерялась.

— Посидим, как раньше. Обнимемся и просто посидим. Я не могу ждать этого звонка один. Ты сильная, ты меня сможешь поддержать. И ты всегда знаешь, что надо делать. Я сейчас как ребенок, совсем беспомощный. Ничего не соображаю. Думаю только о том, что они могут с ней сделать? С ней и с... моим ребенком.

— Да ничего они с ней не сделают! — не выдержала я. — Успокойся.

— Так можно я к тебе приеду?

НАТАЛЬЯ АНДРЕЕВА

— Это вообще-то твоя квартира. Как ты сказал, моего здесь ничего нет. Я всю жизнь жила за твой счет, только твоими милостями, — не удержавшись, съязвила я.

— Я так говорил?! — в ужасе воскликнул муж. — Господи, я чудовище! Как я мог!

Я его не узнавала! Да Иван Иваныч ли это? Вот как человека скрутило!

— Хорошо, приезжай, — сказала я как можно холоднее.

— Спасибо! — обрадовался он. — Мы вместе будем ждать звонка! Вместе придумаем, что делать! Спасибо тебе, Зиночка! Лечу!

Итак, он был в моих руках. Я даже не ожидала, что муж так дорожит Анжелой. Это была полная и безоговорочная победа. Моя победа. Почему же я чувствовала на губах горечь, словно выпила яду? Этот яд разливался по моим жилам, отравляя вкус победы. Неужели Анисья права?! Я добрая и только хочу казаться злой. Мне всего этого не выдержать.

Я, нервничая, стала ходить из угла в угол. «Зинаида, держи себя в руках, — внушала себе я. — Не поддавайся. Как только ты вернешь ему Анжелу, он в один миг станет прежним. Не поддавайся. Надо выжать из ситуации максимум выгоды. Обеспечить свое будущее».

Но нервы мои все равно не успокаивались. Я не выдержала и позвонила Анисье.

— Как там Анжела?

— Не знаю. Но думаю, что с ней все в порядке. А что может случиться?

— Иван Иваныч сказал, что она беременна. Так что кормите ее как следует, слышишь?

— Да что вы! Беременна! — фыркнула Анисья.

— Будьте с ней помягче.

— Да куда уж мягче, — проворчала она.

— Правда, что мой муж тебя выгнал?

— С треском прогнал. Взашей. И денег за месяц не заплатил. Зверь просто, а не человек. Когда звонить-то? — деловито спросила она.

Я прикинула: часа через два муж будет здесь. Похоже, меня ждет веселая ночка.

— Часа через два можешь начинать спектакль.

— Окей. Договорились, — сказала она все так же деловито и дала отбой.

Я собралась с духом. Представление начинается. Но хватит ли у меня сил?

Царь с царицею простился

Я посмотрела на часы и засекла время. Анисья может позвонить моему мужу, пока он будет париться в пробке. Я ведь живу в центре, а пробки здесь постоянно. Интересно, Иван Иваныч сам сядет за руль или воспользуется услугами личного шофера? Вообще-то мой муж не привередлив, и водитель возит его лишь на работу и с работы.

наталья андреева

Но в таком состоянии, в каком Иван Иваныч находится сейчас, водить машину для него проблематично.

«Да не все ли мне равно, один он приедет или с водителем? — разозлилась я на себя. — Хоть с целым штатом прислуги! Вопрос: почему ко мне?»

Бывают случаи, когда бывший муж, пережив трагедию, возвращается к первой жене ползком, виляя хвостиком. И супруги переживают вторую молодость, после чего воссоединяются уже навеки. Но все дело в том, что мы с Иван Иванычем уже не молоды, ему так вообще без года семьдесят, и за долгую совместную жизнь я неплохо изучила своего супруга. Хвостиком вилять он не будет никогда. Еще ни разу в жизни муж не попросил у меня прощения, хотя, честно сказать, и не за что было.

Отношения у нас всегда были ровные и очень комфортные для обоих: у каждого по спальне. Перед тем как войти в мою, Иван Иваныч всегда деликатно стучался в дверь:

— Зина, ты можешь меня принять?

У Чехова есть рассказ «Человек в футляре», его проходят в школе в обязательном порядке. Так вот это об Иван Иваныче. Он и есть человек в футляре. С утра застегнут на все пуговицы и предельно собран, деловит. Никогда не поймешь, что у него на уме. Всегда на «вы», взгляд ледяной, а к тонким губам намертво приклеилась змеиная улыбочка.

— Будьте так любезны, сделайте так, как я сказал.

Спорить с ним бесполезно. Он каждый раз, молча, выслушивает собеседника, и даже если тот горячится и машет руками, словно ветряная мельница, Иван Иваныч эмоций не проявляет. Когда оппонент выпустит пар, мой муж спокойно говорит:

— У вас все? Если да, то можете быть свободны.

Голос у него скрипучий, и впечатление такое, будто открылась дверь, у которой плохо смазаны петли, и по комнате прошелся сквозняк. Это мгновенно остужает даже самые горячие головы. Иван Иваныча не боюсь только я, потому что только я видела его без футляра. То есть, без одежды вообще. Голый он маленький и жалкий. И хотя всегда старается покончить поскорее с супружескими обязанностями, в какой-то момент он настолько беспомощен, что полностью находится в моей власти. Сам он этот момент ненавидит, а иногда мне даже кажется, что и меня ненавидит за то, что вынужден пользоваться моим телом, как вынужден есть, пить, отправлять естественные потребности. Хотя мы давно уже этим не занимаемся. Сексом. Который для мужа равноценен тому, чтобы сходить по нужде, облегчиться. Я всегда думала, что ему это доставляет только неудобства. И вот вам, пожалуйста! Анжела!

Прошел час. Я начала волноваться. Мне хотелось, чтобы Анисья позвонила Иван

Иванычу при мне. Я хотела контролировать процесс, знать каждое слово, которое она ему скажет, и все, что он ей ответит. Только тогда я смогу добиться цели. Проклятые пробки!

Жить в ЦАО всегда будет престижно. Даже несмотря на отравленный выхлопными газами воздух и безумно дорогие магазины. Несмотря на массу проблем, связанных с въездом и выездом отсюда и с парковкой. Всегда найдутся нувориши, которые, разбогатев, кинутся реализовывать мечту своего детства: покупать квартиру в центре Москвы. Поэтому цена на квадратный метр здесь не упадет никогда.

Что касается меня, я ненавижу это место. Метро в двух шагах от дома меня мало интересует, я не помню, когда последний раз туда спускалась. Мне здесь психологически некомфортно, потому что люди вокруг какие-то ненастоящие. Они почему-то считают себя выше всех тех, кто живет за пределами центрального округа, как будто ценность человека для общества определяется местом его жительства. И хотя никто об этом не говорит вслух, все предельно вежливы и вроде бы открыты, все здороваются и улыбаются, но звучит и выглядит это фальшиво. Лично моя ценность для общества нулевая, тем не менее я живу здесь и каждый день выслушиваю от консьержки комплименты собственной красоте.

— Прекрасно выглядите, Зинаида Андреевна! Просто розан, а не женщина! Цветете и пахнете!

Грубовато, но что вы хотите от дамы, которая всю жизнь проработала вахтером на заводской проходной? Теперь ее повысили до консьержа в элитном доме, вот она и старается.

Послушать ее, так я выгляжу все прекраснее и прекраснее. Тогда почему же муж меня бросил? Бросил цветущий розан на грешную землю, да еще принялся топтать его ногами!

Муж... Это он купил квартиру в центре, потому что для него очень важны все эти вещи, подтверждающие его социальный статус. Я думаю, потому-то он и не стал кем-то большим, не добился высоких постов и не сколотил миллиардное состояние. Он не может быть выше вещей, подтверждающих его социальный статус. Он слишком от них зависим. «Я то, что вы видите» — вот девиз моего Иван Иваныча. А чтобы подняться выше, надо говорить «Я то, чего вы не видите». Самые богатые люди те, о которых меньше всего знают. А лучше вообще не знают, что они есть на свете.

Мой Иван Иваныч подозрителен во всем и крайне озабочен своим имиджем. Пожалуй, что Анжела его единственное слабое место, в этом я угадала. Но угадала ли в остальном? На что способен Иван Иваныч ради наследника? Мы ведь с ним никогда не разговаривали о детях: нет их и нет. Я даже думала раньше, что у него нет сердца, что он и в самом деле Кощей Бессмертный. До тех

наталья Андреева

пор, пока с мужем не случился инфаркт. Пока он лежал в больнице, в нем появилось что-то человеческое. Но потом он решил со мной развестись и проявил такую жестокость, что я опять усомнилась: да есть ли у него сердце?

И вот с этим человеком мне предстояло сыграть партию на его состояние. Которое он без боя не отдаст. Я уже дала слабину и начала проигрывать. Я пожалела беременную Анжелу. А может, муж уже догадался, кто стоит за похищением? И едет сюда именно для того, чтобы меня переиграть. Нельзя верить ни единому его слову. Ни в коем случае нельзя давать слабину.

Только бы Анисья не позвонила раньше!

Поистине, мне везло. Через полтора часа раздался звонок в дверь. Муж деликатно предупреждал меня о своем прибытии, хотя мог бы открыть замок своим ключом и просто войти. Но даже в горе он так и остался Иван Иванычем, который каждый раз деликатно стучался в мою спальню перед тем, как исполнить супружеский долг. Когда я открыла дверь, он был бледен как полотно. Мало того, у него руки дрожали!

— Зина...

— Проходи, — я посторонилась. — Тебе уже звонили?

— Нет...

Это «нет» прозвучало глухо, и сквозняка я не почувствовала. Он и в самом деле был убит горем, это невозможно *так* сыграть.

— Чай? Кофе?

— Виски...

— Господи, да что с тобой?! Ты же не пьешь!

— Я тебе уже сказал: пропала Анжела.

— Подумаешь, сокровище!

— Скажи, чтобы принесли виски, — хрипло попросил Иван Иваныч.

— Кому сказать? — усмехнулась я. — Ты же заблокировал мои счета, и теперь я не могу нанять прислугу. Мне придется самой сделать тебе виски со льдом.

— Я подожду в гостиной.

Он не хотел обсуждать проблему прислуги, все его мысли были об Анжеле.

Минут пять я пыталась добыть лед. Эти формочки, они все время примерзают. Какое-то время я остервенело отдирала пластик от днища морозилки. Потом мне пришлось изо всех сил ударить пластмассовую емкость о край раковины. Лед с грохотом посыпался в мойку.

— Что случилось?! — влетел в кухню смертельно бледный Иван Иваныч.

— Лед добываю. А ты думал, выстрел?

— Я теперь могу подумать все, что угодно, — он поежился.

— Твой виски, — я протянула ему стакан. — Что, совсем плохо?

Он молча выпил. Я исподтишка его в это время изучала. Да, он и в самом деле был не в себе. Такое ощущение, что футляр треснул. Из-за меня Иван Иваныч никогда так не переживал, даже когда я попала в больницу с воспалившимся аппендицитом. Операцию мне делали без мужа, хотя ситуация была непростая. Я какое-то время находилась между жизнью и смертью. Но муж проводил важное совещание, и бюджет, который принимали на Совете Директоров, был гораздо важнее для Иван Иваныча жизни его жены. Он решил, что выполнил свой долг, раз у меня есть все, что нужно: отдельная палата, персональная медсестра и врач с громким именем. Все, что можно купить за деньги. А его задача эти деньги заработать. Чувства не входят в прейскурант.

— Итак, рассказывай по порядку, — велела я.

— Нечего рассказывать, — он поморщился. — Я поехал к своему партнеру по бизнесу, провести вечер в приятной компании. А между прочим обговорить кое-какие детали сделки.

— Между сауной и покером?

— Так все дела и делаются.

— И как ты провел время?

— Как всегда, — он вновь поморщился. — Часов в семь позвонил Анжеле, все было в порядке.

— Как она себя чувствовала?

— В каком это смысле? — подозрительно уставился на меня Иван Иваныч.

— Она любит шампанское.

— Анжела много не пьет! Она же беременна! Вчера в семь часов вечера она была абсолютно адекватна!

— Допустим. Что было дальше?

— Сегодня до обеда я решил ее не беспокоить. А по дороге домой позвонил.

— И что?

— Услышал в трубке «Абонент не отвечает или временно недоступен».

— Ты забеспокоился?

— Нет. С чего?

— А когда ты приехал домой и ее не нашел?

— Разумеется забеспокоился! — слегка повысил он голос.

— И что ты стал делать?

— Само собой, я стал звонить! Всем, кто хоть что-нибудь мог о ней знать! Даже ее бесчисленным родственникам, этим нищим попрошайкам, которых я терпеть не могу!

Похоже, он не врал.

— Да, сначала я допросил прислугу. Эту тупую деревенскую девку, которая спала вместе того, чтобы ждать приказаний своей хозяйки!

— И что сказала Анисья? — Я прикусила язык: чуть не проговорилась! Откуда мне знать, кто именно находился вчера при Анжеле?

— Да ничего толкового она не сказала, — начал раздражаться Иван Иваныч. — Что вроде бы Анжеле на мобильный был звонок, после чего она поспешно вышла из дома. Я подумал, что к братцу опять побежала, к этому попрошайке с лживыми глазами, и кинулся звонить ему. Но он, как оказалось, ничего не знает о своей сестре. Когда и через три часа я не смог ей дозвониться, а все, кому смог, сказали мне, что ничего об Анжеле не знают, вот тут-то мне в голову и пришла мысль о похищении.

— Сделка крупная?

— Что?

— Я говорю, сделка, которую ты хочешь заключить, крупная?

— В том-то и дело, что самая крупная в моей жизни! Сейчас очень удобный момент, чтобы шагнуть на новую ступень в своем развитии, существенно поднять уровень доходов. Я долго этого ждал и... Дождался, — горько сказал он.

— И ты связываешь это похищение с реакцией на «сделку века» твоих конкурентов? Речь идет о крупном госзаказе, который ты хочешь разместить на своем заводе?

— Ты всегда была неглупа, Зинаида. В нашей стране процветают лишь те, кто оседлал одного из трех китов: нефтегазовую трубу, ЖКХ и Госзаказ. Разумеется, не я один хочу заполучить такой жирный кусок. Если бы речь шла о деньгах, я готов выложить любую сумму. Но боюсь, меня будут шантажировать не этим. Мне придется выбирать: либо Анжела, либо бизнес. Я могу потерять все. Все свое имущество и контрольный пакет акций.

— И что ты выберешь?

— О Господи, откуда же я знаю?! — он схватился руками за плешивую голову и начал бегать по кухне как заведенный, повторяя: — Откуда же я знаю? Откуда же я знаю? Откуда же я знаю?

Кухня у нас огромная, да еще и потолки высоченные. А Иван Иваныч маленького роста и тщедушный. Я бы могла сказать, что он метался по кухне, как лев в клетке, но на самом деле выглядело это, как вольер для выгула сторожевых собак, по которому мечется пудель.

— Зина, что делать?

— Откуда я знаю?

— О господи! — простонал он и понесся к окну.

И в этот момент зазвонил его телефон. Иван Иваныч словно споткнулся и чуть не упал. Посмотрел на меня беспомощно, как ребенок:

— И что делать, Зина?

— Ответь.

Подчиняясь моему взгляду, он достал из кармана мобильник и дрожащим пальцем, не глядя ткнул в панель:

— Да...

— Господин Царев? — я, как и хотела, слышала каждое слово. Ай да Анисья! Какой талант! Честное слово, не знай я, что это она, никогда бы не подумала, что звонит женщина!

— Да...

— Ваша девушка находится у нас.

— У кого у вас? — безжизненным голосом спросил он.

наталья Андреева

— Вы знаете.

— Послушайте... По... — он судорожно сглотнул и медленно, чуть ли не по слогам, выговорил: — Чего вы хотите?

— Пока мы хотим, чтобы вы знали: Анжела находится у нас.

— Но чего вы хотите?! — взвизгнул Иван Иваныч.

— Ведите себя благоразумно. Не ходите в полицию, не звоните в Службу безопасности. Иначе вы никогда ее больше не увидите.

Текст писала я, и, честное слово, он был неплох! Ивана Иваныча это, во всяком случае, впечатлило.

— Хорошо, — упавшим голосом сказал он. — Только я вас умоляю: не причините ей вреда! Она ведь беременна!

— Мы знаем.

— Откуда?

— Мы про вас все знаем.

Я невольно напряглась, потому что это была отсебятина. Как бы Анисья не переиграла! Но Иван Иваныч был так напуган, что отреагировал в мою пользу:

— Вы что, за мной следили?! Как долго?!

— Будьте благоразумны. Не делайте резких движений. Иначе... — Анисья взяла мхатовскую паузу. Она сделала это так гениально, что я увидела, как Иван Иваныч на глазах покрывается потом.

— Я сделаю все, что вы скажете, — пролепетал он.

— Ждите. — И Анисья дала отбой.

— Зина... — прохрипел муж. — Зина... Сердце... Воды...

Я с надеждой смотрела, как он сереет и валится на бок, мысленно восклицая: Ну же? Ну?! Все могло закончиться сейчас, сию же минуту. Честное слово, я не буду торопиться вызывать «скорую». Сегодня же я могу стать свободной и богатой.

— Ляг на диван, — сказала я через силу. — Я сейчас принесу тебе лекарство.

За лекарством я ходила так долго, что уже раза три можно было бы помереть. Но, когда я вернулась на кухню, мой Иван Иваныч был все еще жив. Лежал на диване с закрытыми глазами, тяжело дыша, но сердце его все еще билось! Вот же Кощей! И что с ним прикажете делать?

— Что так долго, Зина? — прохрипел он.

— Ты же здесь не живешь. Следовательно, я не сразу вспомнила, где лежат твои таблетки. На, — я сунула ему в рот нитроглицерин. — Ешь.

— Спасибо...

Он медленно двигал челюстями, разжевывая крохотную таблетку. Постепенно к нему начал возвращаться нормальный цвет лица, на что я смотрела с сожалением. Увы. Не сейчас.

— Ты приехал один или с водителем?

— Один.

— И как ты поедешь домой? Мне позвонить ему?

НАТАЛЬЯ АНДРЕЕВА

— А можно я останусь? — беспомощно посмотрел на меня Иван Иваныч.

— Но тогда получается, что ты изменил Анжеле.

— Какая чушь, — поморщился он. — Она прекрасно знает, что между нами давно уже ничего нет. В плане интимных отношений.

— То есть, она считает, что я ей не конкурентка?

— Ты можешь хотя бы в такую минуту не думать о себе! — взвился он. — О том, что ты потеряла молодость и привлекательность!

— А о чем я должна думать? — огрызнулась я. — О девчонке, которая увела у меня мужа?

— Тебе ее совсем не жалко? — уставился на меня Иван Иваныч.

— А разве ей меня было жалко? Она ведь считала, что все происходящее с ней и со мной в порядке вещей. И неужели ты думаешь, что она тебя любит? Она просто жадная, расчетливая сучка! И незачем по ней так убиваться!

— А ты? — он впился в меня взглядом. — Разве ты вышла за меня замуж не по расчету?

— А ты? — отплатила я той же монетой. — Разве ты женился на мне не потому, что я была самой красивой женщиной в твоем окружении и ты хотел, чтобы тебе все завидовали? Точно так же, как ты купил самую дорогую машину и построил самую шикарную дачу. Точно так же, как ты купил эту квартиру. Из соображений престижа. Так же ты женился на мне. Мои обязанности, в том числе и постельные, всегда были четко расписаны. И где тут любовь?

— Согласен: я заключил сделку. Ты полностью соответствовала моему социальному статусу, потому что ты всегда умела себя подать. Но ты бесплодна.

— Я?! А сам ты обследовался?!

— Анжела ведь беременна.

— Еще надо узнать, от кого.

— Я здоров! — он вскочил. — Я не пью, не курю, веду здоровый образ жизни. Регулярно прохожу обследование.

— Откуда же тогда инфаркт? — съехидничала я.

— От перенапряжения. Я устаю на работе. И потом: возраст. Но детей я иметь могу.

— Я не проверяла: вдруг и я могу?

— Поздно уже проверять, — приложил меня муж.

— А почему ты раньше не заводил этот разговор? Почему не настоял, чтобы я прошла полное обследование в гинекологии?

— *Потому что я не хочу говорить на эту тему*. О женских проблемах.

Это правда: в нашем доме никогда не произносили слово «месячные». Если, щелкая пультом от телевизора, Иван Иваныч натыкался вдруг на рекламу женских гигиенических средств, он делал вид, что ее не суще-

наталья АНДРЕЕВА

ствует равно как и самих средств. И хоть я ни разу в своей жизни не испытала оргазма, мы никогда не консультировались вместе у сексопатолога. Иван Иваныч считал, что все в порядке, что так и должно быть. Это я туда пошла, в консультацию, всего один раз. И, попытавшись поговорить с мужем, как мне посоветовали у врача, натолкнулась на его ледяной взгляд.

— Что вам угодно? — «Вам» — это мне и сексопатологу. — Какие такие проблемы, как вы сказали э-э-э? Сексуального, — он еле выговорил это слово, — характера? Я не собираюсь это обсуждать, — отрезал муж. — У меня все в порядке. — «Можете быть свободны», — чуть не добавил он свое любимое.

О том, что у меня не все в порядке, его не волновало никогда. Неужели он так переменился, потому что Анжела испытала с ним оргазм?

— И что ты теперь собираешься делать, Иван?

— Не знаю. Я ведь завещал этому ребенку все свое состояние, — простонал он.

— Что-о?!

— Мало ли что со мной могло случиться? Я хотел, чтобы все досталось моему ребенку, а не тебе. И я подписал соответствующее распоряжение.

О! Его адвокаты — асы в своем деле! Собственность, которой Иван Иваныч владел до брака со мной, не принадлежит мне по закону. Что же касается приобретенного за те двадцать четыре года, на протяжении которых мы жили вместе, документы были составлены так хитро, что я не имела вообще никаких прав. Да, каюсь, я подписывала все, что мне подсовывали, почти не глядя, мне бы надо было раньше озаботиться своим будущим. Но ведь Иван Иваныч был гораздо старше и больше отцом для меня, чем мужем. Скажите: вот вы откажете в просьбе своему отцу? Вы ведь уверены: в случае чего он о вас позаботится. Это к вопросу о моей доброте. Анисья-то, похоже, права!

Он смотрел на меня вопросительно и молчал. Ожидал моей реакции. Я тоже молчала, потрясенная. И что мне теперь делать?

— Я, с твоего разрешения, займу одну из спален, — сказал Иван Иваныч.

— Как угодно, — сухо ответила я.

— Ты напрасно на меня сердишься, Зинаида.

— А мне ты какое будущее уготовил? — поинтересовалась я на всякий случай.

— За тобой числится мамина квартира, — проскрипел он.

Это об убитой однушке в десяти часах езды от Москвы, в глубокой провинции. Там я жила до того, как поступила в московский институт, где, учась на втором курсе, и встретила Иван Иваныча. Мы на улице познакомились: я шла по Арбату, и он остановил меня с просьбой сфотографироваться вместе, так я была хороша. До сих пор не понимаю, как у него на это смелости хватило? А потом Иван Иваныч пригласил меня в ресторан. Я помню, как мы сидели за столиком, и подвыпивший товарищ в расстегнутом пиджаке подошел и заплетающимся языком сказал моему будущему мужу:

— Эта девушка бриллиант. Завидую.

Иван Иваныч тут же попросил счет, и мы ушли. Тогда еще у него не было ни охраны, ни Службы безопасности, и он побоялся, что меня уведут. Что я так и не стану его женой. А теперь он отсылает меня обратно в провинцию, как товар, потерявший вид и, соответственно, утративший свою ценность.

— Ну а жить мне на что? — поинтересовалась я.

— Я готов выплачивать тебе, ну, скажем, тридцать тысяч в месяц.

— Долларов?

— Рублей.

Я не выдержала и расхохоталась.

— Ты всегда можешь пойти работать, — нахмурился он.

Итак, мне предлагалось из хозяйки модного московского салона переквалифицироваться в провинциальную поломойку. У меня просто не было слов.

— Можешь повторно выйти замуж, — великодушно разрешил он. — Я тебе этого не могу запретить. Но тогда ты, соответственно, лишаешься денежного пособия. Но муж о тебе позаботится, как позаботился в свое время я.

— Я отдала свою молодость тебе, — напомнила я.

— Ты тоже неплохо жила все эти годы.

Торгуясь, он забыл об Анжеле. Вот ведь скупердяй!

— Убирайся, — велела я. — Никакой спальни.

— Как тебе будет угодно. Но помни: я давал тебе шанс.

— Шанс? Какой шанс?

— Если бы ты была добра ко мне в моем теперешнем положении...

— То есть, я еще могу выслужить прибавку к тем тридцати тысячам рублей, которые ты мне пообещал? И большая прибавка?

— Я вижу, тебе меня не жалко.

— А я вижу, ты оправился от нанесенного тебе удара.

— Я уверен, что смогу договориться с похитителями.

— Неужели ты выберешь Анжелу и пожертвуешь бизнесом?!

— Возможно.

— Честное слово, я ей завидую! Ради меня ты бы на такое никогда не пошел! Если бы меня похитили, ты бы первым делом поинтересовался, где можно будет получить мое бездыханное тело? Дав понять таким образом, что моя судьба тебя совершенно не заботит. Убивайте ее, маньяки, насилуйте, мне наплевать.

— Зина!

— А что, разве не так?

— Конечно не так. Разве за двадцать четыре года нашего брака у тебя были какие-то жалобы?

— А у тебя?

— У меня есть к тебе ряд претензий, которые я готов озвучить.

— Да пошел ты к черту!

— Зина...

— Вон!!!

— Зина, я почему-то уверен, что пройдет какое-то время, и ты смягчишься.

— Не исключаю такой возможности. А пока — убирайся!

— Как ты жестока!

Мне еще в раннем детстве говорили, что я — чудовище. Подумаешь, открытие! Я давно уже поняла, почему все меня считают чудовищем. Я просто называю вещи своими именами. Не лицемерю, не делаю вид, что я хорошая и вообще вегетарианка, больше всего на свете обожаю, салатик со спаржей, а не окровавленный бифштекс, я не говорю в глаза одно, а за спиной другое. Я давно уже перестала себя стесняться, зачем мне врать? Ну, разумеется, это чудовищно.

А вот мой муж — прямая мне противоположность. Он — одна сплошная условность. Он никогда не говорит то, что думает. И не признается в вещах, по его мнению, стыдных. А стыдным он считает практически все. Даже войти без стука в спальню к собственной жене, и то стыдно.

Я уже поняла, что пауза затянулась. Он все еще надеется, что я позволю ему остаться. Поэтому поставила в нашем диалоге жирную точку:

— Уходи, Иван, не зли меня.

— Куда же я пойду? Я только что пережил микроинфаркт.

— Тебе вызвать «скорую помощь»?

— Нет, зачем же? Хотя бы такси. Я не в состоянии сейчас сесть за руль. — Он посмотрел на меня вопросительно: тебе меня не жалко? Я не отреагировала. Спросила только:

— Почему не личного шофера?

— Я не хочу, чтобы кто-нибудь знал, понимаешь? Я ведь приехал к тебе. Ночью. Пойдут толки. Зачем приехал, почему приехал? А я ничем не хочу повредить Анжеле. Ни один человек не должен пока знать, что она пропала.

— Как скажешь, — я взялась за телефон.

Все-таки он пропустил удар и слегка поплыл, потому что решил вдруг воспользоваться услугами такси. А на дворе ведь глубокая ночь. Раньше бы он никогда так не поступил. Я пожалела, что Коля-и-Толя не водят машину. Вот было бы чудесно, если бы они завезли Иван Иваныча прямо в гуано! И мой Кощей вымазался бы им по уши!

— Зина, а может все-таки, ты позволишь мне остаться?

— Нет!

— Я приеду завтра, чтобы забрать свою машину. А пока она побудет на подземной стоянке.

— Мне все равно. — Я стала набирать номер.

...Он уехал через полчаса, такси подали быстро. И как только он уехал, я набрала Анисью. Мне просто необходимо было выговориться.

— Представляешь, он завещал этому ребенку все свое состояние! — зло сказала я в трубку. — А мне положил тридцать тысяч рублей в месяц! Тридцать тысяч рублей! И квартиру моей мамы! Счастье, что я ее еще не продала! Мне хотя бы есть где жить! — я рассмеялась. Мой смех был похож на рыдания.

— Зинаида Андреевна, что с вами? — испугалась Анисья.

— О, как же я ее ненавижу, эту девчонку!

— Я все поняла.

— Что ты поняла?

— Да успокойтесь вы, Зинаида Андреевна, все как-нибудь разрешится.

— Позвони ему завтра, слышишь? И как следует его напугай. Что же касается завещания...

— Я все поняла. Бежать надо. Дело-то срочное.

— Да, беги.

— Я отзвонюсь, — деловито сказала она.

Я вытерла слезы. Что же мне теперь делать? Отступить? Вернуть мужу Анжелу?

Все равно я ничего не получу. Умрет Иван Иваныч — останется его ребенок.

Ситуация казалась мне безвыходной. Я решила взять паузу и как следует подумать. А что, если попросить у мужа выкуп? Крупную сумму, которая обеспечит мое будущее. И об Анисье надо подумать. Ей стоит хорошо заплатить, иначе она меня сдаст. Ее, вдобавок, из-за меня с работы выгнали. Иван Иваныч мстителен, он устроит так, что другой работы в Москве Анисья не найдет. А возвращаться обратно в Сибирь она не хочет, ей, похоже, в Москве-то понравилось. Надо бы хорошенько обдумать детали сделки с Иван Иванычем. И сумму. А самое главное, как осуществить обмен Анжелы на деньги?

Я еще не знала, что следующий день преподнесет мне сюрприз, от которого мне станет тошно. А дальше уже неприятности посыплются, как горох из дырявого мешка.

Мой ад, в приемную которого я подала заявку на расторжение брака, только начинался.

День прошел, как сон пустой

Вообще-то у Пушкина год. «Год прошел, как сон пустой». Но события развивались так стремительно, что каждый без пользы прожитый день был для меня за год. Поэтому позволю себе заменить один временной отрезок на другой.

Меня опять разбудил звонок. Сначала я подумала, трезвонит телефон, но потом сообразила: домофон же! Неужели Иван Иваныч с утра пораньше явился за своей машиной и решил забежать ко мне за очередной порцией сочувствия, в надежде, что за ночь я смягчилась?

— Да? — недовольно сказала я в динамик.

— Зинаида Андреевна, к вам гость, — раздался оттуда взволнованный голос консьержки.

— Гость? Муж, что ли? Так впустите!

— Нет, не Иван Иваныч. Мужчина э-э-э... странного вида.

— Что ему надо?

— Говорит, у него к вам срочное дело.

— Да пошел бы он к черту! Я сплю!

— Зинаида Андреевна, это я, — раздался в динамике хриплый мужской голос, который я не узнала.

— Кто это «я»?

— Коля.

— Какой еще Коля?! Коля... — Я растерялась. А где же Толя? И что случилось? По домофону я не могла об этом разговаривать, консьержка ведь слышала каждое мое слово. Поэтому я поспешно сказала ей: — Впустите.

Пока Коля поднимался в лифте, я носилась по квартире, хватаясь за все подряд. Накинула халат, опрокинула кофеварку, разбила чашку. Откуда он узнал мой адрес?! Это же безумие! И зачем он явился?!

Слава богу, он был трезвый! Я посторонилась и сквозь зубы сказала:

— Проходи.

Коля (кстати от Толи он ничуть не отличался) мялся в прихожей. Его ботинки оставляли грязные следы на наборном паркете из ценных пород дерева. Он понимал, что портит безумно дорогую вещь, и не решался сделать вперед ни шагу. В руках у него была грязная вязаная шапка. Коля теребил ее, явно чувствуя себя не в своей тарелке, но не оставил желания со мной поговорить. Это я видела по его лицу. Видимо, случилось что-то серьезное.

— Я уж туточки постою.

Меня взяла злость.

— Нет уж! Снимай ботинки и проходи!

Он засопел и стал снимать свои ужасные ботинки. Я прямо-таки чувствовала запах дерьма.

— Извини, я еще сплю, — сердито сказала я.

— Так половина первого!

— Я сова.

Он заморгал. Потому что не догнал. Я начала злиться. Много чести, объясняться с алкашом!

— Проходи в гостиную, а я глотну кофе. Потому что я пока мало что соображаю.

У меня пониженное давление, поэтому, пока я не выпью кофе, в моей голове туман, а ноги ватные. Главное, чего я не понимала:

откуда он здесь взялся, черт его возьми?! И что ему надо?!

На кухне я разбила вторую чашку и вконец распсиховалась. Нельзя недооценивать людей. Из двух братниных голов одна оказалась настолько неглупа, что нашла дорогу в мою московскую квартиру. Толя, видать, совсем пропил свои мозги, а вот Коля оказался пособразительнее. Я уже поняла, что в тандеме он — мозг. Хоть и гномий, но все-таки мозг. Способный запомнить московский адрес. И кто его знает, на что он способен еще?

«Спокойно, Зинаида, спокойно...» Мне удалось приготовить кофе, и с дымящейся чашкой в руке я направилась в гостиную. Увидев чашку, Коля судорожно сглотнул.

— Ты тоже хочешь кофе? — спросила я.

— Не. А выпить есть?

— О господи!

— Для храбрости, Зинаида Андреевна.

Мне хотелось его убить, но от него теперь зависело мое будущее. Мне надо было покончить с этим как можно скорее, и я ринулась на кухню, оставив на журнальном столике чашку. На этот раз я разбила стакан. Теперь вся кухня была усеяна осколками. Лед ради Коли я добывать не стала, просто налила виски в стакан и понесла незваному гостю.

— На. Пей. И говори скорее: что случилось?

Он тремя жадными глотками выхлебал виски, рыгнул и сказал:

— Прибавить бы.

— Чего прибавить?

— Денег. Дело-то, как оказалось, сложное.

— Кто тебя прислал?

— Ик... брат.

— Какой еще брат? — я почему-то подумала об Эрике, брате Анжелы.

— Толька, кто ж еще?

— Адрес откуда узнали?

— Ик... так Анисья.

— Что-о?!

— Вчера прибежала. Дело-то говорю, непростое. Мы с братом завсегда. Только деньги, что вы дали, кончились. А за молчание как же?

— Ты... Совсем с ума сошли! — взвилась я. — Сидите и не высовывайтесь!

— Теперь конечно. Понятно мне все теперь-то. Сто тыщ.

— Чего-о?

— Сто тыщ рублей, говорю.

— Да нет у меня сейчас таких денег! Наличными нет. Ты же не будешь ждать, пока я схожу в банкомат?

— Я бы подождал.

— У меня кредитка временно заблокирована, — почти не соврала я. — Чтобы ее поменять на рабочую, уйдет дня три. — А вот это уже была ложь. Разблокировать мой счет мог только Иван Иваныч. Если только он через три дня помрет, я получу доступ к деньгам. — Что, будешь ждать три дня? —

Я прекрасно видела, что у него трубы горят и стакан виски этот пожар не зальет.

— Не. — Он судорожно сглотнул. — Это долго.

— Наличных же я при себе много держу.

— А сколько есть? — жадно спросил он. — Вы того... Лучше заплатите.

— Ты мне что, угрожаешь?

— Сами все понимаете. Небось, отсюда-то в тюрьму неохота? — он выразительным взглядом обвел гостиную и, хмыкнув, кивнул на огромную хрустальную люстру, купленную моим мужем на аукционе за сумасшедшие деньги. Девятнадцатый век, сделана на заказ для царских хором, но отчего-то не прошла кастинг. Так значилось в каталоге, что, впрочем, не повлияло на ее цену. Все равно для царя, и купил ее Царев. Коля всего этого не знал, но угадал верно. Владея такими вещами, как эта люстра, не хочется оказаться на нарах, в компании уголовников.

Вот мразь! Взялись меня на пару с братцем шантажировать! Застали врасплох! И Анисья хороша! Вот с кем пора разобраться! Но пока я не знала, что делать. Надо дать ему денег, а потом принять меры.

— Хорошо, — сказала я сквозь зубы. — Жди здесь.

Я кинулась в спальню, где лежала моя сумочка. Украшения с бриллиантами ему совать бесполезно, он все равно не понимает их истинную цену. Наличных у меня было тысяч десять, разными купюрами. Я выгребла их все, не думая о том, что остаюсь совсем без денег. Сейчас спроважу его, оденусь и побегу в ломбард. У меня еще есть что продать, слава богу, Иван Иваныч решил не отбирать у меня свои подарки, а коллекция неплохая.

— На, — я вбежала в гостиную и стала совать Коле деньги. — Десять тысяч, больше у меня сейчас нет. И — убирайся отсюда!

— Экая вы, — он засопел. — Барыня. Только зря вы так.

— Я же дала тебе деньги!

— Я ж вам сказал: мало.

— Потом дам еще.

Он встал и неторопливо засунул деньги в карман. Уходить Коля не спешил.

— Чего тебе еще? — зло спросила я.

— А еще выпить есть?

— Обойдешься! И забудь сюда дорогу, понял?

— Я по делу пришел, — он засопел. — Сказать вам хотел...

И в это время раздался сигнал домофона. Я кинулась к нему:

— Да!

— Зинаида Андреевна, к вам муж поднимается! — выпалила консьержка.

Ай, умница! Уж конечно, она не приняла этого оборванца за моего любовника. Но все равно позвонила и предупредила.

— Коля, живо — за дверь! В углу стоят пустые картонные коробки — спрячешься в них. Как только Иван Иваныч войдет в квартиру — беги вниз. Понял?

— Ладно. Только вы этого того... Про деньги не забудьте.

— Будут тебе деньги. Только уходи!

Мне удалось, наконец, его спровадить. И вовремя! Потому что из лифта вышел Иван Иваныч.

— Здравствуй, Зина, — он немного удивился, увидев, что дверь открыта, а я стою на пороге. Я следила за тем, чтобы он не столкнулся с Колей. — А ты что, меня ждешь?

— Нет. То есть, да. Заходи.

Я посторонилась и торопливо закрыла за мужем дверь. Уф! На этот раз пронесло!

— Зачем ты явился, Иван?

— Я же тебе сказал, что оставил вчера на стоянке свою машину. А она мне нужна.

— А как же твоя работа? Ведь сейчас только час дня! В это время ты обычно занят делами!

— Как я могу думать о делах, когда пропала Анжела?

— Тебе что, опять позвонили?

— Нет, но я думаю, что позвонят. Могу я пройти?

— Ты можешь делать все, что тебе угодно.

Он направился в гостиную. Я не сразу сообразила, что избавилась от Коли, но еще не избавилась от следов его присутствия в доме.

— Чем это здесь так отвратительно пахнет? — Иван Иваныч повел носом и замер на пороге. — Похоже, бомжатиной.

— Это мои новые духи, — соврала я.

— Скажи мне, как они называются, чтобы я их никогда не покупал.

— Я уже их выкинула, — продолжала изо всех сил выкручиваться я. — Они мне самой не нравятся.

— А это еще что? — он подскочил к столу и схватил пустой стакан, из которого Коля пил виски. — Виски?! С утра?! Это на тебя не похоже.

— Ты сам вчера пил, хоть и трезвенник. Я тоже нервничаю.

— Из-за чего? Из-за Анжелы? Насколько я знаю, ты ее ненавидишь.

— Я нервничаю из-за того, что ты решил оставить меня без гроша в кармане. Ты мне сам вчера об этом сказал, — напомнила я.

— Я в курсе, как брошенные жены олигархов превращаются в алкоголичек, — важно кивнул он.

— Ты себе льстишь, — поддела я. — Ты, Иван, не олигарх.

— А ты вообще ноль без палочки, — разозлился он. — Единственное, что у тебя было — твоя красота. А теперь, когда ты состарилась, ты превратилась в пустое место.

— Что же ты пришел к пустому месту за советом?

— Давай не будем ссориться, Зина, — тут же пошел он на попятную. — Мне и в самом деле был звонок. Только звонили не похитители.

— А кто? — искренне удивилась я. Неужели братья настолько обнаглели, что позвонили моему мужу?!

— Брат Анжелы, Эрик. — Иван Иваныч поморщился, как от кислого.

— Эрик? А что ему было нужно?

— Я вчера имел неосторожность сообщить ему, что Анжела пропала. Теперь он хочет знать, что с ней случилось?

— Скажи ему, все, мол, в порядке. Да сядь ты, наконец! Что ты передо мной маячишь?

Он сел на диван, аккурат на то место, где до него сидел Коля, и брезгливо отодвинул пустой стакан.

— Видишь ли, Зинаида, телефон Анжелы по-прежнему не отвечает. Я ему, конечно, скажу, что с его сестрой все в порядке, только он не поверит. Потребует предъявить Анжелу. Я не могу ему в этом отказать, поскольку он близкий родственник.

Я задумалась. Да, задачка.

— И что делать? — спросил меня Иван Иваныч.

— Анисья! — сообразила я. — Пусть позвонит ему от имени Анжелы и ее голосом скажет, что все в порядке. Заночевала, мол, у подружки, а мужу не сказала.

— Анисья? Какая Анисья? — уставился на меня Иван Иваныч.

«Которую ты вчера уволил!» — чуть не ляпнула я, но вовремя спохватилась. Иван

Иваныч сказал, что уволил вчера прислугу, но имя ведь не назвал. Я чуть себя не выдала!

— Помнишь, повариха? Сибирячка. Толстая такая. Она гениально подражает голосам. Гениальнее всего мужским, но и у Анжелы голос низкий. Почти мужской. Я уверена, что Анисья справится.

— Ах, эта... — он опять сморщился, словно лимон прожевал. — Видишь ли, Зина, я ее вчера уволил.

— Зачем?!

— Так это она проспала Анжелу! Именно ей я велел исполнять любой каприз своей жены.

«Жены!» Вот как меня опустили. И я должна была все это терпеть!

— ...а она вместо этого уснула. Я выставил ее за дверь без выходного пособия. Не думаю, что она теперь захочет оказать мне любезность. Тем более придется ведь впутывать в это дело постороннего человека. Какую-то прислугу.

— Надо просто хорошо ей заплатить, — осенило меня. Вот так мы с Анисьей разживемся деньгами. — Ты же не преступление совершаешь, Иван. И ее не на криминал подбиваешь. Напротив, благородная миссия: успокоить родственников Анжелы, чтобы не повредить самой Анжеле. Я думаю, Анисья проникнется. Ну и деньги. Они ведь никогда не лишние. Тем более у нее теперь нет работы.

— А ты могла бы это устроить?

Все понятно. Прежде чем попросить Анисью оказать ему любезность, Иван Иваныч должен перед ней извиниться. А он наверняка на нее наорал. Я разве не говорила? Иван Иваныч *никогда* не извиняется. В его лексиконе нет таких слов. Но теперь мне это было на руку.

— То есть, ты хочешь, чтобы я позвала ее сюда, в эту квартиру, и попросила позвонить Эрику? — я изо всех сил старалась скрыть свое ликование.

— Да, если тебе не трудно.

— Давай деньги.

— Деньги? Какие деньги?

— Которые я должна буду передать Анисье. Плюс мне за посредничество.

— А тебе-то за что?

— Тогда договаривайся с ней сам

— И во сколько ты оцениваешь свои услуги? — нахмурился муж.

— Сто тысяч рублей. — Я невольно назвала сумму, уже озвученную сегодня Колей. А почему бы нет?

— Что-о?

— Ведь это секретная миссия. И столько же ей.

— Ты с ума сошла!

— Ты хочешь, чтобы Анжела умерла?

И вот тут мне в очередной раз повезло! Потому что раздался телефонный звонок! Иван Иваныч поспешно выхватил из кармана свой навороченный телефонный аппарат.

— Это они, — сказал он, едва глянув на дисплей. Я поняла, что номер моей покойной бабушки обозначен в его записной книжке как «похититель Анжелы». — Да. Царев. Слушаю.

— Ваша девушка находится у нас, — раздался в трубке измененный голос Анисьи.

— Это я уже знаю, — нетерпеливо сказал Иван Иваныч.

— И ваш ребенок тоже. Ваш единственный наследник. Если вы будете упрямиться, мы сделаем ей аборт!

Я чуть не упала. Она что, с ума сошла?! Я, конечно, просила Анисью как следует напугать моего мужа, но, боже ты мой, что за текст! Поистине, если хочешь, чтобы все было хорошо, надо браться за дело самой. Но неожиданно для меня Иван Иваныч испугался.

— Не трогайте ее! — отчаянно закричал он в трубку. — Слышите?! Не трогайте моего ребенка! Я сделаю все, что вы скажете!

— Это благоразумно.

— Чего вы хотите?! Я все сделаю!

— Мы все вам скажем. Ждите.

— Но почему вы тянете? Тянете почему?

— Ждите. Время еще не пришло, — зловеще сказала Анисья. И дала отбой.

— О господи! — простонал Иван Иваныч и откинулся на подушку. Лучше бы он просто откинулся, но, видать, момент еще не наступил. — Зина...

— Я уже поняла: нитроглицерин.

Теперь у меня уже не было оправдания, будто я не знаю, где лежат таблетки. Иван Иваныч быстро получил свое лекарство, гораздо быстрее, чем я того хотела. Но, если дело так пойдет и дальше, второго инфаркта ему не избежать. Я двигаюсь в правильном направлении.

— Сволочи, какие сволочи... — зашевелил он посеревшими губами. — Ничего святого. Это же ребенок! Как думаешь, они и в самом деле пойдут на это? Сделают ей аборт? — вопросительно посмотрел на меня муж.

— А срок какой?

— Еще ничего не заметно. Я думаю, месяца два.

— Могут просто устроить выкидыш, — я пожала плечами. — На таком раннем сроке это нетрудно. Дадут ей пару таблеток...

— Таблеток? Каких таблеток? — заволновался он.

— Есть такие таблетки. Они так и называются: аборт-таблетка. — Лично сама я этого не делала никогда, но была наслышана. — Они могут силой заставить Анжелу проглотить лекарство.

А, кстати... Это мысль! Но нет. Я не буду убивать детей. Только не это. Даже если речь идет об Анжеле. Я не буду этого делать. Ни за что и никогда. Потому что страшнее преступления нет. Но Иван Иваныч сильно испугался. Он опять простонал:

— Зина... Воды...

За водой мне пришлось идти на кухню. И тут уж я не спешила. Когда я вернулась, Иван Иваныч еле дышал. Но, черт меня возьми, дышал! Вот же Кощей Бессмертный!

— Спасибо... — он жадными глотками выпил воду. — Мне легче...

«Да когда уже ты помрешь, зараза такая? Сколько мне еще возле тебя выплясывать?» — с надеждой посмотрела я на него и, стараясь изобразить сочувствие, спросила:

— Тебе и в самом деле легче?

— Я почти пришел в себя.

Какое разочарование!

— Так как насчет Анисьи? — напомнила я. — Будем мы звонить Эрику или не будем? Если не будем, то он пойдет в полицию и сообщит о пропаже Анжелы. Тогда ее похитители во всем обвинят тебя и... Как минимум аборт-таблетка, — пригрозила я.

— О нет! Хорошо, я согласен, — поспешно сказал Иван Иваныч. — Мы будем звонить Эрику.

— Деньги, — протянула я руку. — Сто тысяч мне и сто Анисье. Итого двести, — на всякий случай сказала я. Вдруг от горя он разучился считать?

— У меня нет при себе таких денег. Ты же знаешь, я не держу в кошельке столько наличности.

Я чуть не расхохоталась. Меньше часа назад точь-в-точь такой же диалог прои-

НАТАЛЬЯ АНДРЕЕВА

зошел между мною и Колей. Только я поумнее Коли.

— Выворачивай карманы, Иван, — велела я.

— Зина, ты ли это?

— Ничто не меняет людей так, как бедность. Чем меньше денег, тем меньше гордости. Мой кошелек пуст, и я способна на все, чтобы он опять был полон. Давай сюда свой пиджак!

— Ты ли это, — повторил он, но покорно снял пиджак и протянул мне.

Я пошарила в карманах и достала портмоне. Шикарное портмоне из кожи какого-то редкого зверя или рептилии. Моя рептилия в это время замерла на диване, гипнотизируя меня взглядом. Бесполезно. Я давно уже нечувствительна к змеиному яду. Стараясь не глядеть на мужа, я открыла его портмоне. Там была куча кредиток и пачка денег. В основном доллары и евро.

— Ага! Ты мне, выходит, соврал!

— Но ты же сказала: двести тысяч рублей, — начал выкручиваться он.

— Я не возражаю, если ты заплатишь в долларовом эквиваленте. И Анисья, я думаю, тоже, — я принялась отсчитывать купюры: — Одна, две, три, десять...

— Зина! — он кинулся на меня как лев, забыв о своем горе. Я проворно отскочила:

— Не мешай!

Швырнув ему бумажник, в котором остались одни только кредитки, я принялась жадно подсчитывать добычу. Четыре купюры по двести евро, пятьсот долларов сотенными и еще пятьдесят тысяч рублей красненькими.

— За тобой остается долг, — с сожалением сказала я. — Здесь только сто шестьдесят тысяч рублей. А я просила двести.

— Это по какому же курсу? — ощерился он.

— По моему.

— Не слишком ли дорого за один только звонок?

— Нет.

Я уже поняла, выбить из него остаток равносильно тому, чтобы добыть в самом центре Сахары ключевой воды из огненного песка. Но мне все равно не придется идти сегодня в ломбард. Да, я стала, наконец, считать деньги. А раньше не глядя швырялась огромными суммами. Мне давали на хозяйство немало, и раньше я бы сочла эти деньги насмешкой. А сегодня выдержала за них настоящую битву.

— Я начинаю тебя бояться, — проскрипел Иван Иваныч.

— Сам виноват. Если бы ты обеспечил мое будущее, мог бы отныне спать спокойно. Разве забыл? Скупой платит дважды.

— Я прихожу к тебе за сочувствием, а ты вымогаешь деньги, — пожаловался он.

— Эй, эй, поосторожнее! А то я включу в счет услуги психотерапевта! Мне же надо теперь как-то зарабатывать на жизнь?

— Нет уж, не надо! — вздрогнул Иван Иваныч.

— Уверяю: это обойдется тебе дешевле, нежели ты пойдешь на прием к дипломированному специалисту. Так что ты, Иван, подумай. У меня хоть и нет диплома, но зато я знаю тебя как облупленного.

— Так я могу быть спокоен: ты уладишь эту проблему? — спросил он, поежившись.

— Запросто!

— Эрик не будет ее больше искать?

— Не будет, — заверила я.

— Это хорошо, — кивнул Иван Иваныч. — Так я поехал?

— Езжай.

— Я буду тебя информировать обо всем, что происходит.

— А я тебя.

— До свиданья, Зина.

— До встречи.

Он не стал возражать. А мне не терпелось его выпроводить. Надо было срочно разобраться с Анисьей. Что это за самодеятельность? Как только за мужем закрылась дверь, я позвонила ей:

— Быстро — ко мне!

— Куда к вам? — слегка растерялась она.

— В московскую квартиру!

— А как же...

— Все улажено. И мне срочно надо с тобой поговорить.

— Лечу.

Позвала к себе чернавку

Когда в третий раз за этот день раздался сигнал домофона, я была во всеоружии.

— Зинаида Андреевна, к вам опять гости! — отрапортовала консьержка.

Этот день она запомнит надолго, потому что в обычные дни ко мне никто не ходит. А тут аншлаг! Весь вечер на арене Зинаида Андреевна Царева! Да, с тех пор как я перестала быть женой миллионера, я не могу позволить себе даже маникюршу на дом. Иван Иваныч крепко меня прижал. Вымогает развод. Само собой, он может обойтись в этом деле и без меня, но ему нужны гарантии, что после того, как он добьется свободы, я не затаскаю его по судам. Ему ни в коем случае нельзя сейчас ошибаться. И мне тоже.

Интересно, кто победит? У него нервы крепче, как оказалось, зато я на четверть века моложе. У меня, следовательно, крепче здоровье. Человек с больным сердцем против человека с подвижной уязвимой психикой. Делайте ваши ставки!

— Так что, Зинаида Андреевна? Впустить?

— Это женщина? — уточнила я у консьержки. Мне не хотелось, чтобы это опять был один из братьев.

— Да. К вам дама.

— Это я, Зинаида Андреевна, — пробасил динамик голосом Анисьи.

— Жду.

наталья Андреева

Я приготовила деньги. Пятьдесят тысяч рублей. Положила их на журнальный столик и прикрыла книгой. Доллары и евро я оставила себе, это было по-честному, потому что идея со звонком Эрику была моя. Я нашла для Анисьи работу, причем сотворила деньги буквально из воздуха. Вот уж не подозревала у себя наличие таких талантов! Развести самого Иван Иваныча почти на двести тысяч дорогого стоит!

— Проходи, — я посторонилась и пропустила Анисью в холл.

Мне показалось, что она смущена. Она мялась в дверях, как давеча Коля. Впрочем, обувь у нее была чистая, и я не беспокоилась за свой наборный паркет.

— Что ты встала в дверях? Проходи в гостиную, располагайся.

— А если нас увидят вместе? — настороженно спросила она.

— Иван Иваныч в курсе. Более того: он сам сказал, чтобы я тебя пригласила.

— Вот как? — удивилась она. — А что случилось?

— Да ты проходи. У меня к тебе серьезный разговор.

— Я все уладила, — поспешно сказала Анисья. — Вы останетесь довольны.

— Чай, кофе?

— Да вы не беспокойтесь, Зинаида Андреевна. Я покушала.

— А я и не предлагаю тебе обед. У меня его и нет. Ты ведь знаешь, я скверно готовлю. Не хочешь кофе, я принесу тебе чаю.

— Вы обо мне заботитесь, будто не я, а вы теперь прислуга, — хихикнула Анисья. — Вот как оно теперь, значит.

Мне бы насторожиться, а я ее словам значения не придала. Только потом, когда дело уже шло к развязке, все встало на свои места. Но в тот момент я еще ни о чем не подозревала и считала себя хозяйкой положения. Вот наивная!

Пока мы с комфортом не расположились в гостиной, я молчала. И только когда Анисья уселась на диван и получила свою чашку чая, строго спросила:

— Зачем ты дала братьям мой адрес?

— Ну как же? — заволновалась она. — Я думала... В общем, они не хотели.

— Чего не хотели?

— Они э-э-э... — она выразительным взглядом обвела гостиную.

— Ты думаешь, что здесь...

— Т-с-с... — она прижала палец к губам.

Иван Иваныч нанял частного детектива? А детектив велел ему поставить здесь «жучка». Неужели меня заподозрили в организации похищения Анжелы?!

— А ты уверена...?

Анисья молча пожала плечами.

— Гм-м-м... — Я задумалась. Во всяком случае осторожность не помешает. Поручение Иван Иваныча я могу озвучить, поскольку оно исходит от самого Иван Иваныча, и никакого криминала здесь нет. —

Позвони Эрику и скажи, что с Анжелой все в порядке.

— Эрику? Какому Эрику? — оторопела она.

— То есть, не так. Я не так выразилась. Ты должна сказать ему голосом Анжелы, что все в порядке.

— Зачем?

— Затем, что Иван Иваныч волнуется. Боится, брат будет ее искать и это ей повредит. Да, вот деньги.

Я отложила в сторонку книгу и пододвинула к ней пачку купюр, которая лежала на журнальном столике.

— Здесь ровно пятьдесят тысяч. Бери.

— Деньги? — еще больше удивилась она.

— Плата за звонок.

— А-а-а...

— Что же ты? Бери!

— А вы уверены, Зинаида Андреевна?

— В том, что тебе надо звонить? Конечно! Это ведь и в моих интересах тоже. Я хотела сказать, что переживаю за Анжелу. Ее брат ни в коем случае не должен э-э-э... — Я обвела взглядом гостиную. Черт возьми, неужто муж и в самом деле ведет двойную игру?! — Повредить своей сестре.

— Понятно. — Анисья взяла, наконец, деньги. — А с какого телефона я должна ему звонить?

— И в самом деле. А сделаем-ка мы вот что...

Я взяла бумажку и написала: «Позвони Эрику с ее телефона». Поскольку Анисья смотрела на меня с удивлением, я поспешно дописала: «с телефона Анжелы. Возьми его у братьев. Сможешь?»

Она кивнула. Я поспешно скомкала бумажку. Береженого бог бережет. Какое-то время мы сидели и молчали. Мне не терпелось объясниться с Анисьей, но мысль о том, что квартиру могут прослушивать, меня, признаться, взволновала.

— Так это все? — спросила она.

— Пока да, — сухо сказала я. — Нам надо встретиться где-нибудь в... кафе. Пообедать вместе. Как ты себя вообще чувствуешь?

— Не поняла?

Такое ощущение, что мы вообще перестали друг друга понимать. Я ее не узнавала. Вот так оно и бывает. Ты уверен, что знаешь человека как облупленного, но вдруг вы с ним оказываетесь на одной ступеньке социальной лестницы, либо он поднимается, либо ты спускаешься, и все моментально меняется. Анисья больше не прислуга, а я пока еще не богатая вдова. Мой социальный статус не определен, как, впрочем, и ее. Мы болтаемся между небом и землей, и непонятно теперь, кто на кого смотрит свысока? Она, похоже, вообразила себя равной мне и самостоятельно начала принимать решения относительно нас обеих. Дала братьям мой адрес, начала пороть Иван Иванычу отсебятину. Я осторожно начала выяснять, так ли это? Насколько я упала в ее глазах?

— Как у тебя с Иван Иванычем? Ведь он тебя уволил. Что, был скандал?

— О! Еще какой! — Тема была дозволеной, и Анисья разошлась: — Как только он узнал, что я не уследила за Анжелой Зафировной, просто из себя вышел! Я еще никогда его таким не видела! Он же во всем обвинил меня! Вот змей! Как будто мне больше делать нечего, как следить за его черномазым сокровищем! Икру ей носить и чашки за ней мыть! Он даже ногами топал: «Скажите спасибо, что я не вызвал полицию!»

— А в самом деле. Разве он не испугался, что ты в полицию пойдешь? И сообщишь им о похищении?

Она заморгала, соображая. Потом спросила:

— А зачем мне это?

— Ну... Из мести.

— Да что вы, Зинаида Андреевна! У меня ведь даже регистрации нет!

— Как это нет?

— Закончилась, — с досадой пожала плечами Анисья. — А в Москве без регистрации сейчас трудно. Я ведь у вас по договору работала, у меня и страховка была. Московская, — с гордостью сказала она. — А теперь что? Мне только в полицию пойти не хватало!

— Он же в тот момент еще и не знал о похищении, — сообразила я. — Думал,

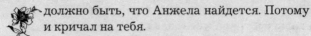

должно быть, что Анжела найдется. Потому и кричал на тебя.

— Да, наверное, так оно есть.

— Значит, ты его ненавидишь?

— Еще как!

Я немного успокоилась. Мне важно, чтобы Анисья была на моей стороне, и не имеет значения, насколько я упала в ее глазах. Поэтому я дала ей деньги, надеясь, что от Иван Иваныча она видит одни только неприятности. Это очень важно в отношениях с прислугой, дать понять, как ты ее ценишь и уважаешь. Главное, уважаешь. Поэтому я ласкового сказала:

— Нам с тобой надо развеяться, Анисья. Ты много пережила, разволновалась. Давай как-нибудь пообедаем вместе. Я приглашаю.

— Что ж, — она коротко вздохнула. Потом вдруг сказала: — Жалко мне вас, Зинаида Андреевна.

— Это еще почему?

— Так. Добрая вы очень. Умному человеку, такому, как вы, к примеру, доброта ни к чему. От нее одни только убытки. Ой, тороплюсь я! — спохватилась она. — Побежала же!

— Куда ты так торопишься?

— Для нас, людей подневольных, всегда дела найдутся.

— Ты же теперь свободна, — удивилась я.

— Так-то оно так. Но устраиваться как-то надо? Обратно-то мне дороги нет. Ну

наталья Андреева

что, скажут, накушалась Москвы-то? А уезжала вся такая гордая. Засмеют ведь меня, коли назад вернусь.

— Ты про свою деревню говоришь?

— Про нее. Уж я нос-то им утру. Вернусь на лимузине, вся в белом. Да еще каменьями обвешусь. Золотом чтоб везде. Пусть завидуют!

— Но ты должна понимать, что жизнь на этом не кончается, — осторожно сказала я. Мне не нравилось такое ее настроение.

— Не поняла? — уставилась на меня Анисья.

— Ты им ничего не докажешь. Ну, позавидуют, какое-то время будут тебя обсуждать. В итоге возненавидят. А тебе с этим жить. Деньги просто так не достаются. Ты должна это понимать.

— Вам-то достались, — неприятно усмехнулась она. — И ничего — живете.

— Ты всерьез считаешь, что деньги достались мне просто так?

— Но вы ж никогда не работали!

— Быть персоной тоже работа. Красиво одеваться, красиво говорить, красиво есть-пить. Я много лет представляла моего мужа на важных мероприятиях. Искала для него развлечения, организовывала интересные поездки, занималась благотворительностью, чтобы он платил меньше налогов. Это очень тяжелый труд, поверь.

— Как же, труд! — фыркнула она.

— Я вижу, ты ко мне переменилась.

— Вовсе нет, — тут же дала Анисья задний ход. — Сделаю все, как вы скажете, Зинаида Андреевна!

Мне бы задуматься. Ох, неспроста это! Но тогда я не придала значения этому разговору, и, как потом оказалось, совершенно напрасно.

Именно с этого момента все пошло не так. Хотя сначала мне показалось, что Фортуна играет в одной команде со мной, а не с Иваном Иванычем. Потому что на следующий день он опять ко мне явился. Я начала уже к этому привыкать, к ежедневным визитам мужа. Мне даже показалось, будто мы опять живем вместе, семья воссоединилась. Он ведь ходит сюда, как на работу!

— Ну как? — с порога спросил Иван Иваныч. — Уладила проблему?

— Эрик тебе звонил?

— Нет, не звонил.

— Значит, уладила.

— А как бы это проверить?

— Откуда я знаю? Хочешь — позвони ему сам.

— И что я скажу? В гости его приглашу? — ощерился он. — Ты же прекрасно знаешь, Зинаида, что Анжелы в доме нет! Я, кстати, до сих пор понять не могу, чего они хотят?

— Кто они? Похитители?

— Да!

— Может, просто денег хотят?

— Почему же они тогда еще не озвучили сумму? — подозрительно спросил Иван Иваныч.

Момент был подходящий. Мне тоже хотелось бы знать, с какой частью своего состояния он может расстаться безболезненно, а на какой цифре упрется рогом? Решит, что деньги ему дороже Анжелы. Ведь он скупердяй, каких мало. Прежде чем начать операцию по обмену красавицы-мулатки на капитал, мне необходимо было выяснить настроение мужа. Насколько Анжела представляет для него ценность? Иными словами, в какую сумму он оценивает жизнь ее и наследника? И я начала разведку боем.

— Наверное, похитители оценивают размеры твоего состояния.

— А чего его оценивать? Я не олигарх.

— Но пара-тройка миллионов долларов, я думаю, для тебя не проблема.

— Ты с ума сошла! — он вскочил и забегал по комнате. — Три миллиона долларов! Как будто я их рисую, эти деньги!

— Иван, опомнись! Речь ведь идет о жизни твоей женщины и твоего наследника!

— Я что, должен последнюю рубашку с себя снять?!

— Так уж и последнюю, — усмехнулась я. — Одна эта квартира стоит целое состояние.

— Я не собираюсь ее продавать! — взвился муж. — Иначе какой смысл? Что я оставлю своему сыну?

— Ты уже знаешь, что будет сын? — ехидно спросила я. — На втором месяце беременности?

— Ты подозрительно себя ведешь, Зинаида, — муж, не мигая, уставился на меня своим ледяным змеиным взглядом. — Уж не в сговоре ли ты с похитителями?

— А уж не нанял ли ты, Иван, частного детектива, чтобы за мной следить?

— А если и нанял?

— Ты ведешь себя по отношению ко мне нечестно. Впрочем, чего я ожидала?

— Зина, прекрати, — поморщился он. — Никого я не нанимал.

— И здесь нет жучков? — я выразительным взглядом обвела гостиную.

— Что-о? Ты подумала... Я к тебе как к человеку, — муж посмотрел на меня с обидой. — А ты... Эх, Зина! Никогда ты меня не любила!

— Я любила тебя по-своему, Иван, — возразила я. — Кто знает, может, ты только такой любви и достоин? Я ведь тебе не изменяла, не плела за твоей спиной интриги, не воровала у тебя тайком деньги, переводя их на свои заграничные счета. Я даже подписала все, что ты хотел, что было с моей стороны неосмотрительно. Это ли не высшее проявление доверия? А что такое любовь, если не доверие? Я полностью доверила себя тебе, Иван, за что и поплатилась.

— Красиво говоришь, — усмехнулся он. — Только выглядит все иначе. Я все эти годы видел перед собой бездушную эгоистку, которая только и думала, как бы ей найти мужчину побогаче? И мне приходилось платить за то, чтобы ты осталась со мной.

— Что-о?! Иван, ты с ума сошел!

— Я видел, как ты улыбалась моим гостям! Особенно богатым и влиятельным мужчинам!

— Да я улыбалась им лишь потому, что тебе это было нужно!

— Ты с ними кокетничала, — с ненавистью посмотрел на меня муж. — И ты бы меня первая бросила, если бы подвернулся подходящий вариант. Ан, не вышло.

— И ты этому рад? — с усмешкой спросила я.

— Знаешь, да. Всегда приятно сыграть на опережение. Брошеный мужчина выглядит в глазах людей не слишком привлекательно. Мне бы не хотелось, чтобы моя безупречная репутация была подмочена. Теперь ты никому не нужна, и я могу спать спокойно.

— Ну, ты и сволочь!

— Попрошу без оскорблений! Сама — та еще штучка!

— А как же Анжела? — напомнила я. — Которую похитили. Разве ты теперь вообще можешь спать?

— Эту проблему я решу.

— Что ж, попробуй.

Вы поймете мои чувства. Мне расхотелось возвращать ему мулатку. Пусть как следует помучается. Прежде чем он заплатит за Анжелу и своего ребенка сумасшедшие деньги, пусть переживет еще парочку микроинфарктов, а то и загремит в больницу. Я встречусь завтра с Анисьей и велю ей пугать Иван Иваныча до смерти. Да чтоб он сдох!

— Кстати, Иван, по какой причине ты сюда каждый день таскаешься?

— Привычка, — поежился он.

— Значит, ты признаешь, что в трудную минуту ты привык бежать ко мне за поддержкой?

— Я тебе уже сказал, больше у меня никого нет, — слегка повысил он голос.

— Никого из равных тебе. Партнеры по бизнесу ни в счет, им нельзя показывать слабину, разденут до нитки. Ты им нужен сильный. А слабости можно выказывать только при жене, бездельнице. Что ж друзьями не обзавелся? — ехидно спросила я.

— Не твое дело.

— А я тебе скажу почему. Все эти годы ты сливал весь свой негатив в меня, как в помойную яму. И это вошло у тебя в привычку, Иван. Ты женился на девочке, которую решил воспитать, как тебе нравится. Сделать из нее послушную игрушку. Да еще вздумал ее ревновать! И ты бы бросил свою Анжелу, как только она родила бы тебе ребенка. И вернулся бы ко мне.

— Никогда!

— Мне надо было проявить терпение. Но, увы! Мне сорок два года. И я не могу ждать, пока ты одумаешься.

— Ты это о чем? — подозрительно спросил муж.

— Хочешь сюда ходить — плати.

— Это мой дом! — взвился он.

— Пока еще мы официально не в разводе, и все у нас общее. Бумаги, сударь, бумаги. Докажите ваше право на эту собственность. И тогда будете диктовать свои условия.

— Ты еще пожалеешь об этом, Зинаида!

— А ты прекрати сюда ходить или плати!

— Я тебе вчера заплатил!

— Вчера было за вчера. А сегодня заплати мне за сегодня.

— За то, что ты вылила на меня ушат помоев?!

— Ты на меня вылил больше грязи. И я вовсе не обязана это слушать.

— Эгоистка, — бросил он.

— Сам такой.

— Бездушная жестокая тварь!

— Ба! Кто это говорит?! Добрейший человек Иван Иванович Царев! Скольких людей ты выставил за дверь без выходного пособия? По сокращению штата. А среди них были и беременные женщины! И матери-одиночки! Ты их последнего куска хлеба лишал! Но это тебя никогда не трогало. Ты легко находил лазейки в законе и нагло ими пользовался. Да тебя же все ненавидят!

— Это всего лишь бизнес, — проскрипел он. — Богатых никто не любит. И тебя, кстати, тоже.

— Неправда.

— У тебя тоже нет подруг.

— Я слишком красива, чтобы иметь подруг. Любая женщина, которая оказывается в одной комнате со мной, чувствует себя обделенной. Ты вот что, Иван. Когда тебе в очередной раз позвонят похитители Анжелы, не беги ко мне, — ехидно сказала я.

— И не побегу!

— До встречи.

— Ты еще пожалеешь! — бросил он перед тем, как хлопнуть дверью. — Прощай!

А я была уверена, что он еще вернется.

Что за диво?

Прошло два дня. Вы будете смеяться, но все это время я не могла встретиться с бывшей своей прислугой! Анисья все отговаривалась делами. Правда, она исправно пугала Иван Иваныча, насколько я могла судить по его виду. Да, он продолжал ходить ко мне, как на работу. Каждый такой визит заканчивался ссорой, но мы уже начали к этому привыкать.

Более того, нам это начало нравиться! Ругань превратилась для нас с Иван Иванычем в наркотик, на который мы прочно подсели. Это были типичные признаки наркомании: расширенные зрачки, раскоординированность движений, нервный смех или беспричинный плач. Вот в каком состоянии я оставалась, когда он наконец уходил. Сам Иван Иваныч выглядел при этом не лучше, потому что я за словом в карман не лезла. Что ж, четверть века мы молчали, а теперь вот решили выговориться. Представляете, сколько накопилось?! Я уверена, поговори мы с такой откровенностью раньше, не было бы никакой Анжелы. О! Я узнала о себе много интересного! Впрочем, и он тоже. Мы были так этим увлечены, выяснением отношений, что Иван Иваныч почти перестал ходить на работу. Как-то я не выдержала и спросила:

— Просвети меня: ты взял отпуск для того, чтобы всласть со мной поругаться?

— У меня украли любимую женщину, — с пафосом сказал муж. — Как я в таком состоянии могу работать?

— Тебе еще не озвучили сумму?

— Представь себе, нет!

Я уже решила, что настал момент действовать. Мне не хватало только маленькой детали. И она, эта деталь, нашлась. Иначе как чудом это нельзя было назвать. Потому что мне позвонили из морга. На мое счастье, Иван Иваныча в этот момент не было дома. Выкатив мне в очередной раз список претензий за все то время, пока я была его женой, он убрался к себе на Новую Ригу, ждать вестей от похитителей Анжелы. Я же стала ходить по комнате, приговаривая:

— Нет, какой мерзавец? А? Какой мерзавец?

Еще немного, я не стану дожидаться второго инфаркта, сама начну его душить! Голыми руками! Он мне столько гадостей наговорил! Да никакого терпения не хватит все это выслушивать! Закрыть перед ним дверь? Но у этого гада есть ключ! И все права на эту квартиру! Я не могу запретить ему ходить сюда!

— Нет, какая сволочь? — спросила я у зеркала, перед которым остановилась, забыв в горячке, что оно теперь тоже мой враг. — Да чтоб он сдох!

И в этот момент в моей квартире раздался телефонный звонок. Номер не значился в списке моих друзей, но и в списке моих врагов не значился тоже. Он был мне абсолютно незнаком, и я заволновалась. Кто бы это мог быть?

— Зинаида Андреевна?

— Да, это я.

— Помните, вы меня просили о необычном подарке на день рождения мужа-олигарха? Это патологоанатом. Я звоню из морга. Речь идет о...

— Тише! Ради бога тише! Муж рядом, — соврала я. А вдруг про «жучки» все же правда? — Если он узнает, никакого сюрприза не получится.

— Так вот: можете приезжать. И э-э-э... подарок лично мне тоже не забудьте.

— Я все поняла. Ждите.

Вот та самая деталь, которой мне и не хватало! Потому что мой Иван Иваныч и не собирался помирать. Более того, с каждым днем он выглядел все лучше и лучше, хотя по моим расчетам должен был выглядеть все хуже и хуже. Мне даже показалось, он стал забывать свою Анжелу и опять переключился на меня. Открытие, которое он сделал, его, похоже, потрясло. Оказывается, со мной можно говорить! Мало того, ругаться! А ему этого ох как не хватало! Человек годами копил в себе негатив по отношению ко мне. Его просто распирало, но он не был уверен в том, стану ли я его слушать? Иван Иваныч не готов был показать мне свое истинное лицо, распахнуть футляр и дать понять, что у него, как и у всякого человека, есть чувства. А теперь вот плотину прорвало. Вот чего я добилась! Но я ему не доктор. Не психотерапевт. Пора переходить в атаку. И я помчалась в морг.

Обмен состоялся в какой-то мрачной и темной комнате. Мужчина в белом халате со стойким запахом формалина вручил мне стеклянную емкость, в которой что-то плавало:

— Держите.

Я чуть не охнула: емкость оказалась тяжелой.

— Рука мулатки, — таинственно сказал он.

— Где вы ее раздобыли?

— Вчера в лесу нашли тело.

— Тело мулатки?! В подмосковном лесу?!

— Странность, да?

Я прищурилась на плавающую в емкости человеческую руку. Я никогда не рассматривала Анжелу в таких деталях, но то, что рука молодая и красивая, меня насторожило.

— Скажите, а вы делали вскрытие девушки?

— А как же! Надо же было узнать, от чего она умерла!

— И отчего же?

— Ее застрелили, — грустно сказал патологоанатом. — И после этого поступили с ней, мягко скажем, не очень красиво.

— А именно?

— Ей изуродовали лицо. До неузнаваемости.

— Значит, для нее потеря руки — это сущие пустяки?

— Да за такую цену... — он выразительно посмотрел на меня.

— Ах да! Держите! — я протянула ему руку с кольцом. — Вам придется самому его снять, потому что мои собственные руки заняты.

— Не беспокойтесь, я справлюсь, — он потянул за кольцо. По счастью, оно снялось довольно легко. Я подумала, что это знак. Бриллиант покинул меня с радостью, значит, так тому и быть. — Ух ты! Знатный камешек! — с восхищением сказал патологоанатом.

— Но ведь в протоколе осмотра места происшествия зафиксированы обе руки, — напомнила я. — Как вы будете выкручиваться?

— Судя по всему, девица была проституткой, — пожал он плечами. — Ее убили где-нибудь в подпольном борделе и кинули тело в лесу в таком виде, чтобы ее невозможно было опознать. Она полежит здесь месяц-другой, а потом об этом все забудут. Если ее никто так и не будет искать, похоронят в общей могиле, а там какая разница, с рукой она была или без?

— Но ведь это криминал! Ее застрелили!

— Если по поводу каждой проститутки землю будут рыть, всем прочим гражданам, среди которых есть добропорядочные граждане, правосудия не достанется. Не беспокойтесь, в полиции тоже люди работают. Пока их не пнут, они и не почешутся.

— Скажите, — подозрительно спросила я, — а девушка часом не была беременна?

— Упаси боже! — замахал руками он. — Разве бы я тогда решился? Дети — это святое. Я же говорю: проститутка. И никаких признаков беременности.

Я вздохнула с облегчением. Значит, это не Анжела. Просто повезло.

— Ее и нашли-то случайно, — вздохнул патологоанатом. — Тело было основательно закидано ветками. Но эти грибники, они ведь такие дотошные. Если видят ворох листвы, тут же суют туда палку. Вот и наворошили.

— Да какие сейчас грибники? Осень же!

— Времена сейчас тяжелые, народ ищет любой способ добыть себе пропитание. А грибы — это еще и вкусно, — он почмокал сочными, красными, как кусок убоины, губами. — Говорят, опята по второму разу пошли. Вот народ и потянулся в лес.

— Да, повезло.

— Надеюсь, ваш муж будет доволен, — сказал он с усмешкой.

— Еще как!

— И все-таки: зачем вам это надо?

— У каждого свои странности, — пожала плечами я. — Не беспокойтесь: я не людоедка. Ну, прощайте. Надеюсь, мы с вами никогда больше не увидимся.

— Если только ваш муж не захочет пополнить коллекцию.

— После руки мулатки он ничего больше не захочет, — заверила я. На сем мы и расстались.

Только приехав домой, я как следует рассмотрела свою добычу. И надо сказать, курица с отрубленной головой, которая бегала по двору, выглядела гораздо лучше. Это только сказать легко: буду отрубать в день по пальцу. Но, глядя на мертвую руку, плавающую в спирту, я поняла, что сделать это мне будет чрезвычайно трудно. Если только Иван Иваныч меня доведет до ручки. То есть до руки. И я принялась рассматривать эту руку. Через какое-то время до меня дошло, что мне подсунули товар не первой свежести. У нее, у этой руки, уже имелись признаки разложения. Ее убили не вчера, это уж точно. И как я объясню это Иван Иванычу? Я стала внимательно разглядывать добычу, ища более или менее пригодный палец. Который вполне мог сойти за еще вчера живой.

Потом я всерьез задумалась: а способ? Не почтой же его посылать? Так он окончательно испортится, сами знаете, как у нас работает почта. И как в таком случае Иван Иваныч поймет, что перед ним кусочек Анжелы, а не просто кусок тухлятины? Мне придется подбросить отрубленный палец Иван Иванычу в машину. А еще лучше — прямо ему в постель. Может, тогда его наконец хватит удар. Чего-то же он боится? Лично я, увидев отрубленную руку, да еще в своей постели, испугалась бы. Мне и сейчас было не по себе. Надо срочно звонить Анисье! Теперь у нас есть все, чтобы выжать из моего мужа кучу денег.

— Как дела? — спросила я, когда она, наконец, ответила.

Вот же проблема! Я не только не могу встретиться со своей бывшей прислугой, я даже не могу до нее дозвониться! А раньше она неслась ко мне сломя голову по первому зову! По звонку колокольчика. Да, времена меняются.

— Добрый день, Зинаида Андреевна! — бодро сказала Анисья. — У меня все нормально. Надеюсь, у вас тоже.

— Мы можем, наконец, встретиться?

— А, давайте, — милостиво согласилась она.

Деньги у меня еще были, я теперь была экономной, и я пригласила ее в шикарный ресторан. Намеренно, потому что знала, она там будет чувствовать себя не в своей тарелке, а я так, наоборот, на высоте. Я ведь все еще Зинаида Андреевна Царева, и носить шикарные платья для коктейлей я не разучилась и уже не разучусь никогда.

Машину у меня еще не отобрали, правда, приходилось теперь экономить на бензине. Но к ресторану я подкатила с шиком и даже заехала перед этим в мойку. На мне было шикарное белое пальто из кашемира и шляпа. Мне умопомрачительно идут шляпы, к тому же от широких полей на лицо падает тень, и морщины становятся не так заметны. Как только я вышла из машины, швейцар с широкой улыбкой распахнул передо мной дверь.

— Я жду одну даму, — сказала я хорошенькой хостес. — И пусть ее внешний вид вас не смущает. Счет оплачиваю я.

— Само собой, — получила я в ответ широченную улыбку. — Ваши гости, госпожа Царева — наши гости.

Девушка была хороша, достойная конкурентка Анжеле. А мою молодость, увы, не вернешь. Меня теперь не возьмут на работу даже хостет, хотя в былые времена я легко прошла бы кастинг в самый элитный московский клуб, да еще и на должность одной из античных статуй, украшающих холл. Теперь же мне приходится ждать собственную прислугу. Хоть и бывшую, но факт остается фактом.

А она, мерзавка такая, опаздывала! Я уже начала нервничать: как бы чего не случилось с Анжелой? Вдруг мулатка взбунтовалась? Или подбила братьев на секс и получила в обмен на свое прекрасное тело свободу? Анисья потому и прячется от меня. И тут я ее увидела. И чуть со стула не свалилась.

Что только ни делает современная косметология! Под толстым слоем тонального крема спрятались Анисьины угри, а макияж она наверняка делала у профессионального визажиста. Над имиджем хорошенько поработал стилист, ведь даже для полных людей есть одежда, прекрасно скрывающая недостатки фигуры и подчеркивающая ее достоинства. К примеру, пышную грудь. Сияя этой грудью и победной улыбкой, Анисья пробиралась к моему столику. Я уже поняла, куда она потратила полученные от меня пятьдесят тысяч, а также все свои накопления. Так вот чем она занималась, пока я томилась в ожидании этой встречи! Собой! Но на что, интересно, она рассчитывает? Это ведь все немалых денег стоит.

— Привет, — небрежно кивнула мне Анисья, важно опускаясь на отодвинутый официантом стул.

Я же во второй раз чуть не упала со своего. Да мы с ней, оказывается, теперь подружки!

— Добрый день, — вежливо поздоровалась я и приняла светский тон, коль передо мной теперь была светская львица. — Как твои дела? Прекрасный макияж, и платье достойное.

— А то!

— Я вижу, ты над собой поработала.

— У меня остался последний шанс, — важно сказала Анисья и поправила прическу. После чего облизнула губы. Да, ей много еще над чем надо поработать. — Мне, кровь из носу, следующим летом надо поступить. Гардеробчик подобрать, чтоб они все там упали. Как вам, а? — она уставилась на меня в ожидании одобрения.

— Я же уже сказала свое мнение: достойно.

— Да что там! Шикарно! Как бы я не я.

— И кто тебе порекомендовал стилиста? Она вдруг стушевалась. Отвела глаза:

— Да так...

— Ты нашла новую хозяйку? И у этой дамы хороший вкус, — похвалила я. — Только хватит ли тебе денег? Гардероб постоянно надо обновлять. И макияж каждый раз придется накладывать заново.

— Вы ж поговорить хотели, — напомнила она, отказавшись обсуждать, таким образом, тему денег.

— Да. Но давай сначала сделаем заказ.

А вот обжорой она как была, так и осталась. Заказала много и самого дорогого, что было в меню. У меня же совсем не было аппетита. Я вяло поковыряла вилкой какой-то салатик и выпила бокал минералки без газа.

— Что же это вы ничего не кушаете, Зинаида Андреевна? — с притворной заботой спросила Анисья.

— У меня столько проблем, что нет аппетита.

— Везет вам, — с завистью сказала она. — Вон какая худая! Не сказать тощая.

— Как там Анжела? — перешла я к интересующему меня вопросу.

— Не беспокойтесь: все, как вы хотели.

— Ты уверена?

— А то!

— Послушай, не пора ли нам озвучить Иван Иванычу сумму выкупа?

— В смысле денег?

— Да.

— Так вы ж не хотели брать с него деньги! Хотели только попугать.

— Обстоятельства изменились, — вздохнула я.

— Понятно. Ну, вздрогнули? — в качестве аперитива она заказала коньяк. Я, поскольку была за рулем, подняла бокал с минералкой. — Эх-ма! — Анисья махом опрокинула рюмку и поддела на вилку кусок осетрины. — Вот она — жизнь!

Я какое-то время наблюдала, как она ест. И терпеливо ждала. Потом спросила:

— И все же, зачем ты дала братьям мой адрес?

— Они не хотели за это браться без денег, — деловито сказала Анисья.

— Как не хотели? Они ведь уже взялись?

— То одно, а то другое, — намекнула Анисья.

— Не понимаю.

— Какая же вы непонятливая, Зинаида Андреевна! И вообще, как и не человек вовсе. Не едите, спиртного не пьете. Ну, как так можно жить? Эх-ма! — и она хлопнула вторую рюмку коньяка.

— Я и не знала, что ты столько пьешь, — удивилась я.

— Так переживаний сколько? С этой Анжелой, чтоб ее, Зафировной. Как знала, что от нее одни только проблемы будут! Как только вы от нас съехали, все и началось. Вот же гад! Порядочную женщину выгнал, а привел какую-то прости господи!

— Ты это об Иван Иваныче?

— А о ком же?

— Скажи мне толком, что случилось?

— А то вы не понимаете? — недобро ощерилась Анисья.

— Нет.

— Эх-ма! — она опять взялась за графинчик с коньяком. Я уже начала терять терпение.

— Что там? Говори!

— Да все в порядке, — с досадой сказала она.

— Ты Эрику звонила?

— А как же?

— С ее телефона?

— Все, как вы сказали.

— А он что?

— Да ниче. Как всегда, денег просил.

— А ты?

— Сказала, что недосуг.

— Он что, встретиться хотел?

— Ага, — она рыгнула.

Я невольно поморщилась.

— Ну, давай, Зина, за удачу! — Анисья выцедила в рюмку остатки коньяка.

— Погоди... Ты уверена, что Эрик не побежит в полицию? — заволновалась я, проигнорировав «Зину». Мне было не до того. — Ведь он нам все может испортить!

— Не испортит. Поздно уже.

— Нам надо поторопиться. У меня есть рука мулатки.

— Чего-о?

— Я же тебе говорила о своем плане. Если подкинуть Иван Иванычу отрубленный палец, он станет сговорчивым. Настало время решительных действий.

— Вы это серьезно? — уставилась на меня Анисья.

— Конечно!

— И где вы это... ее взяли, руку-то? Да еще и черную!

— В морге.

— Как — в морге?!

— Так. Вчера в лесу нашли тело.

— Тело? — она вздрогнула. — Какое тело?

— Тело темнокожей девушки, — пояснила я. — Она, скорее всего, была проституткой.

— И в каком лесу ее нашли? — напряженно спросила Анисья.

— Да какая разница? В Подмосковном. Грибники, говорят, нашли.

Анисья икнула и испуганно прикрыла ладонью рот:

— Ой! Ажник душа в пятки!

— Ты боишься мертвецов?

— Ик. Ой!

— Да что с тобой?

— Ничего. Ик... Развезло меня что-то, Зина... ида Андреевна. Пойду до ветру. Ик...

Она схватила сумку, с трудом встала и, пошатываясь, направилась в дамскую комнату. Я сделала знак официанту, чтобы налил мне минералки. Анисья вела себя странно. Вот уж не думала, что она такая чувствительная! Мне что, самой положить «посылочку» в машину Иван Иваныча? Я, вообще-то рассчитывала, что это сделает Анисья.

Ее не было минут десять, я уже начала волноваться. Не открылся ли у нее от осетрины понос? Нельзя так резко менять образ жизни. Во время ее десятиминутного отсутствия я пила минералку и нервничала. Как же мне уговорить Анисью доставить посылку по назначению?

Наконец, она вернулся. Плюхнулась на стул и подмигнула мне:

— Я еще коньячку закажу?

— А не хватит тебе?

— Так переживаний сколько!

Принесли еще графинчик коньяка.

— Ну, вздрогнули?

Вздрогнула я в морге, когда увидела отрубленную руку. А сейчас пыталась успокоиться.

— Нам пора переходить к решительным действиям, — напомнила я, когда Анисья выпила коньяк.

— А именно?

— Ты позвонишь Иван Иванычу и скажешь, чтобы готовил три миллиона долларов. Наличными.

— О как! Я-то позвоню. Только он не даст.

— Почему?

— Потому что он жадный.

— Тогда мы пошлем ему отрубленный палец.

— Какой палец? — испуганно моргнула она.

— Я же тебе говорила, что достала сегодня руку мулатки, — терпеливо напомнила я.

— Ах это...

— Ты можешь подбросить к нему в машину посылку?

— Я? Почему я? — испугалась она.

— А кто?

— Есть такие люди.

— Коля-и-Толя. Я уже знаю. Но я не хочу доверять это важное дело братьям. Они получили от меня деньги и, скорее всего, уже пьют.

— Это да. Тогда вы того... сами.

— Самой рубить палец, самой подбрасывать. А тебе я за что тогда плачу?

— А кстати, сколько вы мне заплатите?

— Ну, тысяч сто.

— Долларов?

— Конечно.

— По-вашему, это будет справедливо?

— Я готова также купить тебе квартиру в Москве.

— В центре? — жадно спросила она.

— Нет. Где-нибудь на окраине.

— Вы тоже стали жадная, — пробурчала она. — У Иван Иваныча, видать, научились.

— Но ведь план придумала я. И основную его часть реализую тоже я.

— Значит, коли будет суд, мне много не дадут?

— Суд? Какой суд?

— Ну, коли все сорвется.

— А почему должно сорваться?

— Так.

— Не нравится мне твое настроение. И прекрати пить! — резко сказала я.

— А чего это вы на меня кричите? — ее, похоже, развезло. — Я вам больше не прислуга! Что хочу, то и делаю!

— Извини.

— Ладно, позвоню я ему. Завтра.

наталья Андреева

— Позвони сегодня. — Я с сомнением посмотрела на ее раскрасневшиеся щеки, с которых потек тональный крем, и сказала: — Нет, сегодня не надо. Езжай домой и отдыхай. А завтра начнем действовать.

— Договорились!

Она лихо прикончила второй графинчик коньяка.

— Эх! Хорошо-то как!

— Как себя чувствует Анжела?

— Лучше не бывает!

— Это хорошо.

— Да, хорошо посидели. — Она зевнула. От коньяка и обилия вкусной еды Анисья осоловела.

— Где ты сейчас живешь? — спросила я.

— На квартире.

— Снимаешь, что ли?

— Ага, — кивнула она и взяла зубочистку. Я с неприязнью смотрела, как Анисья ковыряет ею в зубах. Талант талантом, но нельзя же быть такой свиньей? Рыгать за столом и чавкать, а потом демонстративно выковыривать из щелей в зубах куски осетрины. Над зубами, кстати, тоже надо бы поработать. Вставила бы себе импланты, раз собирается в актрисы.

— Извини, Анисья, я не могу тебя отвезти.

— Кто бы сомневался! — недобро усмехнулась она. — Вы же у нас того. Барыня.

— Но я могу вызвать тебе такси.

— Сама справлюсь.

— Дать тебе денег?

— С деньгами у меня теперь проблем нет, — отрезала она.

— Вот как?

— Вы же за все платите.

Ну и наглость! Поистине, нельзя ставить себя в зависимость от какого-то человека, даже если этот человек назвался твоим лучшим другом. Я уже жалела, что связалась с ней и с братьями.

В ожидании такси мы заказали десерт. Глядя, как она поглощает пирожные с жирным кремом, я спросила:

— Ты передумала идти в актрисы?

— Правы вы были, Зинаида Андреевна, — вдруг сказала она. — Ну что мне этот театр? Славы все одно не добьешься, все места куплены.

— В Пантеоне, ты имеешь в виду?

— Чаго?

— Я говорю, на Олимпе уже тесно. Все хотят денег и славы, поэтому там уже не протолкнешься. В этом ты права. Но ведь у тебя талант.

— Талант. Ага. Просто денег надо дать. И много. Или блат.

— Я обещала тебе помочь. И помогу.

— Спасибочки. — Зазвонил ее мобильник. — О! За мной приехали! Ну, пока.

— До свидания, Анисья. Ты все поняла, что я тебе сказала?

— А как же!

У меня в душе была тревога и какая-то непонятная тоска. Я словно чувствовала:

завтра для меня начнется кошмар. И не ошиблась.

Кошмар начался с того, что около полудня кто-то несколько раз позвонил в мою дверь. Ко мне пришли гости, а консьержка об этом почему-то не сообщила, хотя это была ее прямая обязанность. Я даже не хотела открывать. Но в дверь звонили настойчиво. А потом вдруг стали стучать! В нашем элитном доме такого отродясь не бывало! К таким людям, какие здесь живут, не ломятся в дверь!

«Уж не Иван Иваныч ли это явился?» — забеспокоилась я, накидывая халат.

На пороге стояла большая компания, в основном мужчины. Но были среди них и две женщины: консьержка и соседская домработница. Спросонья я не сразу поняла, в чем дело.

— Зинаида Андреевна Царева?

— Да. А в чем дело? Кто вы такие?

— Сейчас у вас будут делать обыск. Понятые, пройдемте.

Ах, это не консьержка и не домработница, это понятые! Ну, понятно. Кого они еще могли пригласить в качестве понятых? Народного артиста? Знаменитого экономиста, чье лицо минимум раз в месяц все видят в телеящике? Крупного чиновника из Минфина? Здесь простые люди не живут, и беспокоить этих небожителей нельзя. Но разве я — простая смертная? Разве *меня* можно беспокоить без причины?

— Постойте-ка, — преградила я путь людям, пытавшимся вломиться в мою квартиру. — А...

— Вот ордер на обыск. А вот мои документы.

Мне сунули под нос бумаги. Буквы прыгали у меня перед глазами. Я только поняла, что по мою душу явились из Следственного комитета. А у меня в доме отрубленная рука мулатки! И как я им это объясню?!

— Вы можете сказать, в чем именно меня подозревают? — спросила я, стараясь казаться спокойной.

— В убийстве.

— В убийстве кого?

— Любовницы вашего мужа. Которую вы сначала похитили, а потом, когда узнали, что она беременна, приказали убить. Мы уже задержали ваших сообщников, которые во всем признались.

— Сообщников? Каких сообщников?

— Хватит притворяться, Зинаида Андреевна. Оператор готов? Понятые? Включайте камеру и начинайте! А вы, госпожа Царева, присядьте пока на диван и постарайтесь четко и внятно отвечать на все вопросы, которые я вам буду задавать. Начали!

В чем, скажи, виновна я?

Мне бы позвонить моему адвокату, но проблема в том, что у меня его нет. Есть адвокаты Иван Иваныча, но это не тот случай. Я живо представила, как звоню мужу и прошу защитить меня от обвинений в убийстве его любовницы. А в спальне у меня лежит отрубленная рука мулатки! И как я объясню сей факт Иван Иванычу? Поэтому вариант с адвокатом отпал сразу. Мысли мои скакали, как кролики в вольере, куда запустили грозного хищника. Спрятаться никак, сопротивляться тоже бесполезно, ведь у него такие зубы! И что делать?

«Что делать?» — лихорадочно думала я.

— Может быть, Зинаида Андреевна, вы хотите добровольно выдать нам некие предметы, подтверждающие вашу причастность к убийству? — мягко спросил следователь. Но я видела его волчьи зубы, желтые, крупные, и понимала, что все, о чем он мечтает, это меня поскорее загрызть.

— Какие еще предметы? — попыталась я удивиться.

— Вы сами знаете. Чистосердечное признание облегчает участь.

— Вы хотите сказать, что срок я могу получить условно?

— Это вряд ли, — неприятно усмехнулся он. — Вы организатор похищения молодой красивой девушки и заказчик ее убийства. Даже присяжные вряд ли будут на вашей стороне, если вы вообще сможете добиться суда присяжных. Чудовищное преступление, потрясающее своей циничностью и жестокостью. Но вы можете немного скостить срок.

— Могу я подумать?

— Времени на раздумье у вас нет, — жестко сказал он и скомандовал коллегам: — Начинайте!

— Погодите. В доме на самом деле есть один предмет не совсем э-э-э... обычный. Но к Анжеле он не имеет никакого отношения.

— А именно? Что за предмет? — деловито спросил следователь.

Я молча встала и направилась к двери.

— Стоять! — рявкнул он.

— Я в спальню. Предмет находится там.

— Проводите, — скомандовал он операм и оператору.

Я шла к двери в свою спальню, а за мной неотрывно следовала камера. А я очень не люблю, когда меня снимают. Я ведь уже не так молода и не так хороша, как раньше, и к тому же не накрашена. Они застали меня врасплох. Если бы только я могла подумать! Но времени на раздумье мне не дали.

В панике человек начинает совершать ошибки. А я была в панике. И о совершенной ошибке поняла, как только вышла в гостиную со стеклянной емкостью, в которой плавала отрубленная рука. До сих пор консьержка и соседская домработница были моими союзницами. Они пребывали в уверенности, что все, происходящее здесь, в этой шикарной квартире, — какая-то ошибка. И смотрели на меня с сочувствием. Но как только дамы увидели отрубленную руку, все в мгновение ока переменилось. Теперь передо мной стояли и сидели только мои враги. И я была против них одна. Глядя на консьержку, я поняла, что никогда уже больше не буду жить в ЦАО. В эту квартиру мне дорога заказана. Я навсегда останусь здесь женщиной, в чьем доме нашлась отрубленная человеческая рука. Это автоматически исключает меня из списка благонадежных. А здесь могут жить только благонадежные люди, ведь это центр Москвы.

— Понятые, вы все видите?

Они в ужасе молчали, только одновременно кивнули головами.

Это была нормальная человеческая реакция: страх, брезгливость и, наконец, отвращение. «Извращенка! — выразительно говорили женские взгляды. — А еще порядочной притворялась!».

Глаза у следователя голодно блеснули, как только он увидел руку:

— Поясните нам, Зинаида Андреевна, что это такое?

— А вы разве не видите? Это рука мулатки.

— И откуда она у вас?

— Из морга.

— Ага. Значит, вы признаетесь, что стали заказчицей убийства Анжелы Свиридовой?

Свиридова она по матери, эта мулатка, потому что у ее отца родная фамилия абсолютно непроизносимая. Кстати, отец Анжелы тоже Свиридов и, насколько я в курсе, до сих пор им и остался, по первой своей жене. Имя у него тоже непроизносимое. Зафир-ибн-Оглы-буль-буль-Зураб-Хоттабыч Свиридов. Примерно так это и слышится. Поэтому и Эрик Свиридов, хотя они с Анжелой от разных матерей. Целое семейство темнокожих Свиридовых. Это я к тому, чтобы вы не удивлялись, когда Эрик появится в моем повествовании под именем «гражданин Свиридов». А без него никак. Ведь Анжелу стали искать с его подачи. Анисья со своей задачей, как оказалось, не справилась.

— Вы признаете свою вину? — повторил вопрос следователь, поскольку я молчала.

— Нет, не признаю.

— Ну, что ж... Начинайте обыск! А вы, Зинаида Андреевна, садитесь.

Я села.

— Сначала обыск, потом допрос. У меня к вам накопилось много вопросов, госпожа Царева.

— Скажите, а мой муж в курсе, что нашли тело?

— Вопросы здесь задаю я! — рявкнул он. — А вы на них отвечаете!

Я замолчала. Сидела и смотрела, как они переворачивают вверх дном мою квартиру. Впрочем, все ограничилось пределами гостиной. *Он* лежал в напольной вазе. Пистолет. О! Если бы я была хорошей хозяйкой и время от времени протирала бы пыль, хотя бы с антиквариата! Я бы его тогда нашла и выбросила на помойку! Но увы! Его нашли они.

Когда я увидела этот пистолет, то сразу поняла: у меня серьезные проблемы. Что там рука мулатки! Оружие — вот главная улика!

— Что это такое? — угрожающе спросил следователь.

— А вы разве не видите? Пистолет.

Я его даже узнала. Это был пистолет моего мужа. Банальный «ТТ». Я сама пару раз из него стреляла. Тренировалась, мало ли что? Раньше он лежал у Иван Иваныча в кабинете, и все об этом знали. Вся прислуга. Мы никогда не делали из этого тайны, потому что у Иван Иваныча было разрешение на это оружие. У него вообще были все возможные разрешения, на любой вид деятельности, даже права категории «D» и «Е», хоть он и не собирался работать дальнобойщиком. Просто у Иван Иваныча мания собирать справки. Как он мог обойти своим вниманием лицензию на ношение огнестрельного оружия?

Но откуда он здесь взялся, этот пистолет?

— Откуда он здесь взялся? — Я невольно вздрогнула. Потому что мы со следователем подумали об одном и том же!

— Я не знаю.

— Вот как? Вы в этом уверены?

— Абсолютно.

— Выходит, вы о нем ничего не знали?

— Нет.

— А про руку знали?

— Руку я принесла сюда сама. А вот об оружии ничего не знала.

— У нас есть показания вашей бывшей домработницы. Анисьи Переверзевой. Мы задержали ее сегодня утром. На допросе госпожа Переверзева во всем призналась.

— Призналась в чем?

— В том, что вы просили ее организовать похищение любовницы вашего мужа, Анжелы Свиридовой. По вашему приказанию гражданка Переверзева наняла братьев Паниных, Николая и Анатолия. Которых мы тоже задержали. И которые тоже уже во всем признались. Сначала вы просто хотели напугать мужа. У него уже был один инфаркт, и вы надеялись, Зинаида Андреевна, что от потрясения он умрет, а вы станете богатой вдовой. Господин Царев ведь затеял бракоразводный процесс. А вы этому изо всех сил сопротивлялись. Так?

— Ну, допустим.

— Но потом вы узнали, что Свиридова беременна. И что ваш муж оставил этому ребенку все свое состояние. А вам ничего. И вы разозлились. Вы позвонили Переверзевой и дали понять, что от Свиридовой и ее ребенка надо избавиться.

— Что-о? Я этого не говорила!

— Но она именно так все и поняла. И передала ваш приказ братьям. А также пистолет, который она взяла из кабинета вашего мужа. Вы в это время отвлекали господина Царева.

Переверзева сказала охраннику на въезде в коттеджный поселок, Павлу Ковыряеву, с которым, по ее словам, у нее интимные отношения, что хочет забрать из особняка господина Царева свои вещи. И его прислуге тоже так сказала: мол, за вещичками своими пришла. Разумеется, ее впустили в дом. Она ведь проработала у Царева не один год и со всеми находилась в прекрасных отношениях. Переверзева вместе со своими вещами прихватила из дома гражданина Царева и пистолет, который тут же отнесла братьям Паниным. И передала им ваши указания. Они застрелили девушку и вывезли ее тело в лес, на тачке. Скинули в канаву и закидали ветками. Они ведь не думали, что тело так быстро найдут, но на него натолкнулись грибники. Девушку убили по вашему приказу. И изуродовали тоже по вашему приказу.

— Но это же чушь! Я не хотела ее убивать! Я этого не говорила!

— Нам придется устроить вам очную ставку с Переверзевой. Причем преступление вы спланировали заранее. Мы допросили патологоанатома, у которого вы купили отрубленную руку Свиридовой.

— Что?!

— Вы хотели выжать из мужа как можно больше денег. Очную ставку с патологоанатомом мы вам тоже устроим.

— Он тоже во всем признался? — горько спросила я.

— Да, и только вы по-прежнему упорствуете, — он посмотрел на меня вопросительно. — Улик более чем достаточно, Зинаида Андреевна.

— Нет.

— Упрямая вы, — он тяжело вздохнул. — Ладно. — («Дожмем» читалось между строк) — Одевайтесь.

— Я не виновна в преступлении, в котором вы меня обвиняете.

И тут... Я в который раз подумала: нельзя быть такой лентяйкой! Хотя бы раз в три дня надо делать уборку! Потому что они обшарили всю квартиру и не поленились залезть под стол. Оттуда, из-под стола, был извлечен комок бумаги. Это была записка, которую я написала Анисье! Я ведь совсем об этом позабыла! Скомкала записку, но не выбросила! А потом нечаянно смахнула ее под стол.

Зато следователь не поленился проверить: что за бумажка? Он демонстративно медленно ее развернул и, нахмурившись, начал читать. Но после первых же слов лицо его посветлело.

— Что это, Зинаида Андреевна?

— Понятия не имею!

— «Позвони Эрику с ее телефона», — медленно начал читать он. — И приписка: «с телефона Анжелы. Возьми его у братьев. Сможешь?»

Я молчала. Что тут скажешь?

— Ну, что, госпожа Царева? Будете признаваться в убийстве?

НАТАЛЬЯ АНДРЕЕВА

— Нет.

— Мы проведем графологическую экспертизу, чтобы доказать: это ваш почерк. Если вы по-прежнему будете отпираться. Собирайтесь!

Я поняла, что деваться мне некуда. Рука мулатки, пистолет и записка, текст которой говорит сам за себя. Пока я дрожащими руками натягивала на себя одежду, картинка в моем мозгу сложилась. Так вот что это было! Я действительно звонила Анисье и, разозленная, кричала, как сильно ненавижу Анжелу. Мне, мол, теперь в любом случае ничего не достанется. А она поняла все по-своему. Подумала: я приказываю ей убить мулатку.

«Успокойтесь, Зинаида Андреевна, все как-нибудь разрешится».

Господи, да как она на это решилась?! А потом были намеки:

«Все как вы хотели». «Не испортит, поздно уже». «Какая же вы непонятливая». А еще она мне все время подмигивала. Мол, дело сделано. А я не понимала. Так вот какое дело она имела в виду! А потом еще Анисья интересовалась, что ей будет в случае, если все раскроется и нас будут судить? Кто крайний? Что светит организатору преступления, что исполнителям, а что посреднику? Выходит, посреднику-то достанется меньше всего. Она никого не убивала, план не разрабатывала, она только передавала братьям мои указания. Да, еще вывела Анжелу за ворота. Но присяжные, коли я добьюсь их суда, будут на ее стороне. Несчастная девушка, такая некрасивая, прислуга у богатой избалованной барыни. Которая приказала ей избавиться от беременной любовницы своего мужа. Вот мне да, не поздоровится.

Мне стало понятно, насколько все серьезно.

Вот почему Анисья вела себя со мной так нагло и задавала странные вопросы. Она была уверена: я у нее в руках. Не предполагала только, что так быстро найдут тело.

Визит Коли мне теперь тоже был понятен. Он изо всех сил намекал, что надо бы прибавить денег. Похищение — это одно, а заказное убийство — совсем другое. И это Коля, никто иной, подбросил мне пистолет! Больше некому! А точнее, Коля оставил мне его на хранение. И он хотел об этом сказать, но пришел Иван Иваныч. Я выставила Колю за дверь и запретила ему звонить мне и приходить. Коля получил от меня десять тысяч рублей и крепко запил на пару со своим братом. Разумеется, и убийство Анжелы, и оставленный в моей квартире пистолет тут же были забыты. На десять тысяч можно пить беспробудно, и не один день. Братья так и сделали.

Вот оно, дерьмо! Какая же я дура! Я ведь знала, что Коля-и-Толя способны завалить любое дело! Потому что это Двое из ларца! Что касается Анисьи, то она просто глупая деревенская баба!

— Поторопитесь, — недовольно сказал следователь, заглянув в спальню, где я одевалась.

— Куда? — усмехнулась я. — В тюрьму?

— Вы сами во всем виноваты.

И в этом он был прав. Вольно или невольно, я стала причиной смерти беременной женщины. И этого я себе простить не могла. Я так и сказала:

— Мне жаль.

— Жаль чего? — подозрительно спросил он.

— Что невольно я стала причиной смерти Анжелы и ее ребенка.

— Если вас это успокоит, она не была беременна. Это ошибка. Она либо намеренно обманула своего покровителя, либо и в самом деле думала, что беременна. Но вскрытие показало, что это не так.

И тут до меня наконец дошло! Совсем обезумела от страха! Долго догоняю! Патологоанатом-то меня не обманул! Хоть кто-то оказался порядочным! Он просто сдал меня полиции, когда узнал, что я заказчица убийства. Но разве можно его в этом упрекнуть? Итак, абстрактная мулатка, руку которой я добывала с таким трудом, оказалась Анжелой! Ирония судьбы! Я расхохоталась.

— А я вас, было, пожалел, — разозлился следователь. — А вы... Как это цинично и как жестоко! Даже если не было никакого ребенка. Вы приказали убить несчастную девушку из-за денег. Чтобы и дальше жить в сытости и безделье.

— Извините, — я нервно хихикнула. — Я вовсе не о том. Меня обманули. То есть, я сама обманулась. Это какой-то театр абсурда. В самом деле, откуда в подмосковном лесу тело мулатки? Понятно, что это моя мулатка. То есть, мулатка моего мужа. Я — полная идиотка!

— Вы готовы? Тогда идемте!

И я шагнула в новую жизнь.

Как ты смела обмануть меня?!

Оказавшись в камере, я погрузилась в мучительную думу: что же теперь делать? Сразу скажу, тюрьма не лучшее место, чтобы ее описывать, поэтому воздержусь. Достопримечательностей здесь немного, и все они не идут ни в какое сравнение с парадными залами Лувра, где мне не единожды удалось побывать. Даже с инсталляциями или с перформансами, на которые нынче мода. Эти я бы с огромным моим удовольствием описала, чтобы доставить читателям эстетическое наслаждение. Какой-нибудь перформанс. А вот интерьер моего нового места жительства, право слово, того не заслуживает. Хотя мне сразу намекнули, что за деньги можно устроиться и получше. А за большие деньги так и вовсе хорошо. Я обещала подумать.

Хотя, перформенс сокамерницы попытались организовать из моего появления в их скромной обители, но статья УК у меня серьезная, а характер, как вы уже поняли, не подарок. К тому же я неплохой рассказчик. Как только я поведала «кто и за что», все женщины мигом приняли мою сторону и стали мне сочувствовать. Они мне так сочувствовали, что, право слово, я и сама начала себя жалеть. Кого, скажите мне, не бросали мужики? А тут — мулатка! На сорок пять лет моложе! Вердикт моих товарок был однозначен:

— Сволочь!

— Русских им мало, этим богатым козлам!

— Жалко, что он не помер!

Это об Иван Иваныче. И масса эпитетов, которые я здесь приводить не буду. Потому что все они не выдержат никакой цензуры.

— И правильно сделала! Жаль только, что тебя подельники сдали! Вам бы заранее договориться...

Так мы и договаривались. Кто ж знал, что ее так быстро найдут?

Мне мигом принялись давать советы. Главная проблема была: признаваться или нет? А если признаваться, то в чем? А в чем ни за какие коврижки не признаваться?

Слишком уж много против меня было улик. Но убивать Анжелу я не хотела. Какое-то время меня мучила совесть. Как ни крути, а по моей вине погибло хоть и бесполезное, но живое существо. Я готова была уйти в монастырь, чтобы всю оставшуюся жизнь замаливать этот грех, да кто ж меня туда отпустит из тюрьмы? Если бы существовала такая мера наказания, монастырей у нас сейчас было бы больше, чем гипермаркетов. Потому что кто не без греха? Меня так и раздирало покаяться.

— Ага! — сказала одна из моих соседок, самая, видать, опытная. — Они только того и ждут! Как только признаешься, навешают на тебя всех собак.

— Да каких еще собак на меня можно навесить?

— Узнаешь, — загадочно усмехнулась она.

Потом у меня появилась мысль покончить с собой и тем самым искупить вину перед Анжелой. Но сокамерницы за мной следили день и ночь. Видимо, по моему лицу было видно, что жить я не хочу.

— Выбрось эту мысль из головы, — убеждали меня всем миром. — Ее все одно не вернешь. Надо бороться за себя.

В общем, убедили. На первом допросе я более или менее держалась.

— По-человечески я вас понимаю, Зинаида Андреевна, — ласково заговорил со мной следователь. — Понимаю, что обидно быть брошенной после того, как все было: роскошная жизнь, меха, драгоценности, э-э-э... — На этом, видимо, его фантазия иссякла. Он с досадой замолчал. А после паузы сказал: — Это был жест отчаяния, признайтесь.

150

— Я не отдавала распоряжения ее убивать, — сказала я пересохшими губами.

— Водички? — заботливо спросил он.

— Да, пожалуйста.

Какое-то время я пила воду, а он сочувственно на меня смотрел. Я понимала, что это прием такой, и все оглядывалась по сторонам: а где же злой?

— Что с вами? — удивился он.

— Я ищу: где злой следователь? Где вы его спрятали? В шкафу? Под столом?

— Я могу быть и злым, — намекнул он. — Против вас столько улик, гражданка Царева, все ваши сообщники признались, а вы вот не хотите.

— Я признаю́сь в том, что организовала ее похищение.

— Ага! — обрадовался он. — Лед, как говорится, тронулся! Как, когда, при каких обстоятельствах эта мысль пришла вам в голову? — он деловито принялся записывать. Хотя я говорила на видеокамеру, чего тут писать? Но надо же ему было чем-то заняться. Ему, похоже, не нравилось просто меня разглядывать. Я в который уже раз пожалела, что потеряла свою привлекательность в глазах мужчин. Вот бы она где мне пригодилась!

— Продолжайте, — сказал он, когда я замолчала.

— А все.

— Нет, не все, Зинаида Андреевна, — все так же ласково сказал он. — Дальше начинается самое интересное. Ведь дальше вы приказали ее убить.

— Вы бы лучше выяснили, почему она притворялась беременной! Вдруг да не все так просто?

— Ваш э-э-э... супруг сказал, что у нее была задержка. И тест на беременность положительный. Но к врачу она не обращалась, не успела. Выходит, это была ложная беременность.

— Или ложный тест, — уверенно сказала я. — Который она ему подсунула. И надо еще выяснить, с какой целью?

— Это уже не имеет значения, — сердито сказал он. — Беременная или не беременная, она теперь мертва. И вам не удастся доказать, что это был несчастный случай, — ехидно сказал он. — Она не с лестницы упала и не грибков ядовитых покушала, ее застрелили. Из пистолета, который нашли в вашей квартире.

— На нем что, мои отпечатки пальцев?

— Нет. Гражданки Переверзевой и Николая Панина. Правда, несколько размытые, но тем не менее. Мы их идентифицировали.

— Вот видите: я в нее не стреляла.

— А вы, Зинаида Андреевна, заказчик преступления. И я вижу, что вам необходима очная ставка с гражданкой Переверзевой.

— Скажите, а мой муж уже знает?

— О чем именно?

— О том, что Анжела умерла?

— Разумеется, — кивнул он.

— А о том, что это я... Ну, что меня подозревают?

— Он в курсе, — сухо сказал следователь.

— И... — я сглотнула. — Как он прореагировал?

— Я его об этом не спрашивал.

— Понятно. Я буду все отрицать.

— Как? — ужаснулся он. — И организацию похищения?

— Я... мне надо подумать.

Думать долго мне не пришлось. На следующий день мне устроили очную ставку с Анисьей. Ее, как выяснилось, до суда оставили на свободе, под подписку о невыезде. Это было несправедливо. По сути, Анжелу убила она. Она меня не так поняла. Но прокурор счел иначе. Братьев засадили в СИЗО, меня тоже, а вот Анисью трогать не стали. Ее чистосердечное признание сыграло в этом не последнюю роль.

Когда она вошла, я ее, признаться, едва узнала. И подумала: все-таки она гениальная актриса! Я видела ее всякой: и в роли прислуги, подобострастной и до тошноты заботливой, и в роли барыни, со вкусом поедающей осетрину, одетую в модное платье, и в роли своей подружки, фамильярную и даже наглую. И вот теперь я увидела ее в роли жертвы. В роли несчастной женщины, которая сама не ведает, что натворила по воле своей злой госпожи. Злая госпожа, как вы уже сами поняли, это я. Чудовище просто.

Она вошла бочком, глаза долу, одетая чуть ли не в рубище, на лице ни следа косметики. Даже я, находясь в тюрьме, выглядела гораздо лучше.

— Садитесь, гражданка Переверзева, — тут же предложили ей.

— Да-да! — она метнулась к стулу, будто его могли отобрать. Уселась и сложила руки на коленях, как послушная школьница. Весь ее вид говорил: я готова! Только спросите, я все расскажу!

Я все пыталась поймать ее взгляд, но она мне в глаза не смотрела.

— Назовите ваше имя, фамилию, место рождения, — посыпались привычные вопросы. Какое-то время мы представлялись.

— Расскажите о ваших отношениях с гражданкой Царевой, — попросили ее.

Она принялась играть на камеру. Сначала робко, потом все увереннее и увереннее. Я видела, как она входит в роль.

— Рассказывать, что рассказывать? Она хозяйка, я прислуга.

— Она к вам хорошо относилась?

— Да хуже, чем к дворовой собаке! — я оцепенела. — Ее все боялись. Даже Сам. Он-то добрый, но у жены своей был под каблуком. Все ее капризы выполнял, а она вертела им как хотела. Мы все его жалели, вся прислуга. Говорили: бедный Иван Иваныч. Вы бы слышали, как она на меня кричала! «Поворачивайся, корова!». А он слова плохого никогда не скажет, всегда на вы.

«Протрите здесь, пожалуйста». Золотой человек.

— Значит, она вас запугала?

— Я девушка простая, деревенская, — заныла Анисья. — А она барыня. Все грозила мне: не будешь слушаться, вылетишь с треском! Я сделаю так, что ты в Москве больше работы не найдешь! И нигде не найдешь! По миру пущу! Сгною! И все ногами топала.

— Ты только не забудь потом, что говорила, а то в суде слова перепутаешь, и все поймут, что ты врешь, — не выдержала я.

— Царева, помолчите! Вам еще дадут слово!

— Вот видите, видите, какая она? — заволновалась Анисья. — Боюсь я ее.

— Ничего не бойтесь, Анисья Аристарховна. Гражданка Царева здесь надолго, если не на всю жизнь, коли будет продолжать упорствовать.

Анисья впервые на меня посмотрела с откровенным интересом. «Ну, каково тебе?» — красноречиво говорил ее взгляд, который, увы, не поймала камера.

— Как-то не клеится, Переверзева, — к моему огромному счастью сказал следователь. — Муж, по вашим словам, ее боялся, а без копейки осталась она.

— Так он же очень умный, Иван Иваныч! А она, прямо скажем, умом никогда не блистала. Нарядиться, это да. На уме одни только тряпки, целая комната была заве-

БРАКИ РАСТОРГАЮТСЯ В АДУ

шана одними только ее платьями. Гардеробная обувью забита, тыща пар туфель, вы подумайте! Один раз наденет — и на выброс. Какой уж там ум! Хозяин, видать, долго готовился. Бумагу как-то хитро составил. Она сдуру и подписала. А он возьми, да и скажи: я с тобой развожусь! Потому что сколько можно терпеть такую стерву? — она разгорячилась и вышла из роли. Слово «стерва» явно было здесь лишним.

— Ну а в чем конкретно проявлялась ее стервозность? — тут же вцепился в Анисью следователь.

— Я же говорю, оскорбляла нас. Прислугу. Ругалась. Штрафами замучила.

— Суммы назовите?

— Что? — она слегка растерялась.

— Суммы штрафов какие?

— Э-э-э...... Да чуть не ползарплаты!

— Ползарплаты за что?

— Платье я ей испортила как-то.

— Так может, оно и стоило половину вашей месячной зарплаты?

— Да она его один раз только надела!

— А заметила, что вы его испортили, когда хотела надеть во второй раз?

Я впервые прониклась к этому человеку симпатией. А он не дурак. Лихо ее гоняет!

— Да ничего она не хотела! Зашла случайно в гардеробную и увидела пятно! — принялась выкручиваться Анисья.

— Ладно, бог с ним, с платьем. Давайте к делу. Царева с мужем разъехались, но вы по-прежнему к ней приезжали. Зачем? Неужели из страха? Так она вам больше была не хозяйка. Зачем же ездить?

— Приплачивала она мне.

— Приплачивала за что?

— Чтобы я за мужем ее шпионила. И за Анжелой Зафировной.

— А вы эти деньги брали?

— Деньги, они никогда не лишние. Я девушка бедная, деревенская, — заныла Анисья. — У меня мама больная, папки нет, братья-сестра кушать просят, надеть нечего. Я все до копеечки домой отсылаю. Кормилица я, а семья большая. Ничем не гнушаюсь, лишь бы близких своих прокормить. Виноватая я, признаю. Но откуда ж я знала, что до такого дойдет?

— Гражданка Царева считала причиной всех своих бед Свиридову?

— Кого?

— Анжелу гм-м-м... Зафировну.

— А кого ж? Она же у нее мужа увела!

— И что она конкретно о ней говорила? Царева о Свиридовой?

— Всякое говорила. Ругала.

— А о том, что ее надо убить?

— А как же! — оживилась Анисья. — Я потому и подумала. Беременная ведь. Теперь еще и наследник появится! Законный!

— И вы решились передать приказ убить беременную женщину?

— Так она ж вроде как не беременная, — заморгала Анисья.

— Но вы-то, когда относили братьям пистолет, были уверены в том, что Свиридова ждет ребенка?

— Я девушка бедная, деревенская. Запугала она меня. Застращала.

— Чем конкретно?

— У меня регистрация кончилась. И страховка. Выкину тебя, говорит, из Москвы. А так денег дам, квартиру куплю. Кто ж откажется?

— Вы хотя бы понимаете, Переверзева, что тоже получите срок?

— Ну, так условно же?

— Это вам кто сказал?

— А разве нет? — испугалась Анисья. Вот тут даже камера уловила, что она испугалась.

— Это суд будет решать.

— Я во всем чистосердечно раскаиваюсь!

— Ну а вы, — следователь всем корпусом развернулся ко мне. — Гражданка Царева. Что вы скажете?

— Если человек по собственной глупости принял жалобы на жизнь за приказ убить, я-то здесь при чем? Мозги надо иметь, — пожала плечами я.

— Переверзева, в какой форме был передан приказ убить Свиридову?

— В какой, в какой... Видеть, мол, ее больше не хочу. Мне теперь все равно ничего не достанется из-за ее ребенка. Вот в какой, — вдохновенно продолжала меня топить Анисья.

НАТАЛЬЯ АНДРЕЕВА

Я уже знала, что мне грозит в случае, если я буду проходить по делу просто как организатор похищения, и сколько схлопочу, если будет доказано, что по моему приказу похищенного человека убили. Это часть третья всем известной статьи, так называемые отягчающие обстоятельства, «группой лиц», «с особой жестокостью» и так далее. Да еще «заведомо зная, что похищенная женщина беременна». Там от пяти до пятнадцати, так что я получу все пятнадцать, кто бы сомневался! Поэтому я буду стоять насмерть.

— Все это ложь, — мой голос был спокоен. — Мои слова просто не так поняли.

— Слово «убить» было произнесено, Переверзева?

— Так тут только дурак не догадается.

— Так было или нет?

— Я не помню. Может, и было.

— Ты врешь! — не выдержала я. — Здесь было сказано много вранья, но это вранье самое гнусное. Я тебе не говорила, чтобы ты убила Анжелу. Никогда!

— Да вы сами не помните, что вы говорили, а что нет! — разозлилась Анисья. — Как вы ее только не крыли! И сукой черномазой, и дрянью крашеной, и по матушке.

— А в самом деле, Зинаида Андреевна, умеете материться? — развеселился вдруг следователь.

— Как бы я ее ни называла, смерти ее я никогда не желала, — твердо сказала я.

— Врет ведь! — вмешалась Анисья. — Еще как желала! Да вы сами посудите: ее ведь на улицу выкинули, а она работать не привыкла. Даже посуду за собой никогда не мыла! Вот и решила довести мужа своего до инфаркта. Пока он по закону с ней не развелся. А как узнала, что он все наследнику отписал, так и взбеленилась: убей!

— Вроде все сходится, — усмехнулся следователь.

— Я не желала ей смерти, — твердо повторила я. — Ни ей, ни ребенку. Когда узнала об этом, просто хотела получить с мужа выкуп. Мне же надо на что-то жить? Она... моя бывшая служанка, все не так поняла. Анисья, скажи, наконец, правду! — я посмотрела на нее в упор.

— А я и говорю правду! — она поспешно отвела глаза и умильно посмотрела на следователя. — Она — убийца! По ее приказу я действовала!

— Царева, так это?

— Ложь!

— Значит, не договорились, — подвел итог он. — Гражданка Переверзева, можете быть свободны. Пока. А с вами, Зинаида Андреевна, мы продолжим.

Анисья ушла, и мы остались вдвоем.

— Вроде бы все сходится, — повторил он. — И в то же время что-то не то. Я впервые вам посочувствовал, и сам не пойму почему?

— Еще один прием? — усмехнулась я. — Теперь вы прикинетесь моим другом и станете по-дружески уговаривать меня признаться в убийстве.

— Да можете не признаваться. Против вас улик — вагон! Почему-то эта Переверзева была мне неприятна, хотя я вроде бы должен сочувствовать ей, а не вам.

— Потому что она врет, а я говорю правду.

— Но улики-то против вас, Зинаида Андреевна!

— Вы мне тоже кажетесь порядочным человеком, — усмехнулась я. — Признаюсь, я думала о вас хуже. Скажите, если я найду свидетеля в свою защиту, вы мне поверите?

— Смотря что это будет за свидетель, — осторожно сказал он.

— Я признаю́ свою вину. Но хочу справедливости.

— Какая разница, кого вы хотели убить, мужа или его любовницу? Вы все равно планировали убийство.

— То есть, от перестановки мест слагаемых статья не изменится?

— Абсолютно, — заверил он.

— Вся соль в трупе. В первом случае его нет, а во втором он есть.

— Вы это о чем?

— Мой муж жив-здоров. Следовательно, и статья другая. Я буду отрицать, что планировала его убийство. Да кто вам это сказал? Я просто хотела его разыграть!

— Я вижу, новые подружки вас подковали. Соседки по камере. Будете бороться за лишние пару-тройку лет свободы?

— А как же! Мне больше нравится та часть статьи уголовного кодекса, где от четырех до восьми. И первая цифра меня привлекает гораздо больше, чем вторая. У меня еще есть шанс выйти на свободу молодой и красивой.

— Крепкие у вас нервы, Зинаида Андреевна, — уважительно сказал он. — Тогда мне придется устроить вам очную ставку с братьями Паниными. Я тоже буду бороться.

— Чтобы мне дали побольше?

— Это моя работа.

...Второй раунд я прошла чуть почище. Потому что братья вообще не помнили, как они убивали Анжелу. Не помнили, как везли ее тело в лес и закидывали ветками. Они почти ничего не помнили с того момента, как получили от меня первые деньги, аванс за похищение девушки. В тюрьме у них начался алкогольный психоз, и соображали они теперь с огромным трудом. Это была самая настоящая ломка. К тому же у обоих братьев открытые части тел, которые я видела, все были в синяках, и я гадала, сокамерники устроили братьям такой перформанс или служители закона постарались?

Но результат оказался на лицо: Коля-и-Толя были полностью сломлены. И морально, и физически. Они могли говорить только «да» и «нет». В основном это было «да».

— Вы признаетесь в том, что убили гражданку Свиридову?

— Да, — хором.

— И что приказ вам передала Переверзева?

Молчание.

— Анисья Переверзева.

— Ах, это... Да!

— И пистолет тоже передала она?

— Да, — голос Коли.

— Николай, вы мне кажетесь человеком более разумным. — «И мне тоже», — подумала я. — Объясните внятно: как это случилось?

— Да не помню я. Пили мы...

— Но что-то же вы помните?

— Вот она, — кивок в мою сторону, — позвала нас. Велела девку украсть. Денег много пообещала. Ну мы и того... этого...

— Согласились?

— Да, — хором.

— После того как вы получили от гражданки Царевой деньги, вы стали на них пить?

— Ну.

— И долго вы пили?

Пауза.

— Когда ты, Коля, приходил ко мне, ты был трезвый, — напомнила я. — Я тебе еще виски налила.

— Николай, это вы принесли в квартиру Царевой пистолет?

— Видать, я.

— Вы что, этого не помните?

— Э-э-э... Вроде как помню. С похмелья я был.

— Я дала вам небольшой аванс, — напомнила я. — Как вы умудрились пить на него почти две недели?

— Так Анисья заходила, — заморгал Коля. — Ну, когда с пистолетом. Денег еще дала.

— Я ей этого не говорила, — удивилась я. — Чтобы дала вам еще денег. И ничего ей для вас не передавала.

— Ну, дык... она, видать, сама. Для храбрости нам чтобы.

— Но...

— Царева, помолчите. Граждане Панины, в вашем доме нашли вещи, принадлежащие гражданке Свиридовой.

— Кому?

— Анжеле. Это имя вам знакомо?

— А как же!

— Вы ее раздели до того, как убить, или после?

— Да не помним мы... Пьяные были.

— Согласно экспертизе, на одежде, найденной в вашем доме, Панины, не обнаружено пятен крови.

Они оба заморгали. Я вздохнула. Это было все равно что допрашивать платяной шкаф. Шкаф, откуда в тебе вещи? И почему ты шкаф, а не, скажем, холодильник? Да откуда он знает, почему он именно шкаф?

— Кто стрелял? — задал прямой вопрос следователь.

Братья переглянулись.

— Кажись, я, — сказал Коля.

— Вы точно это помните?

— Ну, дык... все говорят.

— А сами вы не помните, как стреляли в девушку?

— Не-а...

— Сколько же вы выпили?

— Ну, литра два.

— Литра два чего?

— Водки, само собой.

— На двоих? В этот день или в совокупности?

— Чаго?

— Вот сколько уже раз так! — с досадой сказал следователь. — Напьются так, что себя не помнят! Просыпаются рядом с трупом и за голову хватаются. Что? Как? И — в тюрьму на пятнадцать лет. Так, может, Анатолий стрелял, а не Николай?

Молчание. Они действительно ничего не помнили. А после того, как Коля приехал от меня с деньгами, вообще вошли в штопор. В затяжное пике, во время которого их и без того неповоротливые мозги просто отключились. Их, насколько я поняла, задержали в состоянии сильнейшего алкогольного опьянения и грузили в машину как дрова.

— Зачем же вы так пили? — спросил следователь.

— Видать того... Девку поминали.

Точка.

Тут можно было биться долго и с одинаковым результатом. Братья полностью признавали свою вину, но не помнили ничего из того, что случилось. Все решали показания Анисьи, которая как раз была трезвая. И отпечатки пальцев на оружии тоже были веской уликой. А еще найденные в доме у братьев женские вещи, указывающие на то, что несколько дней Анжела жила там.

— И как вас угораздило связаться с такими людьми, Зинаида Андреевна? — спросил меня следователь, когда братьев увели. — Вы не производите впечатление глупой женщины.

— А как же показания Анисьи? — усмехнулась я. — Которая сказала, что я тупая как пробка.

— Я ей не очень-то поверил. Но суд поверит. Он не будет разбираться, умная вы или нет. Важно, отдавали вы приказ о том, чтобы убить девушку, или нет.

— Я такого приказа не отдавала.

— На сем и закончим, — он развернул ко мне толстую папку. — Прочитайте и подпишите. А завтра продолжим.

— С кем мне еще предстоит очная ставка?

— Ваш супруг хочет вас видеть.

— Иван?

— Ведь он пока еще ваш супруг?

— Полагаю, теперь он точно подаст на развод. Не опасаясь больше, что я затаскаю его по судам, — горько сказала я.

— Возможно. Но перед этим он хотел бы с вами побеседовать.

наталья АНДРЕЕВА

166

— Что ж...

Утопающий хватается за соломинку. Я прекрасно знала, что не стоит ждать помощи от человека, предложившего нищенское пособие женщине, с которой прожил почти четверть века. Но повторяю: утопающий хватается за соломинку.

И царица у окна
села ждать его одна

Я ждала его два дня. Видать, мой Иван Иваныч собирался с духом. Не так-то просто сидеть лицом к лицу с убийцей любимой женщины, даже если эта злодейка — твоя бывшая жена, брошенная тобою и униженная. И у нее есть право мстить. Само собой, себя Иван Иваныч виноватым не считал. Конечно, это не он довел меня до такого состояния, что я решилась на отчаянный шаг: достала отрубленную руку мулатки, которая, вследствие рокового стечения обстоятельств, оказалась рукой Анжелы. Я уже начала бояться, что он вообще не придет. А если придет, что мне делать?

— Ты поплачь перед ним, покайся, — советовали товарки. — Сердце не камень. Авось поможет. Адвоката хорошего даст.

— Да нет у него сердца!

— Все равно поплачь. Господь милосерден.

— Да не верю я в Бога! То есть знаю, что ему не до нас. Он занят мироусовершенствованием в целом. Мой плач он вряд ли услышит.

— Вон ты какая...

— Уж какая есть. Да муж, похоже, и не придет.

Он все-таки пришел. Уж не знаю, как Иван Иваныч этого добился, но в комнате для свиданий мы были только вдвоем. Разговор состоялся с глазу на глаз. Сначала мы просто молчали. Первая фраза, которую он сказал, была:

— Не ожидал от тебя, Зинаида.

Я чуть было не огрызнулась по привычке: «А чего ты ждал? Что я утрусь и отползу в сырую пещеру, в убитую однушку в глубокой провинции, дожидаться своего конца, жуя сухари и запивая их морковным чаем? И буду утешаться старыми фото, вздыхая о былом величии. Об этом ты мечтал? Извини, что я тебя разочаровала».

Именно эта фраза вертелась у меня на языке; «Извини, что я тебя разочаровала». Но я сдержалась, сказала смиренно:

— Я не желала ее смерти. Это какое-то недоразумение.

— Недоразумение?! — Иван Иваныч, не моргая, уставился на меня. — Ты велела отрубить ей руку! Ты... ты чудовище! Я всегда это знал, но чтобы так... — сказал он потрясенно.

— Я не приказывала рубить ей руку! И вообще не приказывала ничего с ней делать! Наоборот! Лелеять и холить! Это все

наталья АНДРЕЕВА

168

два идиота, Коля и Толя! И третья идиотка — Анисья! Которая все не так поняла, а потом начала меня сливать, чтобы самой остаться чистенькой!

— Как ты вульгарна, — поморщился он. — Что за жаргон? И во что ты превратилась?

— Тюрьма, Иван, не лучшее место, — усмехнулась я. — Уж прости, что перед твоим приходом я не вымыла голову.

— Я вижу, что самообладание тебе не изменило. Ты ведь даже не раскаиваешься в содеянном!

— Раскаиваюсь, и еще как! — горячо сказала я. — Прости, что все так вышло.

— Ты хотела меня убить! О! Я все теперь знаю! Знаю, к чему была вся эта комедия с похищением!

— Скорее трагедия.

— Ты еще можешь шутить!

— А что мне еще остается? Это юмор висельника. Меня ждет публичная казнь, и я не могу этого изменить. Остается только шутить над моим печальным положением.

— Плакать надо, — сурово сказал он. — Вот до чего ты докатилась, Зинаида! Спланировать убийство собственного мужа! Это же надо додуматься! И у тебя ведь почти получилось!

— Но если бы при разводе ты дал мне денег, я бы оставила тебя в покое. Ты же мне выбора не оставил.

— Выбор всегда есть, — с пафосом сказал он. — Ты предпочла тюрьму.

— Я вовсе не предполагала, что меня так быстро разоблачат. То есть, предполагала, но надеялась на лучшее.

— На то, что меня хватит удар?

— Прости.

— Сам себе удивляюсь. Сижу и слушаю, как моя бывшая жена хотела меня убить. Мне надо было бы встать и уйти... — он сделал паузу.

— Так почему ты не уходишь? — жалко улыбнулась я.

— Я уже немолодой человек, Зинаида, — сказал он устало. Он и впрямь как-то враз постарел. Я бы сейчас дала ему все восемьдесят. — Я уже видел смерть. И я буду к тебе милосерден.

«Из какой это пьесы?» — так и вертелось у меня на языке. Неужели хотя бы в такой момент и в таком месте нельзя говорить нормальным человеческим языком? К чему этот пафос?

— Ты подпишешь документы о разводе, — сказал он жестко.

— Согласна.

— Ты отдашь мне все. И без всяких условий.

— Это твое милосердие? — усмехнулась я.

— Я мог бы обойтись и без твоего заявления. Вообще без твоей подписи. Меня легко разведут с женой-уголовницей, и все при этом будут мне сочувствовать. Но я хотел бы, чтобы ты письменно отреклась от всего, — гнул свою линию он.

— Даже от маминой однушки?

— Это меня не волнует. Но все мое ты отдаешь мне. Все, до копейки. А взамен...

— Что взамен? — жадно спросила я.

— Я дам тебе своего адвоката.

— И как мне это поможет?

— Я даже готов добиться твоего освобождения под залог. До суда.

— А это возможно?

— Возможно все.

— Это я понимаю. Были бы деньги. И ты почему-то готов потратиться. А... совсем прекратить дело нельзя?

— Ты переоцениваешь мои возможности, — проскрипел он. — Умышленное убийство не тот случай, когда дело можно замять. Все, что возможно, это затянуть следствие. Но ты должна признаться во всем.

— Я призналась в том, что организовала похищение Анжелы. Этого довольно?

— А в убийстве?

— Я в нее не стреляла, Иван.

— Да, но это сделали по твоему приказу.

— Я не отдавала такого приказа.

— Если ты будешь запираться, тебе это все равно ничего не даст. Улик предостаточно.

— Тебя, часом, не следователь послал? — не выдержала я. — Не мытьем, так катаньем. Почему вам так надо, чтобы я всю вину взяла

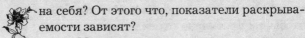

на себя? От этого что, показатели раскрываемости зависят?

— Меня никто не посылал, — размеренно сказал он. — Я сам решаю, когда и куда мне идти. В данном случае я пришел к тебе, потому что определенная доля вины лежит и на мне...

— Ах, ты это признаешь?!

— Я знал, что ты такое есть. Олицетворение зла. И не принял меры. Мне надо было усилить охрану. А когда пропала Анжела, я, признаться, растерялся. Мне следовало тут же идти в полицию. Я сразу должен был понять, что за этим стоишь ты. А я был так наивен, что пришел к тебе и стал делиться своим горем. Представляю, как ты надо мной потешалась! — он посмотрел на меня с ненавистью.

— Прости меня, — сказала я тихо.

— Зинаида, я не верю в твое раскаяние.

— Ну, хочешь, я расплáчусь?

— Это будут фальшивые слезы. И вся ты — фальшивая.

— А ты настоящий? А она, твоя неземная темнокожая любовь? Иван, подумай о том, что она тебя обманула. Она вовсе не была беременна.

— Но ведь когда ты отдавала приказ ее убить, ты думала, что она беременна!

— Да не делала я этого! Сколько можно? Именно потому, что у меня нет своих детей, я прекрасно знаю, какая это ценность: дети. Ничего святее на свете нет. И я никогда бы

172

не убила ребенка, даже еще не родившегося, неужели ты этого не понимаешь?!

— Тем не менее...

— Она водила тебя за нос. Подсунула ложный тест.

— Нет! — он вздрогнул. — Это просто была ошибка! Ложная беременность!

— Ну, думай так.

— Ты подпишешь документы?

— Да. Но в обмен я хочу выйти на свободу. Пусть временно, но я не желаю томиться здесь в ожидании суда. Я уже в курсе, что следствие может затянуться надолго. На месяцы, а то и на годы. В тюрьме я, похоже, еще насижусь. И мне хочется погулять напоследок.

— Ты подпишешь ВСЕ документы?

— Я же сказала, да!

— И больше не будешь пытаться мне навредить?

— Да живи ты как хочешь... Мне интересно, Иван, а кому ты теперь оставишь свои миллионы? Найдешь новую Анжелу?

— Все женщины одинаковы, — размеренно сказал он. — Я больше никогда не женюсь.

— Неужели составишь завещание в пользу нашей собаки? А как ты меня ругал! Выходит, мысль не такая уж и глупая? А?

Он молчал.

— Перечислишь деньги в благотворительный фонд? Не верю!

— Тебя это не должно волновать, — сказал, наконец, муж. — Наши пути скоро разойдутся. И мы вряд ли еще увидимся.

— Это точно. Пока я отбываю срок, ты помрешь.

— *Я могу сделать так, что ты никогда не выйдешь на свободу.*

— Так вот она, твоя месть! Тогда зачем, скажи, ты даешь мне глоток свежего воздуха? Зачем это освобождение под залог?

— Это сделка.

— А... Теперь поняла. Ты же бизнесмен! Торгаш! Простая привычка: надо что-то дать, чтобы взамен получить что-то. Ты все еще меня побаиваешься. Тебе, Иван, нужна моя подпись. Ты лукавишь. И ты пришел торговаться. Я бы просто так дала тебе развод. Потому что я хоть и чудовище, но чувствую свою вину.

— Значит, тебе не нужен мой адвокат? — обрадовался он.

— Теперь нужен! Но, скажи на милость, где я буду жить до суда?

Он помялся, потом сказал:

— Ты можешь временно поселиться на Новой Риге.

— Я не ослышалась? Ты опять зовешь меня к себе?

— Мы будем вместе дожидаться официального развода.

— Понятно: тебе надо из кого-то сосать кровь. Ты попробовал мою, и тебе понравилось. А тут еще я полностью в твоих руках.

Кругом виноватая. Да еще и под следствием. В общем, лакомый кусочек. Я теперь понимаю, зачем тебе нужно мое освобождение под залог. А потом ты засадишь меня в тюрьму, лет эдак на цать, и будешь ходить гоголем. Весь в белом! Все будут говорить: ах, какой благородный человек этот Иван Иваныч! Хоть пиши с него икону и на стену вешай! Жена его предала, хотела убить, а он ее простил, заплатил огромные деньги адвокату, да еще и жил с ней до суда в одном доме! Ты не в святые, часом, собрался? Думаешь, этого довольно, чтобы после смерти тебя канонизировали?

Поскольку Иван Иваныч молчал, я поняла, что попала в точку. Он еще мною не насытился. Моим падением. Самое разумное с моей стороны, это отказаться. Правильно ведь говорят: перед смертью не надышишься. Но я как представила себе душную полутемную камеру, запах параши и немытых тел, храп своих «подружек» по ночам, изматывающие допросы... В общем, всю эту тюремную музыку, которая погружала душу в беспросветный мрак. Разум подсказывал одно, а инстинкты совсем другое. Тело хотело пожить еще хоть немного в нормальных человеческих условиях. Ощутить пусть и отравленную ядом предстоящего заключения, но свободу. И я сказала да.

— Хорошо, Иван, я на все согласна. Ценю твое благородство, хотя и не совсем понимаю его причину.

— И еще одно условие: ты должна признаться в убийстве.

— Мы так не договаривались!

— Иначе судья не пойдет нам на встречу. Тебе могут отказать в освобождении под залог.

— Я не такая дура, как ты думаешь. Вот если я признаюсь в убийстве, мне точно откажут. Пока еще меня обвиняют только в организации похищения. И то я всем говорю, что это была шутка. Я просто хотела тебя развеселить. Привычка, ведь это всегда входило в мои обязанности.

— Тебе никто не поверит, — он посмотрел на меня с ненавистью. — В твоем доме нашли пистолет.

— А я всем говорю, что мне его подбросили.

Он вздрогнул:

— Нет! Тебе не выкрутиться! И не мечтай!

— Так ты пришлешь мне своего адвоката? Я обещаю прислушаться к его словам.

Мне показалось, он вздохнул с облегчением.

— Я признаюсь во всем на суде, Иван. Но не раньше, — поспешила расстроить его я.

— Какая же ты упрямая!

...Что ж, однажды я уже подписала себе приговор. Когда подписала составленный Иван Иванычем брачный контракт. И вот как все обернулось. Теперь мне предстояло подписать приговор окончательный, потому что на суде вывернут так, будто я приказала убить беременную женщину. Хотя эта врушка вовсе не была беременна. Но поскольку она теперь мертва, всех собак повесят на меня. Даже братьям Коле-и-Толе дадут меньше. А вот я получу по полной, все пятнадцать. И это всего за глоток свободы!

Но я готова была пойти на это. И сказала о своих планах следователю.

Он взглянул на меня с удивлением:

— Стоило так упорствовать.

— Мой муж меня убедил. Скажите, а много мне скостят за мое раскаяние?

— Это суд будет решать, — выдал он свою коронную фразу.

— Понятно...

— Если вам понадобится моя помощь... — он вдруг неловко начал совать мне свою визитку.

— Спасибо... — я также неловко принялась запихивать ее к себе в карман. Возникла пауза. Он смотрел на меня так, словно что-то хотел сказать. Что-то очень важное. Но я делала вид, что не понимаю. Хочешь помочь — скажи прямо: я знаю, вы не виновны, просто у меня работа такая.

Но он молчал. Я кивнула на дверь:

— Так я пошла?

— Постойте, Зинаида Андреевна... Я понял, что не все так однозначно, — замялся он. — В общем, я советую вам поискать.

— Поискать чего?

— Ну, я не знаю. Я вам помочь не могу, потому что все улики против вас. Дело по сути уже решенное. Но вы должны за себя бороться. Вы правильно решили признаться во всем лишь на суде. Но не раньше, — многозначительно посмотрел на меня следователь. И повторил: — Потому что не все так однозначно.

— Да вы ли это?

— Увы, я. Всего лишь человек. Который находится на службе у государства. В общем, гражданка Царева, до суда вы будете находиться под домашним арестом, — сказал он уже официально. — Скажите спасибо вашему мужу, он благородный человек.

— Я это знаю.

На сем мы и расстались. Чего только не делают деньги! А большие деньги так и вовсе творят чудеса. Добиться освобождения под залог с моей статьей практически не реально, но вдруг нашлась куча справок и смягчающих мою участь обстоятельств. Я оказалась насквозь больная и даже подумала: а не спрятаться ли в психушке? Но потом решительно отвергла этот вариант спасения. Психиатрическая лечебница вряд ли лучше, чем тюрьма, да и выйти оттуда будет проблемой. Иван Иваныч все сделает, чтобы я и впрямь стала сумасшедшей, подкупит главврача, наймет сиделку-убийцу и будет с наслаждением смотреть, как я превращаюсь в овощ. Ради этого он проживет еще лет двадцать, нисколько не сомневаюсь. И, как истинный джентльмен, уступит мне право первой спуститься в ад. Я ему такого удовольствия не доставлю.

Мне посоветовали поискать. Ну, что ж. Я, правда, пока не знаю где. Но поищу. Надо опять обратиться к Пушкину, у которого есть ответы на все вопросы. А вдруг?

ЧАСТЬ ВТОРАЯ

Но живет без всякой славы...

Дом, в котором я прожила двадцать лет, встретил меня благословенной тишиной. Никто не спешил засвидетельствовать мне свое почтение. Что ж, в милостыне не нуждаюсь. Я привыкла идти по жизни с прямой спиной, не согнусь и сейчас. И вдруг я услышала поскуливание, больше похожее на стон, а когда шагнула на первую ступеньку лестницы, ведущей в верхние комнаты, это скуление превратилось в лай, а потом и вовсе в отчаянный визг. Некто, удерживающий мою собаку взаперти, не выдержал и открыл дверь. Мы с Кики понеслись друг другу навстречу.

Так что первым делом я расцеловала свою любимую собаку, а уж затем как следует вымылась. Драила тело мочалкой, пока не стала похожа на вареного рака, правда, пахло от меня не укропом, а манго. Я была раком, сваренным в густой фруктовой пене. А выйдя из ванной комнаты, я подумала, что какое-то время буду принимать душ по пять раз в день, настолько въелся в мою кожу тюремный запах. Лицо огрубело, волосы потускнели, а руки... О, мои бедные руки! Пора отучаться от привычки раз в неделю делать маникюр.

Вскоре объявился Иван Иваныч и вывел меня, закутанную в белоснежный махровый халат, в гостиную, где вся прислуга выстроилась в ряд.

— Зинаида Андреевна какое-то время поживет здесь, — проскрипел мой супруг. — Настоятельно прошу вас выполнять все ее указания, как если бы это были мои указания.

Отныне прислуга была со мной крайне любезна, мне даже предложили ужин. Я отказалась от еды, попросив, чтобы в спальню принесли кофе по-турецки. Иван Иваныч заперся у себя в кабинете, как он сам сказал, поработать с документами, а меня оставили наедине с моими мыслями, наверное, в надежде, что я не выдержу и сойду с ума. Это значительно упростило бы задачу всем, кроме меня. Но не на ту напали.

В постель я улеглась вместе с Кики и книжкой. Ну-с, посмотрим...

«Сказку о мертвой царевне» я знала наизусть, но глаза мои все равно бегали по строчкам. Вдруг да я что-то упустила? Мне сделали вполне прозрачный намек: в убийстве Анжелы Свиридовой не все так однозначно. Может, А. С. Пушкин мне подскажет, где зарыта собака, коль это с него все началось? Помните? *«Весть царевну в глушь лесную...»* Собака тоже была, это она доела отравленное яблоко, после чего подохла. А вот что богатыри сделали с трупом, не сказано. Все только о царевне...

И, связав ее, живую...

О Господи! Зачем братья ее убили-то? Вот что значит не читать в детстве книжек! Лично я теперь убедилась: классика очень даже помогает жить.

> ...Пес на яблоко стремглав
> С лаем кинулся, озлился,
> Проглотил его, свалился
> И издох...

— Что с тобой, Кики?

Моя любимица дрожала всем телом. Судьба собаки из «Сказки о мертвой царевне» ее, видать, опечалила. Она даже тявкнула, выражая свое возмущение такой несправедливостью. Мне пришлось ее погладить и прижать к себе. Хорошо, что она такая маленькая. Представляю, как я ласкала бы огромного лохматого пса типа водолаза! Я была бы вся в его слюнях и в шерсти. Другое дело — моя Кики. Маленькая, шелковистая на ощупь, руки к ней так и тянутся. А какие у нее умные глаза? За что только ее ненавидит Иван Иваныч? А он ее ненавидит. Когда мы с мужем еще были близки и он наведывался в мою спальню, Кики мгновенно

НАТАЛЬЯ АНДРЕЕВА

оттуда изгонялась. Он ее зовет «Кикимора Болотная б-р-р...» Это ее полный титул, а сокращенно Кики.

Надеюсь, в мое отсутствие ее кормили? Вообще-то, я поручила приглядывать за Кики Анисье, и та меня убеждала, что с собакой все в полном порядке. Иван Иваныч тоже о ней заботился, потому что использовал Кики как веский аргумент в бракоразводном процессе. Даже обещал, что собака будет присутствовать при подписании документов и тут же перейдет ко мне в руки, едва я поставлю внизу каждой страницы свой крючок. Но Кики вся в меня, ей не привыкать терпеть. Нашу разлуку она перенесла стоически. Это единственное существо, которое ради меня готово на все. И я ее тоже люблю.

Дочитав сказку до конца, я поняла одно: в конце должна быть свадьба. Я-то не против, вопрос, за кого выходить замуж? И еще: вся вторая часть посвящена поискам пропавшей девушки. Королевич Елисей оказался весьма энергичным молодым человеком. Только немного того. Насколько я поняла, царевна заблудилась недалеко от дома, в книге ни слова нет про карету, в которой ее везли. Они с Чернавкой просто пошли за грибами. Что же там за царство такое, раз дворец правителя стоит в двух шагах от леса, в котором растут грибы? Но деньги у царя есть, раз в приданое любимой дочери он приготовил «семь торговых городов». Понятно, Елисей не хотел упустить такой куш. Но почему-то поехал искать свою невесту за тридевять земель. Верхом. А ее гроб вообще оказался в горе. В общем, с масштабом там здорово напутано. Это мне вряд ли поможет.

А вот герой мне нужен. Просто необходим! Спасибо тебе, великий русский поэт, за подсказку! Одна я не справлюсь. Но у меня нет любовника, и никогда не было. Где же мне найти мужчину на роль героя? Они, мужчины, а тем более герои, на дороге не валяются. Время такое. В крайнем случае за деньги.

Не все так однозначно...

И тут до меня дошло! А что, если найденная в лесу девушка вовсе не Анжела? Ее лицо ведь было изуродовано до неузнаваемости, беременностью там и не пахло, хотя Иван Иваныч упоминал о положительном тесте. Надо же, какие слова он выучил благодаря Анжеле! Вот и в сказке так же: мертвая царевна просто спала. И в конце она ожила, после того как ее жених разбил гроб. Вот где мне стоит поискать...

И начать надо с Анисьи! Она знает гораздо больше, чем говорит. Мне бы не мешало ее навестить. Но как я узнаю адрес? Не в справочную же идти. Вряд ли моя бывшая кухарка зарегистрировалась по месту фактического проживания, и вряд ли хозяева, сдающие ей квартиру, состоят на учете в налоговой инспекции как индивидуальные предприниматели. У меня есть номер ее телефона, но трубку она не берет. Я пыталась

наталья АНДРЕЕВА

звонить, но Анисья мои звонки сбрасывает. Или «абонент временно недоступен». Не идет она на контакт, хоть убей. Анисья затерялась в огромном городе, и я не смогу ее отыскать до суда...

Я так задумалась, что невольно вздрогнула, когда в дверь моей спальни раздался стук. Хотя стук был крайне деликатный. Я уж было подумала, что Иван Иваныч пришел меня навестить и сейчас раздастся привычное:

— Зина, ты можешь меня принять?

... — Зинаида Андреевна, ваш кофе по-турецки.

— Да, войди.

Эту горничную я почти не знала. Ее приняли на работу за несколько месяцев до того, как я покинула Новую Ригу. Тогда девушка показалась мне невзрачной и словно забитой. Я даже не помнила ее имени.

Надо сказать, что за это время она похорошела. Эти провинциалки быстро приспосабливаются к жизни в столице. Теперь ее выдавало только «гхэканье», от которого довольно трудно избавиться. Даже люди, которые живут в Москве много лет, иногда непроизвольно выговаривают слова с придыханием, особенно это характерно для южан.

— Хде тут поставить? — услышала я и невольно улыбнулась.

— Где хочешь.

Она проворно начала расставлять на тумбочке чашку, молочник, вазочки с печеньем, с медом, с джемом... Ее руки так и мелькали, и я невольно вспомнила бабочек, порхающих с цветка на цветок. Славная девушка. Я невольно вздохнула.

— Вам что-нибудь еще нужно, Зинаида Андреевна? — вытянулась она в струнку после того, как поднос опустел.

— Можешь не стараться, я тебе теперь не хозяйка.

— Как же? — заморгала она.

— Мы с Иван Иванычем скоро официально разведемся. К тому же я нахожусь под следствием. Ты не можешь этого не знать.

— Да, я знаю, — она опустила глаза. И вдруг сказала: — Как же мне вас жалко!

С некоторых пор я не доверяю прислуге. Человек — самое неблагодарное существо на свете. Сколько я сделала для Анисьи, и чем она мне отплатила! Черное, подлое предательство. Ладно, она спихнула на меня вину за убийство Анжелы, так еще и солгала, что я — домашний тиран! Запугала, мол, я всех, включая Иван Иваныча! Больше никогда не буду верить словам «Зинаида Андреевна, вы мой кумир!»

Вот и эта такая же. Наверняка врушка. Я посмотрела на нее в упор, словно проверяя на прочность ее моральные качества:

— А я полагаю, ты, как и все, должна радоваться.

— Да чему? — искренне удивилась она. — Вы — хорошая хозяйка. Таких еще поискать!

186

Где-то я это уже слышала. А потом: «Редкая стерва! Гнобила нас! Штрафами замучила!»

— Лучше, когда вообще нет хозяев, — усмехнулась я.

— Нет, что вы, что вы! — замахала руками она. — Хозяева нужны! Самому-то куда? А тут и жилье, и еда. Мне все здесь нравится.

— Это ты сейчас так говоришь, — притворно вздохнула я. — Но пройдет какое-то время, ты пообвыкнешься в столице, захочешь чего-то большего. Захочешь сама себе быть хозяйкой. Мужа богатого. — «Все вы такие».

— У меня уже есть жених. Он в автосервисе работает.

— Замечательно!

— Она не имела права с вами так поступать! Это подло! Ой, простите! — горничная испуганно зажала ладошкой рот. — Я вас, наверное, отвлекаю, Зинаида Андреевна. Разговорилась тут, — она собралась уходить.

— Постой! Как тебя зовут? Извини, что забыла. Так много времени прошло.

— Анюта я.

— О ком ты только что говорила, Анюта?

— Об Анисье, — поджала она губы. — Как же! Приходила недавно, хвасталась! Вот, говорит, где они теперь у меня, наши хозяева! В кулаке! Крепко я их за хвост держу! Сама теперь барыней стала!

— Сядь, — велела я.

Она поспешно села. Даже если девушка втайне меня не любит, свою бывшую подругу она не любит еще больше. Такова человеческая натура. Одни рождаются в роскоши, другие в нищете, и это нормально. Это закон жизни. Гораздо труднее простить, когда кто-то из твоей же среды выбивается в люди. Человек, с которым вы вместе росли или работали, такой же бедняк, казалось бы, без шансов преуспеть. И вот он находит способ разбогатеть или делает блестящую карьеру, а ты так и остаешься на низшей ступеньке социальной лестницы. Раньше это можно было объяснить тем, что социальный лифт не работает. Но для кого-то работает, как оказалось! Выходит, все дело в тебе, а вовсе не в лифте, и тебе ясно это доказали. Такое простить невозможно. Тут же накатывает черная зависть: «Да просто повезло!». Или у счастливчика начинают выискивать недостатки: «Да он вор, подлец, негодяй!». Или: «Ну понятно, переспала с кем надо!».

Вот почему горничная сейчас будет сливать мне Анисью с таким же энтузиазмом, с каким сама Анисья сливала меня в кабинете у следователя. Я приготовилась слушать. И задала наводящий вопрос:

— Как так: она приходила? Кто ее впустил? У нас не проходной двор, охраняемая территория.

— Да Паша, кто ж еще! Ее почему-то не внесли в черные списки. Да если бы и внесли.

Разве бы он ее не впустил за ворота? Она ведь с ним спит! Уж я-то знаю!

— Ну а в дом ее кто впустил?

— Ивана Иваныча-то целыми днями нет. А всем охота послушать.

— Понимаю, — кивнула я. — Значит, она приходит к вам хвастаться?

— Точно так! Учитесь, говорит, лохушки. А мы не лохушки, — на глазах у Анюты выступили слезы. — Просто мы честные.

— А она?

— Она же вас предала! — сверкнула глазами Анюта. — Вот я бы ни словечка плохого против вас не сказала!

«Это ты сейчас так говоришь».

— Часто она приходит?

— Да была пару раз, — с досадой сказала Анюта. — Придет, в кресле развалится, обслуживай ее теперь, барыню! Сейчас, говорит, я вас, лохушки, буду жизни учить!

— Да, обидно.

— Начинает хвастаться, какие у нее теперь наряды, да какие украшения. «А захочу,— говорит, — еще больше будет!» Шубу собралась покупать, сидит тут, каталоги из шубных бутиков листает, — Анюта чуть не расплакалась. — А я на дубленку накопить не могу. Родителям помогаю, брату... А то она не знает! Сидит тут со своей шубой! Выпендривается!

— Наглость просто.

— Еще какая!

— Но зачем она сюда ходит?

— Так ей же скучно! Она нас даже к себе пригласила. В гости. Мартини угощала. «Гляньте, — говорит, — как шикарно я туточки устроилась! А вы — лохушки, с ведрами и с грязными тряпками в руках до конца жизни будете ходить!» Ну не обидно?

— Обидно, согласна. Так ты, выходит, знаешь ее новый адрес?

— Знаю, — скромно опустила глаза Анюта.

— Можешь мне сказать, как туда проехать?

— Конечно! У меня от вас секретов нет, Зинаида Андреевна!

О женщины! Чтобы насолить удачливой подружке, на что только вы не готовы! Анисье следовало быть тише воды, ниже травы. А она пришла сюда хвастаться. Пусть ей это послужит уроком.

— Ты хорошая девушка, Анюта, — похвалила я, записав адрес. — Честность и доброта — прекрасные качества. А преданность в особенности. Это всегда щедро вознаграждается. — «Ага! Мечтай!»

— Я мечтаю стать такой, как вы! — выпалила она.

«Сесть в тюрьму?» — чуть не сорвалось у меня с языка. Вовремя остановилась.

— Тебе нужны мои платья и косметика? — сообразила я.

— Ну, если вы позволите... — она замялась. — Тут от Анжелы Зафировны много чего осталось. Вам ведь это вряд ли пригодится.

— Да, ты права. У нас разные вкусы. Я ее вещи носить не буду никогда. Но в любом случае мне надо спросить у Иван Иваныча. Он же здесь настоящий хозяин, — усмехнулась я.

— Да он вас боится! — выпалила она.

— Что ты несешь? Царев боится меня? — я чуть не расхохоталась.

— А я вам говорю, боится! А больше он никого не боится.

— Тогда почему он разрешил мне поселиться до суда здесь? От страха, что ли?

— Наверное, хотел, чтобы вы были под присмотром, — пожала она плечами. — Кто знает, чего вы еще натворите? Вы женщина смелая, энергичная. А красивая какая! — заливалась она соловьем. Я попыталась отключиться. Лесть меня больше не интересует.

Определенная доля логики в этом есть. Иван хочет контролировать каждый мой шаг. Что-то ему от меня нужно. Может, он тоже думает, что Анжела просто сбежала, и уверен, что я ее найду? Это ведь единственный для меня путь к спасению. Он добился моего освобождения под залог не случайно. Уж конечно, это был не акт благотворительности. Только не Царев! Но зачем ему это было нужно, черт его возьми?!

— Прости, что ты сказала?

— Буду смотреть на вас и учиться! А то у прежней-то хозяйки, у *Анжелки*, и поучиться нечему было. Лохушка и есть.

— Лохушка, а богатого мужа подцепила, — слегка уколола я.

— Так это ей просто повезло! А вот вы, да. Вы настоящая дама, Зинаида Андреевна.

— Ладно, я посмотрю, что можно сделать, — милостиво сказала я Анюте. Она ведь сообщила мне ценную информацию. — Думаю, что скоро твой гардероб пополнится. Я дам тебе пару советов, как следует себя вести в приличном обществе.

— И еще скажите, что я теперь старшая горничная, — попросила она.

— Скажу, — мне стало весело. Она, наверное, считает себя очень умной. — Сделаю все, что в моих силах.

— А уж я вам отплачу! — пообещала Анюта. Лицо ее сияло.

«Ты уже и так много для меня сделала», — подумала я, машинально поглаживая листок с адресом Анисьи. Ну, предательница, готовься!

...Я сразу поняла, что мой домашний арест — чистая условность. Никто меня наручниками к батарее не приковал. Общение с родственниками не запретили, телефонные звонки тоже, ограничили только доступ в Интернет, но я им почти и не пользуюсь. Еще мне рекомендовали не покидать пределов территории, на которой находится дом моего супруга. И чтобы я по первому требо-

наталья АНДРЕЕВА

ванию являлась в Следственный Комитет. Отвечать за меня взялись Иван Иваныч и его личный адвокат. Оба они ясно дали мне понять, что ходить за мной по пятам никто не будет. Более того, личный шофер Иван Иваныча заботливо заправил мою машину, залил полный бак бензина и не преминул сказать мне об этом. Без ведома хозяина он никогда бы этого не сделал. Мне словно говорили: езжай куда хочешь.

И я поехала по указанному Анютой адресу. У девушки оказалась прекрасная зрительная память, плюс ко всему она записала код домофона, который Анисья дала своим подружкам, чтобы те беспрепятственно прошли в подъезд. Она же не знала, что этот код попадет ко мне и я не преминула им воспользоваться. Ехать пришлось недолго, Анисья «шикарно устроилась» за МКАД, километрах в тридцати от столицы, в месте, где транспортные развязки явно не были рассчитаны на такое количество домов. Пришлось потомиться в пробках. Но я готова была потерпеть, лишь бы был результат.

Я решила сделать Анисье сюрприз. Она сняла квартиру в доме, где покамест не было консьержа. Дом был новым, его, судя по всему, сдали в эксплуатацию меньше года назад. Я поняла это по грохоту, который стоял вокруг, и по характерному звуку в подъезде. С таким энтузиазмом владельцы сносят стены, чтобы сотворить из типового жилья «нечто особенное». Мне даже не пришлось набирать код: навстречу вышел узбек в заляпанной спецовке, неся полное ведро белой краски. Я едва успела отпрыгнуть.

Дверь широко распахнулась, и я увидела припорошенные известкой полы и свежевыкрашенные стены. Меня даже не спросили: куда, к кому, есть ли у меня ключ или хотя бы приглашение? Я понятия не имела, как мы будем разговаривать, такой здесь стоял шум! Анюта ничего не напутала? Я не понимала, чему тут завидовать? Разве только шубе.

На десятом этаже ремонт уже закончился. Все четыре двери были новенькие, я без колебаний повернула налево. Звонка не было, пришлось стучать.

— Да иду я, иду! — раздался за дверью знакомый голос. — Кто там ломится?

Дверь распахнулась. Именно распахнулась: Анисья открыла ее рывком и тут же об этом пожалела. Я, не давая ей опомниться, шагнула в прихожую:

— Ну, здравствуй, подружка!

— Вы...

— Чаю не предложишь? Помнится, я была с тобой любезна.

Мне повезло: молотобоец сверху на время затих, а снизу заткнулась дрель. Поэтому Анисья не только меня прекрасно видела, но и слышала.

— Я не буду с вами разговаривать! — замахала руками она.

— А придется.

— Вы не имеете права! Уходите!

— Мне терять нечего, — я открыла сумочку и запустила туда руку. — Я ведь теперь уголовница. В тюрьме ума быстро набираешься. Трупом больше, трупом меньше...

— Ой! — она попятилась.

Я заперла входную дверь на ключ, который торчал в замке. Повернула его на два оборота и вновь занялась Анисьей:

— А ты ду́мала, что разделалась со мной? Теперь только на суде увидимся? А вот Иван Иваныч добился моего освобождения под залог!

— Он же обещал... — растерянно сказала Анисья.

— Значит, это он за все платит? Мой муж?

Она молча кивнула.

— Ну, показывай свои хоромы!

Я шагнула вперед с таким лицом, что она невольно попятилась. Она ведь прекрасно знала про курицу с отрубленной головой. О крепости моих нервов на Новой Риге ходили легенды, Анисья и сама этому способствовала, сплетничая с соседской прислугой о моих «подвигах». Как я ем сырое мясо и как держу Иван Иваныча, которого все боятся, в ежовых рукавицах. И я слишком долго была ее госпожой, чтобы она так быстро выдавила из себя рабыню. Условный рефлекс сработал: Анисья меня испугалась и подчинилась. Я беспрепятственно прошлась по квартире.

Она и в самом деле неплохо устроилась. Здесь недавно сделали ремонт, не бог весть какой, но стены были чистенькие, на полу ламинат цвета гречишного меда, а кухня, куда я в итоге оттеснила Анисью, сияла новенькими блестящими панелями: керамическая плита, импортная сантехника, двухкамерный холодильник...

— Неплохо, — похвалила я. — Мне повезло меньше. В камере душно и тесно, да и вид из окна не очень. А почему такая несправедливость? Мы ведь на пару это сработали.

— Я не виновата, — заныла Анисья. — Это все Иван Иваныч.

— Он хотел надолго засадить меня в тюрьму и велел тебе дать против меня такие показания?

— Ну да, — кивнула она. — Вы ж не давали ему развод.

— Хватило бы и четырех лет, — усмехнулась я. — Пятнашку-то за что?

— Вы ведь сами во всем виноваты...

— Вот что. Расскажешь мне все, поняла? Всю правду. Иначе я... — Я угрожающе потрясла у нее перед носом сумочкой, в которой, признаться, самой криминальной вещью была металлическая пилка для ногтей. И тут в диалог вступил перфоратор. Мы обе вздрогнули.

— Правду, какую правду?! — прокричала Анисья под аккомпанемент адского строительного инструмента.

НАТАЛЬЯ АНДРЕЕВА

— Я знаю, что на самом деле все было не так! — прокричала в ответ я. — Рассказывай, что случилось с Анжелой?!

— Что?!

— Не было никакого похищения, так?

— Да что вы такое говорите! — она явно растерялась.

— Где она, отвечай!

— Да в морге, где ж еще!

— Ты мне врешь!

— Что?!

— У вас с Иван Иванычем не получится засадить меня за убийство!

Дрель на минуту стихла. Снизу прицеливались к новой стене, а наверху перешли к оклейке квартиры обоями. Но там еще много было чего сверлить. Я невольно напрягалась, ожидая, что грохот возобновится.

— И как только ты все это выдерживаешь? — посочувствовала я Анисье. — Здесь же невозможно жить! Адский шум!

— Мы, бедняки, люди привычные.

— Хватит комедию ломать! Я ни единому твоему слову не верю, поняла? И докажу, что братья в Анжелу не стреляли! Их заставили в этом признаться! Потому что есть криминальный труп и есть два алкаша, которые ни черта не помнят! Осталось найти дуру, которую можно выставить заказчицей убийства!

— Да откуда вы знаете? — спросила она потрясенно.

— От Пушкина, — призналась я. Она, разумеется, приняла это за шутку. И уже хотела было расколоться, но помешал перфоратор.

Если вы когда-нибудь сами делали ремонт или ваши соседи делали ремонт, вы меня поймете. Разговаривать в такой обстановке совершенно невозможно. Тем более делать признания. Как можно откровенничать, перекрикивая дрель? Я это прекрасно понимала, поэтому сказала:

— Идем!

— Куда? — растерялась она.

— Куда угодно. Хоть в машине посидим.

— Мне одеться надо!

— Ну так одевайся!

На улице и в самом деле было прохладно, а Анисья разгуливала по дому в шелковом халатике с короткими рукавами. Я с неприязнью смотрела на темно-синий шелк, расписанный павлинами. Анисья невольно подбирала одежду в тон своему настроению. На голове у нее тоже красовался павлиний хвост, прихваченный какой-то экзотической заколкой с обилием стразов. Ей всегда было жарко, да и топили здесь хорошо. Не тащить же мне ее на холод с голыми руками и ногами? Я не садистка, просто хочу справедливости. Я не собираюсь садиться на пятнадцать лет за преступление, которого не совершала.

Она скрылась в спальне, а я стала ждать ее в прихожей. Итак, «а» сказано. Следователь был прав, когда намекнул мне «не все так однозначно». Братья в Анжелу не стреляли. Анисья не стала это отрицать. Осталось только узнать, где Анжела? Неужели все это было задумано лишь для того, чтобы надолго засадить меня в тюрьму? Ничего себе способ, получить развод! Я подозревала, что у меня есть могущественный враг, но он еще, оказывается, человек с богатой фантазией!

— Готова?

— Да, Зинаида Андреевна. Готова.

Она стояла в коридоре с огромной сумкой в руке. На мой вкус с таким «ридикюлем» надо за картошкой на рынок ходить, а не в кафе, с подружкой чайку попить. Но это на мой взгляд. Анисья же принимала то, что еле держала в руке, за дамскую сумочку.

— Может, в кафе? — робко спросила она. — Чего в машине-то сидеть? Не лето!

— А я печку включу, — сказала я сквозь зубы.

— Зинаида Андреевна, я еще не обедала, — заныла Анисья.

— Халявщица ты! — рассердилась я. — Ну да ладно. Я тебя накормлю. Если только ты мне все расскажешь без утайки.

— Да расскажу я. Всю правду расскажу. Как на духу, клянусь!

— Идем!

Мы спустились на первый этаж. Мне не терпелось начать разговор прямо в лифте, но потом я подумала, что неплохо было бы записать ее признания на диктофон. Его я на всякий случай захватила с собой. Но мне надо было незаметно его включить, кто знает, захочет ли Анисья, чтобы ее записывали? Лучше это сделать тайно. Поэтому в лифте я молчала, она тоже.

Когда мы вышли во двор, Анисья вдруг занервничала. Я крепко взяла ее под локоть:

— Спокойнее. Я жду твоих признаний.

— Так не тут же, — заныла она. — Холодно... Шумно...

Я тоже не представляла, где тут можно поговорить в тишине? Так, чтобы доверительно. Вокруг было столько новых домов, что грохот не смолкал. Повсюду сверлили, долбили, штробили. Детская площадка во дворе была совершенно пустой, несмотря на то, что самое время для прогулок на свежем воздухе. Лишь на заасфальтированном пятачке, огороженном сеткой, мальчишка гонял мячик от ворот до ворот, явно тоскуя от отсутствия компании.

— И как тебя угораздило снять здесь квартиру? — спросила я у Анисьи. — Это же район, где сплошные новостройки! Когда еще здесь все устаканится!

Она на секунду растерялась, потом затянула свое:

— Мы, бедняки, люди привычные...

— Ну? Где твое кафе? Или, может, все-таки в машине поговорим?

— Вон, тамочки... — она потянула меня за угол.

Вход в кафе был в этом же доме, но с другой стороны, аккурат напротив автобусной остановки. К двери вели штук пять ступенек, на козырьке красовалась вывеска: «Тройка».

— А мы на двоих сообразим, — я слегка подтолкнула Анисью в спину: — Шагай!

Звякнул колокольчик, предупреждая: в кафе посетители. В спальных районах подобные «Тройке» заведения днем обычно пустуют. Да и вечерами народ предпочитает развлечения в центре. Но Анисью здесь знали. Полусонная официантка вяло кивнула ей:

— Привет.

— Юлька, чмоки! — расцвела улыбкой Анисья. И тут же пояснила: — Мне тут работу предлагали. Я ведь знатная повариха.

— А ты что?

— Обещала подумать. Юлька в нашем доме квартиру снимает, мы с ней соседки. Сейчас закажу что-нибудь вкусненькое. Вы в меню-то не смотрите, я сама знаю, что здесь можно покушать.

Слово «покушать» она произнесла сочно, со смаком. Я уже знала, что она обжора. Мы уселись в углу, на диванчик, опять-таки по рекомендации Анисьи, и к нам не спеша, словно круизный лайнер, швартующийся в морском порту, подплыла официантка. Потом она долго причаливала, то есть шарила по карманам в поисках блокнота, ручки и еще чего-то, по ее мнению крайне необходимого для того, чтобы принять заказ. Я же никаких трудностей не видела, потому что есть не собиралась. Я собиралась слушать.

В кафе мы были одни, но это на персонал никак не повлияло. Они вовсе не торопились нас обслужить. Я потеряла терпение и сказала:

— Девушка, принесите чаю. А заказ мы сделаем потом. Если захотим.

Официантка посмотрела на меня с обидой и стала неторопливо собираться, чтобы отчалить.

— Погодите, — остановила меня Анисья. — Нам, Юленька, борща с салом.

Та кивнула. Ее лицо сделалось торжественным. Я поняла, что к борщу здесь относятся с особым уважением.

— Горчицы надо? — деловито спросили почему-то у меня.

— Надо, — ответила Анисья. — И хлеба. Бородинского.

Официантка кивнула и поплыла в сторону кухни. Я вздохнула с облечением: наконец-то мы одни! Можно приступать к делу!

— Я сейчас, — Анисья вскочила.

— Куда? — схватила я ее за руку.

— Разволновали вы меня, Зинаида Андреевна. Аж в туалет захотелось.

Я разжала руку. Она дает и мне шанс. Пока Анисья ходит в туалет, я успею настроить аппаратуру. Положу включенный диктофон на стол и накрою его салфеткой.

наталья Андреева

Я так была занята своими мыслями, что не заметила бревна в глазу. С ними, с моими глазами, явно что-то случилось. А ведь у меня прекрасное зрение! Тем не менее я не увидела, что Анисья направилась в туалет со своей огромной сумкой. Мне ведь даже в голову не пришло: зачем человеку столько туалетной бумаги?

Заволновалась я минут через пять. Потом вспомнила, что она подолгу ходит в туалет. Пока разберется со всеми своими нижними юбками. Она, подумать только, до сих пор носит нижние юбки! И комбинации в стиле «молодость моей бабушки». Но через десять минут мне стало не по себе. А не слишком ли долго? Я встала и торопливо направилась к занавеске, за которой скрывались двери в туалетные комнаты. Там никого не было, ни в женском, ни в мужском. Да, я проверила оба. А вдруг она просто от меня спряталась? Пусто.

Я кинулась к официантке:

— Где твоя подружка?

— Кто?

— Анисья!

— А я почем знаю?

И тут до меня дошло.

— Здесь есть запасной выход?

— Пожарный, что ли?

— Да!

— Да вот же он, — официантка кивнула на дверь, находящуюся рядом с женским туалетом. Я рванула ее на себя: не заперто!

— Куда? — схватили меня за руку. — А платить кто будет?

— Я сейчас вернусь и заплачу́! — Кстати, я не была в этом уверена.

— Ну, уж нет! — меня держали крепко. Я не ожидала от этого тихохода такого проворства и силы. Это уже был не круизный лайнер, а полицейский катер. На меня только что наручники не надели. — Знаем мы вас таких!

— Да мы ничего не ели!

— А мне какая разница? Я заказ на кухню отнесла.

наталья андреева

Я торопливо сунула Юле тысячную купюру. Ее рука тут же разжалась. Я ринулась на улицу. Увы! Время было потеряно! Через узкий, как кишка, коридор, я выскочила во двор, где стояла моя машина. Она, кстати, была на месте. Но меня обскакали минимум на десять минут! Ай да Анисья! А я еще считала ее глупой! Оказывается, она неплохой знаток человеческой психологии. Не закажи она борщ, я бы насторожилась.

Я поняла, что она решила сбежать еще там, в квартире. Оделась и собрала в сумку самое необходимое. В этом кафе Анисья бывала не раз, о чем говорит ее близкое знакомство с официанткой. А вот мне не пришло в голову проверить, есть ли здесь запасной выход? Я, как дура, стала настраивать звукозаписывающую аппаратуру, вместо того чтобы приковать к себе «клиента» наручниками и не отпускать Анисью одну даже в туалет. Урок мне на всю жизнь.

Тут я обратила внимание на мальчишку, лениво пинающего мячик за металлической сеткой. Ему явно было холодно и скучно, но домой идти не хотелось. И я его прекрасно понимала: там такой грохот! Как только его мама выдерживает? Или дома никого нет? Все на работе, родители считают, что осчастливили парня, выделив ему комнату. Интересно, почему он не с гаджетом на диване валяется? Надоело, что ли? Или наушники не заглушают отвратительный скрежет работающей дрели?

В этот момент юный любитель футбола с силой ударил по мячу, тот перелетел через сетку и покатился прямо к моим ногам. Я слегка придержала его носком сапога.

— Шоколадку хочешь? — спросила я, когда мальчишка подошел за мячом.

— Вы меня что, на органы хотите разобрать? — прищурился он.

— О господи! Где ты этого нахватался?

— Сейчас кругом одни педофилы, — авторитетно заявил ребенок. — Или похитители органов.

— И поскольку я женщина, ты решил, что я скорее второе, чем первое. Не буду тебя томить: мне просто надо узнать, куда делась толстая тетя, которая недавно выскочила отсюда как ошпаренная, — я кивнула на дверь, из которой только что вышла сама. — У нее в руках была большая сумка.

— Она что, вас обокрала? — деловито спросил мальчишка. Похоже, передо мной будущий полицейский. У него в голове исключительно криминальные мысли. Или просто время такое.

— Как ты догадлив!

— Так она сбежала! — явно обрадовался он. — Тю-тю ваша сумочка!

— Так, может, я ее догоню? Я на машине.

— В машину не сяду ни за что, — насупился он. — Знаю я все эти штучки.

— Да не нужен мне ни ты, ни твои органы! — разозлилась я. — Мне нужна эта толстая тетка! Я хочу ее догнать! Куда она поехала?

— А кто ее знает? Поймала какую-то тачку, плюхнулась на сиденье и достала из кармана телефон.

— Что она сказала в трубку, ты слышал?

— Не-а.

— А водителю?

— «Прямо и побыстрее». А еще она ему сразу тыщу дала. Я видел.

— Что ж, спасибо. — Я поняла, что Анисью мне не догнать. Она сама не знала, куда едет, когда садилась в машину. Ей главное было избавиться от меня. А потом уже она стала разбираться с сообщником, выяснять, куда ей ехать. — Бывай, — я отпустила мяч, который все еще придерживала ногой.

— А шоколадку?

— У меня нет шоколадки.

— Тогда деньги!

наталья андреева

— На, — я сунула ему сто рублей.

— Мало, — тут же заявил он.

— Твоя информация дороже не стоит.

— Ладно, сойдет, — он деловито засунул сто рублей в карман. — Первый заработок.

Потом подхватил мяч и побежал к двери с вывеской «Минимаркет». А я пошла к своей машине. День явно не задался. Меня раскололи сначала на тысячу рублей, потом еще на сто, Анисья сбежала, и я теперь понятия не имею, что дальше делать? Ведь это была единственная ниточка, ведущая к Анжеле. Можно было, конечно, вернуться в кафе и поесть борща с салом, за который я заплатила гораздо больше, чем он на самом деле стоил, но совершенно не было аппетита. Ах, мерзавка! С каким вкусом она делала заказ! Я и впрямь подумала, что она умрет, коли не намажет горчичкой кусок бородинского и не заест его салом.

Хорошо, что у меня есть чувство юмора. «Купила она тебя, Зинаида, — подмигнула я своему отражению в зеркале. — Интересно, кому она стала звонить и куда поехала?»

Неужели Анжелу прячет сам Иван Иваныч? Тогда бы он ни за что не стал добиваться моего освобождения под залог. Не дал бы указание заправить мою машину бензином под завязку. И не допустил бы до меня Кики, прекрасно зная, как я к ней привязана. Но он предпочел меня не злить, и я понимаю причину: ему от меня что-то нужно. Там что-то не клеится. Не знает он, где прячется

Анжела. Сначала при помощи Анисьи муж поставил меня в безвыходное положение, а потом пустил по следу пропавшей мулатки. Царев знает, что я очень умная. Предприимчивая. Решительная. О! У меня бесконечно много положительных качеств и без моей красоты!

Нам с мужем просто необходимо объясниться. Пусть скажет прямо: что ему от меня надо?

Пес ей под ноги — и лает

...К моему удивлению, Иван Иваныч приехал с работы рано, в половине седьмого. Помнится, в былые времена муж возвращался за полночь, а тут я даже не успела соскучиться. Не работается ему, знать, душа болит, а сердце не на месте. Приходится констатировать наличие у мужа и того и другого, то есть, и души и сердца. Кто бы мог подумать! Мой Кощей постепенно очеловечивается! И вид у него бледный. Я не преминула это заметить:

— Плохо выглядишь, Иван.

Он бросил на меня полный ненависти взгляд, но ничего не сказал. Молча ушел в свою спальню переодеваться.

Я немного удивилась, когда меня пригласили к столу, но пошла. Накрыли нам в каминной зале, на две персоны, и все было чин по чину: эксклюзивный фарфор, столовое серебро и половник в супнице, из которой мне, как хозяйке, предлагалось разлить жижу морковного цвета по тарелкам. Я пожалела, что не припасла для такого случая яду. Траванть бы гада и сказать, что тыква была несвежая, а спаржу производители напичкали химикатами. Это, мол, не я убила мужа, а плохая экология, на нее и заводите уголовное дело. Но увы! Яда у меня с собой не было, да и на столе, кроме соли, которая тоже, говорят, белый яд, не нашлось ничего подходящего для осуществления моих планов. Я протянула Иван Иванычу солонку с тайной надеждой, что соленое ему вредно. Авось давление подскочит. А там и до инфаркта недалеко. Я все еще не теряла надежды стать богатой вдовой, хотя к чему оно мне теперь, богатство? Разве заказать себе камеру со всеми удобствами, двухкомнатную, с холодильником и новенькой плазмой. Я тихонько вздохнула. Муж бросил на меня подозрительный взгляд. Хорошо, что он не умеет читать мои мысли.

Что касается моего внешнего вида — да пусть смотрит! На мне было красивое платье, волосы тщательно уложены, лицо умело подкрашено. Когда знаешь, что вскоре можешь всего этого лишиться, используешь любой повод принарядиться, даже ужин с нелюбимым супругом. Он, кстати, мои старания не оценил. Проглотил две ложки тыквенного супа и уставился, не мигая, змеиным взглядом, словно гипнотизируя. Вот же рептилия!

— Что с тобой, Иван? Пересолено?

— Я... неважно себя чувствую, — сказал он мне вместо: «Милая, ты замечательно выглядишь». Эгоист чертов.

— Сердце? — сочувственно спросила я.

— Только не делай вид, что тебе меня жалко, — поморщился Иван Иваныч.

— Ты все еще мой муж. Кстати, документы на развод готовы?

— Над ними работают мои адвокаты, — проскрипел он. Я невольно поежилась: потянуло сквозняком. Царев в своем репертуаре.

— Передавай им привет, Иван. Я даже не буду это читать, так что не старайся. Подпишу и все.

— Надо учесть все нюансы.

— Какие нюансы могу быть у нуля? Ноль с плюсом или ноль с минусом?

— Я всегда ценил твое чувство юмора, но в данном случае оно неуместно. Речь идет о серьезном деле: о разводе.

— Мы обо всем договорились. Тебе все — мне ничего. Я же сказала, что согласна.

— Ты подозрительно себя ведешь, Зинаида.

— Я подозрительно себя веду?! — я чуть не расхохоталась. — Да побойся Бога, Иван! Я осталась без копейки денег и нахожусь под следствием. Меня кругом обложили, словно волка красными флажками, и все, что я могу — это скалить зубы и ждать, когда охотник всадит в меня пулю.

— Я не верю, что ты смирилась. Куда ты сегодня ездила? — спросил он подозрительно.

— Навестила свою давнюю подругу.

— У тебя нет подруг.

— Откуда ты знаешь?

— Я знаю про тебя все.

— Ешь лучше суп, Иван. Или, хочешь, я положу тебе брокколи? Анюта! Неси скорее горячее! — обернулась я к дверям, где замерла навытяжку прислуга.

— Нет! — вздрогнул муж.

— Что с тобой? — заботливо спросила я. — Ты не хочешь есть?

— Скажи мне правду. Я за этим тебя сюда и позвал. А вовсе не... — он судорожно сглотнул. — Не брокколи есть.

— Как ты жесток! Тебе даже капусты для меня жалко! Впрочем, мне это только на пользу. Моей фигуре.

— Зинаида! Немедленно прекрати! Я не желаю вести разговор в таком тоне!

— Я желаю.

— Ты... — он посмотрел на меня с ненавистью. — Ты целиком и полностью от меня зависима. Я требую отчета в твоих поступках! — взвизгнул он. — В каждом!

— Ну, хорошо. Я ездила к Анисье.

— Зачем? — уставился он на меня не мигая. Его кожа была похожа на пергамент, безжизненная, сухая. Скулы обтянуты, щеки ввалились, а губы превратились в две тоненьких ниточки. Тем не менее он хотел жить, хотел один владеть многомиллионным состоянием, сидеть на сундуках с золотом, жуя брокколи и хлебая диетический тыквенный супчик.

Какая чудовищная несправедливость! Ну, какие он может позволить себе удовольствия? Какими житейскими радостями насладиться? Он не курит, не пьет, не ест соленого, жирного, острого, сладкого, а теперь еще и женщин ненавидит! Солнце ему вредно, баня запрещена, мороз плохо влияет на сосуды. И вот эта мумия изо всех сил цепляется за жизнь, да еще и всем остальным жизнь портит!

— Отвечай, Зинаида!

— Я знаю, что в деле об убийстве Анжелы не все так однозначно.

— Что-о?

— Братья в нее не стреляли. Анисья в этом призналась.

— Еще в чем она призналась? — он стал методично размешивать ложкой тыквенное пюре, словно хотел доказать повару, что в этой отвратительной оранжевой жиже есть комочки, и оштрафовать его за плохую работу. Ха! Повар, то есть миксер постарался на славу! Поэтому муж переключился на меня: — Я хочу знать все подробности вашего разговора. Немедленно отвечай, Зинаида!

— А его не было. Не было никакого разговора. Мы просто перекинулись парой слов под аккомпанемент работающего перфора-

наталья АНДРЕЕВА

тора. А потом Анисья тупо сбежала, чтобы не признаваться. Но я все равно ее отыщу.

— Ты знаешь, что случилось с Анжелой на самом деле? — спросил он медленно, тщательно прожевывая каждое слово. Хотя я и так выдавала ему словесное пюре вместо полноценного выяснения отношений, да еще и маленькими порциями, чтобы не подавился.

— Конечно!

— И... что ты собираешься делать? — по его горлу прокатился комок, я это видела. Как же он болен! А все туда же: собирается мне мстить!

— Соберу доказательства и пойду в полицию. Следователь дал мне свою визитку и просил звонить в любое время суток. Кажется, я ему понравилась.

— Ты безнравственная женщина! Я всегда это знал!

— Теперь я, прежде всего, свободная женщина, Иван. И ты сам дал мне право флиртовать с кем я хочу и когда хочу.

— Я тебе такого права не давал!

— А ты вспомни. Кто сказал: можешь снова выйти замуж.

— Но не за следователя же?

— А чем он тебе не нравится? Приятный мужчина, при должности, наверняка при деньгах. Шиншилловых шуб он мне, конечно, покупать не будет, но на хлеб с маслом нам хватит, даже если я не буду работать. А не исключено, что и на хлеб с икрой.

— Прекрати! — он стукнул кулаком по столу. Вот как я его разозлила! — Ты затеяла опасную игру! Только помни — я тоже умею кусаться!

— Я прекрасно это знаю, Иван. Ты не тот человек, которому можно безнаказанно положить палец в рот. Ты мигом его откусишь. Я знаю, с кем имею дело. Но и ты знай: я сделаю все, чтобы не сесть в тюрьму. Если братья не стреляли в Анжелу, то я тут ни при чем. Никакого приказа убивать ее я не отдавала. Следовательно, половина обвинений с меня снимается. Самая опасная для меня половина: убийство беременной женщины. Это лет десять, не меньше. За десять лет свободы стоит побороться, как ты думаешь?

— Ты обещала, что признаешься в убийстве, — напомнил он.

— Я обещала, что сделаю это на суде. Но не раньше.

— Когда ты собираешься звонить следователю?

— Как только получу доказательства. Хоть какие-нибудь.

— И... кто будет за все отвечать?

— Во-первых, Анисья. Ее вина гораздо больше, чем она говорит. Она вступила в сговор с преступником. Дала ложные показания. И она далеко не случайно переводит стрелки на меня. Иначе ей самой придется сесть надолго. Очень надолго. Во-вторых, преступник. Тот, кто устроил весь этот цирк. Вот кто будет за все отвечать.

Он сидел и молчал. Жаль, что я тоже не могу читать его мысли. А он отлично умеет их скрывать. Вот и сейчас, Иван Иваныч взял глубокую паузу, а потом кивнул прислуге:

— Подавайте горячее.

Дальнейшая трапеза проходила в полной тишине. Наши клинки, иначе злые языки, слегка притупились, а пыл угас. Мне надоело его доставать, а ему учить меня жизни, словно маленькую девочку. Он понял, что я знаю гораздо больше, чем говорю, и насторожился. Я догадалась, что он боится меня спугнуть. Кажется, я двигаюсь в правильном направлении...

На следующий день меня разбудил телефонный звонок. Спросонья я не сразу сообразила, что звонит Анисья. Признаться, я этого не ожидала. Мерзавка сбежала, как только я зажала ее в угол. И вот вам, пожалуйста! Сама объявилась!

— Доброе утречко вам, Зинаида Андреевна, — раздался в трубке ее льстивый голосок. Она говорила совсем как в те былые времена, когда я была госпожой, а она моей верной служанкой. — Хотя какое утро? Полдень уже! Но для вас это все равно что раннее утро, — она хихикнула.

— Чего ты хочешь? — сухо спросила я.

— Вы на меня, небось, сердитесь?

— Да что ты! Вчерашний твой фортель — пустяки по сравнению с тем, что ты наговорила в кабинете у следователя.

— Простите меня, Зинаида Андреевна, — заныла она. — Я совсем запуталась. Напугали вы меня вчера.

— Где ты сейчас?

— Да так. У друзей.

— Не у тех ли, кто помог тебе меня очернить?

— Я тут подумала... — она глубоко вздохнула. — Напрасно я так с вами обошлась. Вы бы меня не кинули. Денег бы дали, как обещали.

— Что? — я ушам своим не верила. — Ты одумалась?

— Уж и не знаю, как к вам подступиться после вчерашнего. Виноватая я. Что сбежала. А вы и за борщ заплатили, — хихикнула она. — Заплатили, а не кушали.

— Ты Юле звонила? — сообразила я. — Официантке?

— Так мы ж подружки! Отчего не позвонить? Я ее спросила, не шибко ли вы злились.

— А если шибко?

— Как бы нам встретиться? — она тяжело вздохнула. — Я бы вам всю правду рассказала.

— Я рада, что ты одумалась. — Я постаралась сдержать свое ликование. — А насчет встретиться... Что ж. Говори когда, где?

— А можно я к вам приду? Муж-то дома?

— Не знаю, скорее всего, нет.

— Я уже туточки. У Паши сижу. Так я подойду?

— Постой... Так ты уже здесь?

наталья АНДРЕЕВА

— Ну, почти. Мы чай пьем. В его будке.

— Так. Поняла. Что ж, заходи. Постой. Надо узнать, дома ли Иван Иваныч. Я так поняла, что с ним ты не хочешь встречаться?

— Не хотелось, бы, — подтвердила она.

— Подожди секунду. Анюта! — я затрясла колокольчик с такой силой, будто хотела его во что бы то ни стало сломать. Даже забыла о кнопке для вызова прислуги, схватила допотопное средство, давно уже вышедшее из моды.

— Что случилось, Зинаида Андреевна? — вбежала в комнату перепуганная Анюта.

— Муж дома?

— Нет. Он рано уехал.

— А когда вернется, не сказал?

— Сказал, что поздно. Работы, мол, много.

— Хорошо, — я кивнула: — Можешь идти. — И в трубку: — Заходи. Стой! — спохватилась я. — Анюта, стой. А ты, Анисья, проходи на территорию. Жду. — Я дала отбой.

— Так она опять здесь! — с обидой посмотрела на меня Анюта. — Эта предательница!

— У Анисьи для меня важная информация. Поэтому ты сейчас пойдешь и встретишь ее. Проводишь сюда. Поняла?

— Да, — кивнула она. — Только...

— Потом. Мы поговорим об этом потом. А сейчас мне не до того, понимаешь?

— Понимаю, — в ее голосе была обида. — Только...

— Анюта! — слегка повысила я голос. — Ты слышала, что я сказала?

— Да.

— Тогда иди.

Она ушла. Кажется, я нажила себе еще одного недоброжелателя. Не исключено, что вечером Анюта настучит о визите Анисьи Иван Иванычу. И черт с ней! Не до того.

Я схватила Кики, прижала ее к груди и стала взволнованно ходить взад-вперед по комнате, поглаживая собаку:

— Спокойно. Только спокойно...

Минут через десять раздался деликатный стук в дверь. Нервы мои были на пределе, и я невольно вздрогнула, хотя ждала этого.

— Войдите!

Вошла Анисья все с той же огромной безобразной сумкой в руках.

— Здрасьте, Зинаида Андреевна!

— Доброе утро.

— Где ж утро-то? Скорее день, — вздохнула она и проворчала: — Мы, бедняки, привыкли засветло подниматься, не то что вы, богатеи.

— А я уж было подумала, что ты с миром пришла, — усмехнулась я.

— Простите, — спохватилась она. — Можно я присяду?

— Да, садись в кресло.

Анисья поставила на пол свою чудовищную сумку и уселась в кресло, а я спустила на пол Кики. И тут случилось странное. Собака заворчала, потом оскалилась и вдруг с лаем кинулась на Анисью. Тойтерьеры невероятно храбрые, несмотря на их крошечные размеры. Они всерьез считают себя настоящими собаками, большими и сильными, и, защищая хозяина, крайне безрассудны. И с чего это Кики решила, что мне угрожает опасность?

Анисья проворно поджала ноги, а я закричала:

— Фу, Кики! Фу!

Собака не унималась. Мне пришлось снова взять ее на руки.

— Чего это с ней? — поежилась Анисья.

— Не похоже, что вы с ней подружки. А говоришь, ты ее в мое отсутствие кормила!

— Да кормила же! Эй, собачка! — позвала Анисья. — Ты что, меня не помнишь?

Кики в ответ зарычала.

— Вот тварь неблагодарная! — покачала головой Анисья. — Одно слово: животное!

— Животные подчас добрее и умнее людей, — возразила я.

— Да уж, конечно! Выкиньте ее за дверь, и дело с концом!

— Она сейчас успокоится.

Я спустила Кики с рук, но куда там! Она с лаем кинулась на Анисью. Это крохотное существо, всего-навсего тойтерьер, нападало на гору жира так отважно, что эта гора затряслась от страха, словно лимонное желе. Анисья с ногами забралась на кресло и заныла:

— Убрали бы вы собачку, Зинаида Андреевна!

— Хорошо. — В самом деле, там перфоратор, тут взбесившаяся собака. Так никакого доверительного разговора не получится.

Я подхватила Кики на руки и пошла к двери.

— Анюта! Где ты, Анюта?

Появилась надутая горничная.

— Подержи Кики, пока мы с Анисьей поговорим.

— Слушаюсь, Зинаида Андреевна, — поджала губы горничная, но Кики взяла. Та рвалась с ее рук, продолжая лаять на Анисью. — Собака и та все понимает, — проворчала Анюта перед тем, как я закрыла дверь в свою спальню.

— Так-то лучше, — облегченно вздохнула Анисья и опустила ноги. — Не то цапнет еще. Уколы потом делай. В живот. Больно, говорят.

— Кики привитая, — сухо сказала я. — Ну, перейдем к делу. Выкладывай, что там у тебя?

Она облизнула губы.

— Чтой-то вы, Зинаида Андреевна, не так поняли. Девка-то и впрямь померла.

— Говори нормальным русским языком. Без всяких «чтой-то», «неужто», «надысь». Я прекрасно знаю, что ты это можешь. Хватит кривляться. Не на сцене.

— Какая вы сердитая, — прищурилась Анисья. — Ну, как вам будет угодно.

— Замечательно! Вот так и говори. Постой.

Я подошла к тумбочке, на которой лежала моя сумочка, та, с которой я вчера заказывала борщ, и достала из нее диктофон.

— Что это? — поежилась Анисья.

— Я хочу записать твои признания. Раз уж ты сама пришла, какой смысл это скрывать? Надеюсь, ты не возражаешь?

— Да пишите! — ухмыльнулась она. — Контора пишет.

— Тогда начинай, — я нажала на кнопку и положила диктофон в метре от нее, на соседнее кресло. — Микрофон чувствительный, так что каждое твое слово впоследствии будет слышно. Так что там случилось с Анжелой?

— Это я в нее стреляла.

— Что-о?!

— Что слышали. Я ее убила, говорю.

— Но зачем?

— А затем. Ваш приказ выполняла.

— Какая чушь! Мы который день ходим по кругу! Я такого приказа не отдавала, и ты прекрасно это знаешь!

— Вы хотели, чтобы она умерла, — упрямо сказала Анисья.

— Каждый человек хочет чьей-то смерти. Когда сосед по даче роет бассейн в метре от твоего забора, а потом твой дом начинает уплывать, ты ему кричишь через забор: «Чтоб ты сдох!». Люди каждый день посылают кому-то проклятья. Если квалифицировать это как покушение на убийство, не останется ни одного человека, который не оказался бы за решеткой.

— Так-то оно так, — неприятно усмехнулась Анисья. — Только тут не забор. Она у вас мужа увела. Ребенка ему хотела родить. А вы бесплодная.

— Да с чего ты взяла?! Может, это мой муж стерилен?

— Всегда виновата баба, — уверенно сказала Анисья. — Вы думали, что она беременна, а вам этот ребеночек не нужен. Как вы кричали, когда узнали об этом. Помните?

— Ну, было, — призналась я. — Потому что я была расстроена.

— То-то, –– она опять облизнула губы.

— Ты хочешь сказать, что сделала это ради меня?

— А для кого?

— Не верю! Ни одному твоему слову не верю, — сказала я сердито. — Почему ты не хочешь сказать мне правду?

— Так я вам правду и говорю! Как взяла из кабинета Иван Иваныча пистолет, пошла и убила ее. Братья были пьяные, ничего не помнят. Потом сунула пистолет Кольке в руку, чтобы на нем были его отпечатки. Наутро сказала Кольке, что убил он, братья ее в лес свезли, на тачке, а потом Колька к вам поехал, за деньгами. Заодно и пистолет подбросил.

— Зачем?

— Мы же не думали, что у вас обыск будет. Что вы в морг поедете за этим обрубком. Патологоанатом вас и сдал. Братец ее шухер навел. Эрик. Видать, не поверил он мне. Догадался, что не Анжела звонит. В полицию побежал. А у них бесхозный труп. Была бы она белая, ее бы всю жизнь искали. Ну, пропала и пропала. Но он сказал «темнокожая девушка». У нас тут не Африка. Ее сразу и опознали. А потом стали про руку допытываться: куда делась? Мужик вынужден был во всем признаться. Описал вас: дама, мол, приходила, вся такая шикарная, кольцо с бриллиантом за отрезанную руку дала. Ему показали фото. Вы, Зинаида Андреевна, женщина приметная, даже в Москве не затеряетесь.

— Но откуда ты все это знаешь?

— Так от следователя! У меня ж с Эриком тоже очная ставка была!

— Зачем?

— Чтобы он мой голос опознал. Я ведь призналась, что звонила ему от имени сестры.

Какое-то время я молчала, потрясенная. Вроде бы все сходилось.

— Я ведь понимаю, что если не переведу на кого-нибудь стрелки, то мне придется за все отвечать, — вздохнула Анисья. — Вот я и подумала: толку-то от этих алкашей? Все равно ведь до белочки допьются и подохнут под забором. Ну и подставила их.

— А заодно меня.

— Так что вам все равно садиться, Зинаида Андреевна.

— Что-то тут не то, — я взволнованно стала ходить по комнате. — А как же сказка?

— Какая сказка? — уставилась на меня Анисья.

— О мертвой царевне. Там в конце должна быть свадьба.

— Вы, часом, не тронулись? — подозрительно посмотрела она на меня.

— Мое психическое здоровье в полном порядке, можешь не сомневаться.

На самом деле, если бы не Пушкин, я бы ей поверила. Но как же гроб, который разбил королевич? «И царевна ожила...»

— Нет, что-то не то, — упрямо повторила я. — Мне надо подумать.

— То есть, вы мне не поверили?

— Нет.

— Экая вы... Я во всем призналась, чего ж вам еще? В убийстве призналась.

— Не то... — поморщилась я.

— Ну, так что мне делать?

— Ничего. Пока иди. Ах да! Где ты сейчас живешь?

— У подружки.

— Не у Юли, часом?

— Нет. У Паши, — вдруг призналась она. — Мы же земляки. Вот и приютил.

— Можешь возвращаться к себе в квартиру. Надеюсь, ты больше не будешь от меня прятаться?

— Так я и вещички с собой прихватила, — она кивнула на сумку, стоящую у ножки кресла. — Думаю: признаюсь во всем и буду дожидаться своей участи.

— Вот даже как.

— Вместе сядем, — заверила меня Анисья.

— Спасибо тебе!

— Не за что.

— Ладно, иди.

Она встала.

— Я вам тут гостинец принесла, Зинаида Андреевна, — Анисья полезла в сумку. — Так сказать, мировую. Я же знаю, что теперь о вас никто не позаботится. А вы, небось, с голоду умираете?

— Есть немного, — призналась я.

— Иван Иваныч вас диетическими супчиками пичкает, а вы стесняетесь сырого мяса попросить. Соскучились, небось?

— Да, мне теперь на кухню ходу нет. Ем, что дают.

— Так я вам карпаччо приготовила. Ваше любимое. Встала засветло, на рынок сбегала, телятинки парной прикупила, — напевно заговорила она. Все как в былые времена. —

Она достала из сумки судок и протянула мне: — Держите!

— Вот, спасибо! — я откровенно обрадовалась. Меня это диетическое питание уже достало. Для фигуры, конечно, полезно, но меня от этих овощей, приготовленных на пару, уже тошнит.

— Только никому не говорите, что я вас подкармливаю, — заговорщицки подмигнула Анисья. — А то мне влетит.

— Хорошо, не скажу, — улыбнулась я. — Иди, отдыхай. И не смей отключать телефон, слышишь?

— Ни-ни! — замахала руками она. — Всегда на связи!

И она бочком-бочком стала продвигаться к двери. Как только она вышла, в холле раздался лай. Похоже, ее опять атаковала Кики. Потом собака с визгом ворвалась в мою спальню.

— Да что с тобой? — удивилась я. — Кики, успокойся.

Мой взгляд невольно приковался к оставленному Анисьей судку. Как же я соскучилась по любимым блюдам! А тут карпаччо. М-м-м... У меня во рту скопилась слюна, и я нетерпеливо открыла судок. Хотелось тут же впиться зубами в мясо. Но я, как женщина деликатная, достала фарфоровую тарелочку, а из судка заботливо положенные туда Анисьей приборы. Мясо было свежайшее, на редкость аппетитное, а как пахло! Я почувствовала, что схожу с ума.

Положила тонюсенький, почти прозрачный ломтик на тарелку и направилось к шкафу, где в тайном отделении была припасена бутылочка отличного французского вина.

И тут я услышала скуление, переходящее в визг. Оглянулась, и...

Кики совершила какой-то невероятный кульбит, вскочила на туалетный столик, где красовалась тарелка с мясом, и набросилась на него, будто ее сто лет не кормили, мою несчастную собаку. Потом они вместе, и тарелка и Кики, с грохотом упали на пол.

— Кики, фу! — кинулась я к ней. Но поздно: собака уже терзала кусок мяса. — Хорошо, ешь. Там его достаточно для нас обеих. Я положу себе другой кусок.

Я нагнулась, чтобы поднять тарелку, и тут... Собака как-то странно дернулась, потом оскалилась и вдруг начала биться в судорогах. Ее трясло, изо рта шла пена. Я еще ничего не понимала, просто испугалась за Кики. Все произошло так быстро! Она на секунду замерла и посмотрела на меня грустно-грустно. Ее взгляд говорил мне «прощай». Это мгновение я не забуду никогда. Мне казалось, что передо мной лежит умирающий человек. Она понимала все и без колебаний отдавала за меня свою жизнь. Она молила меня только об одном: чтобы я больше не доверяла никому. И не ела бы ничего в этом доме. Чтобы бежала отсюда как можно скорее. Вот о чем она просила перед смертью.

А потом наступила короткая агония. Яд действовал очень быстро. Тахикардия, остановка дыхания и смерть. Совсем как у человека. Ее глаза закатились, она дернулась в последний раз и замерла уже навеки.

Я с ненавистью посмотрела на лежащее на полу мясо. Потом на судок. Ах ты...

— Анисья! — заорала я и выскочила в холл. — Где она?!

— Да вроде здесь была, — появилась на лестнице Анюта. — На кухню зашла, чаю попить.

— Чаю?!!

— Да что случилось-то?

— Кики умерла! Съела мясо и отравилась!

— Да кто же ей дал мясо-то? — удивилась Анюта.

— Анисья!!! — бешено закричала я. — Иди сюда, мерзавка!!!

Увы! Предательница прекрасно ориентировалась в этом огромном доме, знала все ходы и выходы. Пока я спустилась вниз, ее и след простыл. Бежать за ней не было смысла. Все равно я ничего не докажу. Кто мне поверит? Я под следствием и сама подозреваюсь в убийстве.

Я кинулась обратно наверх. В моей спальне рыдала Анюта.

— Успокойся, — сказала я дрожащими губами. — Кики не вернешь.

— Какая умная была собачка, — всхлипнула Анюта.

— Слишком умная, — горько сказала я. — Она сразу все поняла. Послушай меня... Ты никому не скажешь.

— Как так? — Анюта от удивления перестала плакать.

— Принеси две пары резиновых перчаток. Тех, в которых ты делаешь уборку. Мы сейчас все уберем. Никого больше не зови. Сможешь похоронить Кики?

Она молча кивнула.

— Скажешь, что собака умерла от старости. От чего угодно, только не от... — я глазами указала на мясо. — Иди за перчатками.

Анюта ушла. Я без сил опустилась в кресло, глядя на мертвую Кики. На соседнем кресле лежал диктофон. Что толку теперь от этих признаний? Хотя...

Анисья не случайно задержалась в доме. Не чай она пошла пить, а ждать моей смерти. Ей, видимо, сказали, что яд действует мгновенно. Так оно и есть. Мне достаточно было проглотить маленький кусочек мяса. Она поднялась бы сюда под предлогом, что забыла любимую заколку, подняла бы панику и в суете стащила бы диктофон. Выходит, все, что Анисья сказала — правда? Но кто ее тогда подослал?

Что касается меня, то все обставили бы как самоубийство. Поводов у меня предостаточно. Я нахожусь в отчаянном положении, и то, что на Новой Риге ходят легенды о моих железных нервах, для следствия не аргумент. Суд состоялся бы без меня, братьев, вне всяких сомнений, посадили бы надолго, Анисья получила бы небольшой срок, и то условно, а меня освободили бы от уголовной ответственности за отсутствие меня среди живых. И дело было бы закрыто. Анжела мертва, я мертва, остальные преступники наказаны. Ловко! Что же такого натворила эта чернокожая девчонка, что ей так необходимо оставаться мертвой до конца своей жизни? И по чьим документам она теперь живет? Под каким именем?

Вернулась Анюта с двумя парами резиновых перчаток и картонной коробкой.

— Осторожнее, — велела я ей, натягивая перчатки.

— Но разве не надо вызвать полицию? — робко спросила она.

— Нет. Что мы им скажем? Отравили собаку? Ты хочешь, чтобы наша доблестная полиция, которая убийство людей подчас спускает на тормозах, в поте лица искала бы отравителя пса, размером с дамскую туфельку?

— Но... Разве не...

— Молчи, — велела я. — Если мы обе хотим жить, нам надо молчать.

— Боже! — она в испуге закрыла резиновой перчаткой рот и даже прикусила ее зубами.

— Я отсюда уйду. Сбегу потихоньку. И ты мне поможешь.

— Я боюсь, — затрясла она головой.

— Тебе ничего не грозит. Это меня хотели... — Я нагнулась и подняла с пола мертвую Кики. — Давай сюда коробку!

— Вот Иван Иваныч обрадуется! — невпопад сказала она. — Он ее терпеть не мог.

— Хоть на чьей-то улице праздник, — горько улыбнулась я.

Мне надо было подготовить побег. Я не собиралась еще хоть одну ночь провести в этом доме. Кто знает, вдруг для верности убийца ночью придет с петлей? Или с ножом, чтобы меня зарезать. Мне, похоже, вынесли смертный приговор. А я не хочу умирать, мне всего сорок два. В таком возрасте, говорят, только жизнь начинается.

— Но куда же вы пойдете! — всплеснула руками Анюта.

— Я что-нибудь придумаю.

Мы, наконец, избавились от последствий визита Анисьи, от трупа моей любимой собаки и от куска обожаемого мною мяса. Все это обрело вечный покой в картонной коробке, которую с плачем унесла Анюта. Ей было страшно, потому что она боялась умереть, и горько оттого, что со мной связалась. Она хотела всего лишь стать начальницей над всей в доме прислугой, иными словами, сделать карьеру. А вместо этого идет хоронить криминальный труп. Хоть речь и идет всего лишь о крохотной собачке, все равно обидно.

Я же всерьез задумалась: что делать дальше? Где спрятаться?

Братья в ту пору домой
возвращалися толпой

Как я уже говорила, близких подруг у меня нет, кроме Анисьи, но та оказалась предательницей. Любовника тоже не имеется, я никогда не изменяла своему Иван Иванычу. Вся наша совместная с мужем собственность принадлежит ему, ключи от московской квартиры у меня отобрали, и она, скорее всего, опечатана. Да и найдут меня там быстро. Надо спрятаться так, чтобы никому не пришло в голову искать в этой дыре Зинаиду Андреевну Цареву.

И тут меня осенило. Конечно! Я спрячусь в избушке у братьев, заодно поищу там следы Анжелы! Надо ведь узнать, чей именно труп Коля-и-Толя свезли в лес под видом темнокожей невесты Иван Иваныча? И вообще, они ли это сделали? Вот зачем так пить? Были бы братья нормальные, сами бы все рассказали, всю правду. А так мне придется выполнять лишнюю работу.

Я торопливо начала собираться. Мысль воспользоваться своей машиной я отмела сразу. По ней меня легко найдут, машина приметная. Красный «Мерседес»-купе. Это все равно что фонарь зажечь перед своим убежищем:

— Все сюда! Зинаида Царева прячется здесь!

Поэтому минимум вещей. Пару сумок, не больше. Белье, косметика, предметы личной

НАТАЛЬЯ АНДРЕЕВА

гигиены. О том, чем я буду питаться в избушке у братьев, я не думала. У меня теперь надолго пропал аппетит.

— Выйду через черный ход, — сказала я Анюте. — Никому не говори, что меня нет. Пока муж не хватится. А когда он станет кричать — скажешь, что не видела меня весь день. И понятия не имеешь, где я нахожусь.

Она молча кивнула.

Почему-то я была уверена, что, как только появится Иван Иваныч, Анюта побежит к нему с докладом. Единожды разочаровавшись в людях, невольно начинаешь всех подряд считать предателями и негодяями. Анюте я не доверяла.

— Куда же вы пойдете, Зинаида Андреевна? — всплеснула руками она.

— В Москву поеду. Спрячусь там.

— Но на чем? Неужто на своей машине?

— Такси поймаю. Не переживай, со мной все будет в порядке.

— Вы мне хотя бы позвоните, — всхлипнула она.

— Конечно! Глянь — никого там нет, на лестнице?

Она метнулась в холл, а вернувшись буквально через пару минут, заговорщицки сказала:

— Никого. Можете идти.

Я, стараясь не шуметь, спустилась вниз, на первый этаж. Впервые мне пришлось воспользоваться дверью для прислуги, чтобы покинуть дом, куда я раньше входила и выходила исключительно с парадного крыльца, для хозяев и их гостей. Видать, время мое кончилось. Я, как беглая рабыня, таясь и пригибаясь, кралась к шлагбауму, за которым меня ждала свобода.

— Какая же вы храбрая, Зинаида Андреевна! — с восхищением сказала Анюта на прощанье.

— Возвращайся в дом, тебя могут хватиться.

— Так вы мне позвоните? Я буду вам помогать.

«Не сомневаюсь», — подумала я и всячески заверила ее, что буду держать связь. Мимо Паши мне удалось прокрасться незаметно. Во всяком случае, я на это надеялась, меня ведь не окликнули.

По счастью, идти пришлось недолго. В избушке братьев меня ждал сюрприз. Даже два, и оба неприятные. Во-первых, дверь была опечатана, а во-вторых, там царил дикий холод. Оно и понятно: не май месяц. С печатью я справилась легко, сорвала ее, и все. Не думаю, что мне за это прибавят срок. А вот с холодом бороться оказалось гораздо труднее. Хорошо, что я выросла в деревне. Мне пришлось вспомнить, что такое растопить русскую печь. С маникюром я давно уже попрощалась, поэтому не особо переживала по поводу парочки сломанных ногтей. Взяла ржавый нож, настрогала сосновых щепок, закинула в печурку побольше старых газет и поднесла к ним спичку. По счастью, дров

наталья АНДРЕЕВА

вокруг было полно, дом стоял почти в самом лесу. Когда я немного согрелась, приступила к делу. Принялась искать следы Анжелы.

Дом оказался очень старым, и на удивление большим, хоть и одноэтажным, но с огромным чердаком, куда вела шаткая лестница. Мне пришлось тщательно его обыскать в поисках разгадки исчезновения Анжелы. Но увы! Никаких следов ее пребывания в доме у братьев я не обнаружила. Говорят, были какие-то женские вещи. Теперь они исчезли, их забрали при обыске и приобщили к делу в качестве улик. Еще говорят, на них не было следов крови, и это лишь подтверждает мою версию: Анжела жива.

Я, сказать по правде, надеялась, что она прячется здесь, когда сюда шла. Но опять-таки, увы! Темнокожей девушки в тереме у братьев не было. Не было и плазмы, которую я велела купить Анисье, чтобы Анжела не скучала взаперти. Предательница оказалась еще и воровкой. Потом я вспомнила, что на эти деньги Анисья поила братьев, дабы те не вспомнили, стреляли они в Анжелу или нет.

Мне стало тоскливо. Я не представляла, что делать дальше? Прятаться здесь? До каких пор? До скончания веков? Такая жизнь немногим лучше смерти. Лучше уж сдаться полиции. По крайней мере в тюрьме мне не угрожает опасность лишиться жизни. Вот до чего дошло!

Я вдруг почувствовала голод. Физический труд, свежий деревенский воздух, напряженная работа мысли, — все это зверски разжигает аппетит. Я пошарила в холодильнике и в шкафах, и... о счастье! Обнаружила запасы лапши! Той самой, которую надо только залить кипятком, чтобы получился вполне съедобный продукт. Я была настолько голодная, что съела два стакана этой, прямо скажем, откровенной дряни с таким удовольствием, с каким раньше кушала черную икру. От сытости и тепла, разлившегося по всему телу, я повеселела. Как говорится, утро вечера мудренее. Надо просто лечь спать, а утром, на свежую голову, решение обязательно найдется.

К тому же я представила себе, как мечется по дому разгневанный Иван Иваныч, как Анисья докладывает своим сообщникам о провале операции «смерть злодейки». Я их всех оставила с носом. Эта мысль меня грела больше, чем съеденный суп. Я взяла книжку и залезла под одеяло.

Да-да! Среди крайне необходимых мне вещей, прихваченных из особняка на Новой Риге, нашлось место и томику Пушкина! После всего случившегося со мной, с его сказками я бы никогда больше не рассталась. Ситуация точь-в-точь повторилась. Злая царица подсунула падчерице отравленное яблоко.

Выходит, царевна-то я? Мне пришлось спрятаться в тереме у братьев, ведь меня хотели отравить, моя собака подохла, отведав отравы. А как насчет свадьбы? Это что, тоже должно случиться со мной?

Я крепко задумалась. Вот ведь как бывает. Человек подчас считает себя одним, а на самом деле он совершенно другое. И что такое я, Зинаида Андреевна Царева? Для кого-то, олицетворение зла, чудовище, а на деле жертва. Мне крепко досталось за мое слабоумие. За доверчивость. А главное, за доброту. Меня чуть не убили. Спасибо Кики, которая меня спасла!

Я с нетерпением принялась перечитывать сказку. Все упиралось в королевича. Кто-то должен разбить гроб, в котором я лежу. И тогда я выйду на свободу. С этой мыслью я, собственно, и уснула.

Вы уже знаете, что я сова, сплю до полудня. Своим привычкам я и тут не изменила. К тому же лень было вылезать из-под теплого одеяла, за ночь избу так выстудило, что у меня замерз кончик носа. Стоило высунуть руку, как все тело начинало мелко-мелко дрожать от холода. Мне предстояло затопить печь, вскипятить чайник, по старинке, на плите, и приготовить себе завтрак. «Куда спешить?» — думала я. Решение еще не пришло мне в голову. Я по-прежнему не знала, что делать дальше.

Все-таки я нашла в себе силы покинуть теплую постель. Не спеша оделась и уже собралась было идти за дровами, как вдруг услышала шум моторов. К лесной избушке братьев-разбойников подъезжало несколько машин. Хорошо, что была осень и в лес не додумались проложить заасфальтированную трассу, чтобы беспрепятственно собирать здесь грибы. Почва в Подмосковье глинистая, проселочную дорогу размывает в момент, а всю предыдущую неделю шли дожди. По отборной матерной ругани я поняла, что головная машина села. Конечно, их там много, людей и машин, и они всем скопом легко ее вытащат, но таким образом у меня появляется время. Совсем немного времени, но мне хватит.

Я торопливо начала уничтожать следы своего пребывания в доме. Я была уверена, что все эти люди прибыли по мою душу. Но как они узнали, где именно я прячусь? Анюта сдала? Она мне вчера звонила, но я на звонок не ответила. Так откуда? Неужели Иван Иваныч оказался настолько сообразителен?

Печка, на мое счастье, была холодной, я так и не успела ее затопить. Что же касается всего остального... Откуда они знают, из скольких коробок лапши состоял стратегический запас братьев на случай осады? Я была уверена, что ищут меня на авось. Если только Иван Иваныч не следит за мной через мой мобильный телефон. А что, если его запеленговали?

Я в ужасе посмотрела на свой навороченный дорогущий аппарат. Расстаться с ним? Я ведь буду совсем без связи с внешним миром. Но я уже приняла решение. Похороню мобильник в лесу, выкопаю ямку и закидаю чудо техники комьями земли и пожухлой осенней листвой. Пускай себе пеленгуют. Без связи обойдусь. Только бы выбраться отсюда. Не очутиться в руках у убийц. Второго шанса спастись мне не предоставят, кто бы сомневался! Да и второй собаки у меня нет. Увы, друзья у меня закончились.

Бежать по лесу с двумя сумками было нелегко, но когда речь идет о спасении жизни, у человека появляются неведомые силы. Я неслась по тропинке в глубь леса, но потом опомнилась и свернула к дороге. Надо выбраться на трассу и поймать там машину. Перед уходом я слегка обчистила Иван Иваныча, взяла у него немного денег. Много у него не нашлось, во всяком случае, в местах, которые были мне доступны. Но до Москвы добраться хватит. Что будет дальше, я пока не думала.

Мне нужно было обогнуть кортеж, стоящий на дороге. Они, кажется, справились с возникшей проблемой. Там много мужчин, судя по голосам. Я чуть не по-пластунски стала красться к обочине. Вся перепачкалась, ноги промокли, но желание во что бы то ни стало добыть информацию, меня согревало. Потом аккуратно и почти бесшумно я раздвинула кусты. Интересно, кого прислал Иван Иваныч по мою душу? Или это не Иван Иваныч?

К моему огромному удивлению, все три машины принадлежали полиции. Я это поняла по характерной раскраске, а еще по синим буквам на бортах. Там так и было написано: ПОЛИЦИЯ. Ошибиться было невозможно.

Но почему полиция?! Не собираются же они приписать мне побег? О Господи! Только этого не хватало!

— Ну, что, поехали? — проорал кто-то.

— Оператор? Где кинооператор, мать его так...!!! — раздался отборный мат.

Какой еще оператор? Кино они, что ли, решили снимать? «Жизнь и смерть Зинаиды Царевой»? Меня что, теперь пристрелят? Лица у них серьезные. Сначала я хотела бежать, но потом передумала. Убежать я всегда успею. Меня одолело любопытство. Никто ведь не кричал:

— Хватайте Зинаиду Цареву!

Обо мне вообще никто не упоминал. Поэтому я решилась. Оставила сумки в кустах, а сама стала красться обратно к дому братьев. Риск, конечно, был большой. Я пыталась приладить на место печать, когда уходила, но только идиот не догадается, что она была сорвана.

Так и есть.

— О! Печать-то сорвана! — закричал поднявшийся на крыльцо мужчина.

— Видать, бомжи побывали, — раздался знакомый голос. — Обчистили, небось.

Я обмерла: Коля! Раздвинула кусты и увидела, что братьев двое. Толя тоже здесь, просто он, как всегда, молчит.

— Точно бомжи?

— Тута их много ходит. По дачам шарят. Видать, согреться решили, — Коля сегодня был на редкость словоохотлив, наверное, потому что трезв.

И опять-таки Пушкин оказался пророком:

Братья в ту пору домой возвращались толпой

Только я бы слегка переиначила:

Братья в ту пору домой возвращались с толпой

Потому что с ними приехало много людей, в основном это были мужчины. Их действительно привалила целая толпа! Включая оператора с видеокамерой. И тут до меня дошло! Они же приехали проводить следственный эксперимент! А вовсе не по мою душу! Это простое совпадение, что я оказалась здесь именно в этот момент.

Ну конечно! Следствие забуксовало. Братья во всем признались, но ни черта не помнят. Не могут в деталях описать, как они убивали Анжелу. Их и привезли на место преступления, дабы освежить память. Потому что суду нужны доказательства, а ментам работа. Вот служители закона и решили провести день на природе, плевать, что погода дрянь.

— Околеем мы здесь, — хмуро сказал кто-то, словно в подтверждение моих слов. Всю неделю, как я уже сказала, лили дожди, все вокруг было напитано водой, а в деревенском доме это особенно заметно. Холод идет из подпола, наполненного водой, через щели в бревенчатых стенах, сквозь прогнившие насквозь рамы. Если «гости» не затопят печь, то долго они не протянут.

— Не бойсь, согреемся потом! — заржал огромный мужик в милицейской форме. Погоны я издалека не разглядела, поэтому не могла определить, в каком он звании. Может, участковый? Я попыталась вспомнить, как выглядит наш участковый, но потом сообразила, что никогда его раньше не видела. У нас с Иван Иванычем, когда мы жили вместе, не возникало проблем, которые надо решать с привлечением полиции.

Да какая мне разница, кто все эти люди? Я надеялась, что, раз они мерзнут, тянуть кота за хвост не станут. Быстренько провернут это дело и уедут греться. Так и вышло.

— Ну че? Начнем? — раздался недовольный голос самого тучного. Видимо, он и был здесь главным. И из теплой машины вылез последним, что лишний раз подтверждало его статус: большой начальник.

Мой старый знакомый, следователь, который вел мое дело, тоже был здесь. Присутствовал при следственном эксперименте, что не удивительно. Это ведь он указал на странности и усомнился в убийстве Анжелы. Женщина в этой компании была всего одна, и я, не будь дурой, догадалась, что именно она и будет играть роль трупа. Мулатку они не нашли, но на лице у «жертвы» лежал такой густой слой тонального крема, что я в который раз за этот день, который, кстати, только начался, удивилась. Зачем она так накрасилась? То ли впрямь под Анжелу загримировалась, то ли у нее свой интерес.

К моему огорчению, я не могла попасть вместе с ними в дом, и какая-то часть действа под названием «следственный эксперимент» прошла без моего участия. Пришлось мерзнуть в кустах, но, на мое счастье, выглянуло солнышко. После недели беспрерывных дождей октябрь решил, наконец, порадовать жителей Подмосковья бабьим летом. Я потихоньку начала согреваться. Похоже, фортуна и мне улыбнулась.

В доме компания не задержалась. Сначала на крыльцо вышел оператор и стал спиной, очень медленно, ступенька за ступенькой, спускаться вниз, не выпуская из объектива братьев, которые несли «труп».

— Ну че? — хмуро спросил тучный. — Именно так все и было?

— Ага, — сказал Коля, пытаясь отдышаться. Толя, как всегда, молчал.

«Анжелу» положили на землю.

— Врёте же! — не выдержал мой следователь. Я готова была его расцеловать, потому что он вполне годился на роль героя. — Вы утверждаете, что убили ее в доме и вынесли труп наружу?

— Ага!

— Почему же в доме тогда нет ни единой капли ее крови? Вы что, полы потом мыли?

— Ага!

— И крыльцо тоже? — ехидно поинтересовался мой герой.

— Ага!

— Вы же были пьяные в стельку! Ну не верю! Не верю я, что в таком состоянии так чисто можно вымыть пол!

— А может, Переверзева? — предположил тот, что был в милицейской форме, предположительно участковый. — Она же сюда потом приходила.

— Все равно, хоть капля крови, да должна была остаться. Эксперты здесь все пролазили. Чисто. И потом, Панины, где вы ее раздели перед тем, как убить?

— В доме! — уверенно ответил Коля.

— Чушь! Потому что вопрос: зачем раздели?

— Ну, дык... — братья переглянулись.

— Может, они хотели вступить с ней в интимную связь? — предположил кто-то. — Девушка была очень красивой.

Толя хмыкнул. Это был первый звук, который он издал.

— А почему тогда не вступили?

НАТАЛЬЯ АНДРЕЕВА

— А может, у них того... — кашлянул тот, что в милицейской форме. — Мужской силы не хватило?

— И они ее застрелили, так?

— Так! — хором кивнули братья.

— А где тогда кровь?

— Слушай, хватит тебе докапываться! — хлопнул тучный мужик в штатском по плечу моего следователя. — Они же во всем признались, все показали. А детали... — он поморщился, — кого они волнуют?

— Хорошо. Пойдем дальше. Панины, куда вы ее понесли?

Братья неуверенно начали оглядываться.

— Так здесь же тачка стояла! — подсказал кто-то.

— Ага! — хором кивнули братья.

— В которой тоже не нашли ни капли крови, — ехидно сказал следователь. — Панины, ее вы тоже мыли?

— Ага!

— С мылом или со стиральным порошком?

— Мы не помним, — сказал за обоих Коля.

— Что за бред! — рассердился мой герой. — Ну, давайте сюда тачку. Лена, ты пока лежи, — велел он «трупу».

— Мне холодно, — заныла девушка, изображающая Анжелу.

— Какое холодно! Солнце вон светит!

— Земля-то холодная! Вам хорошо, вы стоите!

— Терпи, тебе же сказали: одеться потеплее.

— Я же не знала, что будет настолько холодно!

— Зато ты знала, что будет столько мужиков! И Волков тоже! Небось, кружевные стринги нацепила?

Мужики переглянулись и заржали, а хорошенький парнишка в стильной куртке, видимо, это и был Волков, залился краской.

— Че вы ржете, придурки? — огрызнулся «труп». — Нормальные на мне трусы!

— Волков, слышал? Будешь ее раздевать — учти: трусы нормальные, меховые.

— Га-га-га!!!

— Ша! Давайте работать! — прикрикнул тучный. — Выпивка и б..дки потом!

— Между прочим, камера все пишет, — задумчиво сказал кто-то.

— Херня! Вася потом лишнее сотрет. Сотрешь, Вася? — оператор молча кивнул. — Ну че, убийцы? Понесли в тачку труп?

— Ага!

Братья подняли с земли «Анжелу» и, обливаясь потом, потому что припекало солнышко и девушка была отнюдь не худышкой, понесли ее в услужливо приготовленную кем-то тачку. Все это было похоже на цирк, но, как я уже поняла, Вася потом все лишнее сотрет.

— Господи, да они даже не знают, куда ее везти! — раздался возмущенный голос моего следователя. Который все рос в моих глазах. — Панины, как вы думаете, где мы нашли труп?

— Ну, в лесу.

— Где именно? Куда вы ее отвезли?

— Туда, — Коля неопределенно махнул рукой.

— Что ж, везите!

Коля-и-Толя, отпихивая друг друга, взялись за ручки ржавой тачки. Я уже давно все поняла: Анжелу они не убивали. Но кого, черт возьми, тогда нашли в лесу? И почему лицо у девушки было изуродовано?

Между мной и следователем явно возникла телепатическая связь после того, как меня отпустили под залог, потому что он тоже спросил:

— Панины, а зачем вы ее изуродовали до неузнаваемости?

Братья молча пожали плечами.

— А когда именно, можете вспомнить?

— Дык... В лесу!

— В каком лесу?

— Ну, сразу за домом.

— Точно? За домом?

— Ага!

— Вот загадка: и там ни капли крови! Девушку буквально резали на куски, и при этом из нее не вытекло ни капли. Фокус-покус. Цирк просто!

— А может, из трупа кровь уже не течет? — задумчиво сказал кто-то.

— Мозг у тебя течёт, — сердито сказал мой следователь. — Половина уже вытекла. Неужели непонятно, что убийство произошло не здесь? Может, его вообще не было?

Ай, умница!

— Но брат и сожитель её опознали! — возразил кто-то.

— Нашли темнокожую девушку. Другая темнокожая девушка якобы пропала. Не исключено, что один из них ошибся, а другой намеренно солгал. Или они в сговоре.

«Ай, умница, — в который уже раз подумала я. — Эрик! Вот кто мне нужен! Потому что ошибся, скорее всего, Иван Иваныч. От страха. К тому моменту, как в лесу нашли тело мулатки, его нервы были на пределе. Значит, соврал Эрик. А потом... Может, он начал шантажировать моего мужа? Жадность Иван Иваныча известна. Чёрт возьми, что же они задумали? Эрик и... Кто?»

Я уже узнала всё, что мне нужно. Пора было уходить, тем более братья везли в мою сторону тачку с «трупом». Я хотела, было, бежать, но тут вдруг они резко свернули вправо. Не исключено, что им подсказывали, куда именно везти «Анжелу». Кроме моего следователя никто не был заинтересован в том, чтобы докопаться до правды. Им надо было просто приобщить к делу видеосъёмку со «следственным экспериментом».

Мне оставалось надеяться только на себя. Я уже знала, что буду делать дальше. Встречусь с Эриком, если надо, буду его пытать, но узнаю, что случилось на самом деле. Понятно, что вещи Анжелы подбросила братьям Анисья, когда принесла туда пистолет. Братья были пьяные, и она влила им в уши свою версию произошедшего. Якобы они застрелили «беременную» девушку по моему приказу. Потом Анисья внушила Коле мысль поехать ко мне и потребовать с меня денег за выполнение «заказа», а заодно подбросить мне пистолет. Что он и сделал.

Все четко. Сейчас участники следственного эксперимента подскажут братьям, как и где они резали Анжеле лицо. А где нож? Неужели никого не волнует этот вопрос? Куда делся нож? Почему его не нашли в яме с трупом или хотя бы рядом с местом преступления? Или нож у них тоже наготове, у этих суфлеров? Господи, наркотики подбрасывают килограммами! Результаты экспертизы подтасовывают пачками! Наше правосудие — сплошной цирковой аттракцион, где никто ничему давно уже не удивляется. Система кривых зеркал прекрасно работает: вы видите лишь то, что вам хотят показать. А тут уже есть пистолет! Да одна эта улика, как сказал всенародный любимец Глеб Жеглов, все остальные перевесит! Осталось приобщить к делу какой-то нож! Они сообразительные, особенно начальник. Сейчас все будет.

Я кипела от возмущения, понимая, кто здесь крайний. Все против меня. Но ведь это же несправедливо!

И жених сыскался ей

— Интересно, да? — мне на плечо легла чья-то тяжелая рука.

Я на секунду онемела от страха. Потом резко стряхнула руку и обернулась.

Передо мной стоял мужчина. Что я могу о нем сказать? Пока ничего. Просто мужчина. Я его тогда не рассматривала, не до того было. Только рост его отметила: чуть ли не на две головы выше меня, значит, мне не просто будет с ним справиться. Сначала я подумала, что он — один из них. Из тех, что приехали сюда на полицейских машинах, и сейчас меня повезут обратно в Следственный Изолятор, теперь уже без шансов выйти оттуда до суда, раз я сбежала из-под домашнего ареста. И все. С мечтами можно попрощаться. И я ничего не смогу сделать с этим великаном, потому что у меня просто не хватит на это физических сил, вот я на какое-то время и превратилась от страха в соляной столб. Но потом поняла, что он сам меня испугался, и очнулась. Стала на него кричать:

— Не прикасайтесь ко мне! Убирайтесь!

— У вас такое лицо, девушка, будто вы собираетесь меня ударить! — с опаской сказал он. — У вас в кармане, часом, не газовый баллончик? В том, куда вы руку опустили?

— А если так? — с вызовом спросила я. Баллончика у меня не было, даже перочинного ножика, и того не было. Только томик Пушкина в сумке, а сумка в кустах. Я даже рифмой в твердом переплете ударить этого верзилу не могла, но вынимать из кармана руку не спешила.

— Сколько раз давал себе слово: при виде красивой девушки, одиноко идущей по улице, тут же переходить на другую сторону!

— Почему?

— Они все либо вооружены, либо посещают курсы самообороны от маньяков. А маньяками они считают всех одиноких мужчин, кто попадается им с наступлением сумерек. Мне уже прыскали в лицо жгучим перцем, били поддых коленом и чуть не пробили висок каблуком с металлической набойкой, едва увернулся! Пожалейте меня, прошу! — взмолился он.

— А зачем вы гуляете один?

— Так ведь и вы одна!

— Я женщина. Меня никто не примет за маньяка и не прыснет в лицо жгучим перцем. И потом: не суйтесь не в свое дело! Идите себе, а то и в самом деле получите заряд «черемухи» в нос! Убирайтесь!

— Я вас чем-то обидел, девушка? Извините.

— Вы меня напугали! — сердито сказала я, и даже не обратила внимания на «девушку». Мне некогда было радоваться, что я молодо выгляжу в грязной одежде. — Подкрались незаметно, гаркнули в ухо.

— Я шел нормально, — слегка обиделся он, — а вовсе не крался. И не гаркнул, а спросил. Потому что мне тоже интересно.

— Вы кто?!

— Человек.

— Это я вижу. Что вы здесь делаете?

— А вы?

— Я первая спросила!

— Допустим, гуляю. Погода сегодня хорошая, — он кивнул на небо, где и впрямь, не было ни единого облачка. Но это вовсе не значит, что я ему поверила.

— Я тоже... Гуляю.

— Вы так внимательно смотрели. Даже задумались.

— Послушайте, что вам нужно?

— Мне? Ничего.

— Ну, так и гуляйте дальше.

— Мне почему-то кажется, что вы прячетесь.

— О господи! А если и так?

— Но там же полиция, — он кивнул в сторону лесной избушки братьев. — А вдруг я вас обманул и я маньяк? Но меня вы совсем не боитесь, а вот их...

— Маньяков я давно не боюсь. Они все придуманные.

— Вот как? Вы на редкость здравомыслящая женщина.

— Вы сказали «девушка».

— Но теперь вижу, что женщина.

— Вот теперь вы меня обидели, — сердито сказала я. После чего повернулась к нему спиной и отправилась искать свои сумки. Теперь я точно знала, что он не маньяк. И даже не клеится ко мне. Он был мне больше не интересен.

Но он шел за мной. Черт возьми, а вдруг я ошиблась? Не маньяк, конечно, но тайный шпион. Или... Частный детектив, нанятый моим мужем? Не случайно же он гуляет по лесу один, и вообще, как я поняла, повсюду бродит в одиночку! Он вполне похож на сыщика. Я обернулась:

— Вы зачем за мной идете?

— Я иду не за вами, а к дороге.

— Зачем?

— Там стоит моя машина.

— А за каким чертом вы приехали сюда на машине?

— Потому что я бомбила! Я привез клиента! Он живет в этой деревне! Железки здесь нет, автобусы ходят редко! Я довез его до дома и решил прогуляться по лесу, потому что погода хорошая! Увидел нечто интересное, решил посмотреть! Потом увидел вас! Я ответил на все вопросы? Понятно объяснил?

— Только незачем так кричать.

— Вы все-таки боитесь.

— Я боюсь оглохнуть. Значит, вы на машине?

— Ну да.

— Таксуете, или, как вы сказали? Бомбите? — я невольно поморщилась.

— Зарабатываю на жизнь извозом, — усмехнулся он.

— А сейчас свободны?

— Именно так, — он шутливо поклонился. — Сейчас выеду на трассу и буду ждать клиента. Авось мне повезет. Не хочется порожняком в Москву возвращаться. Это моя территория, я в основном сюда беру заказы. Мы с коллегами так договорились.

— Тоже мне, дети лейтенанта Шмидта!

— А вы с юмором. А еще красивая.

— Это вас не касается. Считайте, что вам повезло. Мне надо в Москву. Я только вещи свои возьму. Подождите.

— Мне здесь стоять, или дозволите вам помочь? Странная у вас камера хранения, — он кивнул на пень, к которому я прислонила сумки, чтобы не упали. — И сама вы странная.

— Я вам плачу деньги, чего вам еще?

— Меня все устраивает.

Он все-таки взял из моих рук сумки. Я не сопротивлялась, потому что они были тяжелые, а я к этому времени порядком устала. Он внимательно посмотрел на меня и спросил:

— По кустам полезем или все-таки выйдем на дорогу?

Я прислушалась. Кажется, и мне повезло. Тело мулатки нашли в другой стороне, поэтому участники следственного эксперимента удалились на достаточное расстояние. Я прикинула, что успею до их возвращения

254

к дому братьев уехать из этого места, ставшего для меня опасным. Прятаться здесь больше не имело смысла. Теперь я была уверена, что Анжела сюда не заходила.

— Пойдем по дороге, — сквозь зубы сказала я. — И поторопитесь!

— Клиент всегда прав, — шутливо поклонился незнакомец и раздвинул передо мной кусты: — Прошу, мадам.

Кое-как я выкарабкалась на дорогу. Обочину размыло, и ноги мои разъезжались в рыжей глине, перемешанной с речным песком. Осень и без того время мерзкое, а тут еще и куча свалившихся на меня неприятностей! Настроение было скверное.

— Где ваша машина? — резко спросила я.

— Там, — он махнул рукой в сторону деревни. — На околице.

Это прозвучало так неожиданно и так поэтично: «околица». Я невольно вспомнила родную деревню и даже почувствовала запах парного молока. На душе потеплело. Не все так мрачно, вон, солнышко светит! И мне не сейчас в тюрьму. Мне в деревню. На околицу.

То есть, деревней это было раньше, а теперь осталось три обитаемых избенки, давно уже нуждающихся в ремонте. Остальные жители переехали поближе к тем, кто сыплет в аквариум корм. К работодателям-олигархам, которые взяли моду строить домики для прислуги, причем домики эти подчас похожи на дворцы. Надо ли говорить, что они со всеми удобствами, плюс спутниковое телевидение и Интернет? И за все это можно расплатиться лишь рабской преданностью своему хозяину и круглосуточным дежурством при его персоне. В общем, вернулся феодализм, который, как оказалось, был не так уж и плох.

Бедные, но гордые, в количестве трех штук, остались здесь. Один из них, подумать только, приехал сегодня на такси!

— Вы мне не верите? — догадался мой спутник.

— Верю всякому зверю, — пробормотала я.

— А тебе, ежу, погожу! — рассмеялся он. — Хотя на ежа больше похожи вы. Сплошные колючки! Как вас, кстати, зовут?

— Зинаида Андреевна, — нехотя сказала я.

— Ох ты! Андреевна! Ну а я просто Ян.

— Поляк, что ли?

— Чистокровный русак, без каких-либо примесей, — он пригладил вихор на макушке. Мы брели по дороге в сторону деревни. Солнышко припекало, было так тепло, что я расстегнула куртку и сняла с головы платок. Он тоже снял шапку.

— Опять врете! — разозлилась я. У него и в самом деле были голубые глаза и светлые волосы, а нос картошкой. Брови и ресницы светлые, в общем, лицо, я бы сказала, простецкое, как у какого-нибудь Иванушки-дурачка. Это явно был герой не моего романа, но выбирать не приходилось. Я не верила в его чудесное появление в своей жизни, похожее на подарок судьбы. Так не бывает, это не сказка.

— Ладно, признаюсь, — вздохнул он. — По паспорту я Куприян.

— Чего? — мои глаза округлились.

— Имя такое старинное, русское: Куприян.

— Бывает же! — не удержалась я.

— В жизни всякое бывает. Чтобы каждый раз не удивляться, зовите меня Яном. Вон она, моя машина! — он указал на дешевенькую иномарку, всю перепачканную в грязи. Даже цвет ее определялся с трудом, то ли серая, то ли бежевая. А может, и белая, но очень уж грязная. — Не лимузин, но на ходу, — начал вдруг оправдываться он. — Хорошая машина, резвая.

— Мне все равно, какая у вас машина. Это ваши проблемы. Я лишь хочу добраться поскорее до Москвы.

— Прошу! — он достал из кармана ключи и нажал на красную кнопку на брелоке. Фары моргнули, я потянула на себя переднюю дверцу. Вполне сносно. Лишь бы до Москвы добраться.

— Давайте я поставлю ваши сумки в багажник? — предложил Ян.

Я молча кивнула и полезла в салон. К моему удивлению, бензином там не пахло, а пахло хвоей. Потом я заметила ароматизатор в форме елки, висящий почти на

257

уровне моих глаз. Не выношу запаха бензина в салоне, меня сразу начинает мутить! Но машина Яна внутри была ухоженная, сиденья чистые, все вещи на своих местах, а не разбросаны как попало. Возможно, она и снаружи такая, до того как хозяин выезжает на заработки, чистая и отполированная до блеска. Но Ян бомбила, тут уж выбирать не приходится: в деревню так в деревню.

Пока он укладывал сумки в багажник, я пыталась трезво оценить свое положение. Где-то там, в лесу, продолжается следственный эксперимент, который грозит мне солидным тюремным сроком, а я сижу в дешевой машине, рядом с человеком, о существовании которого полчаса назад и не подозревала. Какой-то Ян. И что мне теперь делать? В тюрьму не сегодня, это правда. Но надо сделать так, чтобы и не завтра. И даже не послезавтра. Никогда. Я не хочу туда возвращаться. Я ведь ни в чем не виновата, а сидеть за кого-то — увольте!

Я невольно вздрогнула: хлопнула дверца. Ян залез в салон и вставил ключ в замок зажигания.

— Ну что? — подмигнул он. — Поехали?

— Да, — я встряхнулась. Надо жить дальше.

— Вы только главного не сказали, Зинаида Андреевна.

— А именно?

— Куда ехать-то?

наталья Андреева

В самом деле, я ведь не назвала ему адрес. Я и сейчас не могла этого сделать. Повисла пауза.

— Вам что, негде жить? — догадался он.

— Почему же? — невесело усмехнулась я. — У меня пока еще есть шикарная квартира в центре Москвы и не менее шикарный особняк на Новой Риге. Я владею несколькими сотнями элитных квадратных метров.

— Поэтому и прячетесь в лесу. Понятно, — кивнул он.

— В жизни всякое бывает, ты сам сказал, — неожиданно для себя перешла я на ты.

— Мне можешь не рассказывать, — он стал вдруг серьезен. — Как это говорится? От тюрьмы и от сумы не зарекайся?

— В точку! — не удержалась я. — В моем случае от тюрьмы.

— А в моем — от сумы.

Мы переглянулись и вдруг... Что-то случилось. Это началось со слова «околица». Я поняла, что и ему это не чуждо, деревенская романтика, возможно, он там вырос или, как я, проводил у бабушки с дедушкой все свои каникулы, и зимние, и летние. Уже не чужой человек сидел рядом со мной, мне даже показалось, что он похорошел. Нос картошкой? Да с чего я взяла? Нормальный нос. И глаза такие добрые и... Несчастные. В них такая тоска... Я вдруг подумала, что он очень одинок и, так же как я, разочаровался в людях. В нем было что-то родное, что-то от загнанного зверя, который понимает: люди его приговорили. Он им, людям, не нужен. Они почему-то решили, что он — зверь. А у него такое большое и такое доброе сердце. Ему просто надо, чтобы его приласкали, и тогда благодарность его будет безгранична, а преданность сродни собачьей.

Сколько на свете таких мужчин? Вся их беда лишь в том, что они не олигархи. Женщины считают их неудачниками и стараются держаться подальше. А им, этим несчастным одиноким мужчинам, всего-то и надо, чтобы их поняли и приласкали...

— Что у тебя случилось? — тихо спросила я.

— А у тебя?

— Я первая спросила.

— Давай сначала куда-нибудь поедем.

— Мне некуда ехать, — горько призналась я. — Если хочешь знать, я нахожусь под следствием. Меня подозревают в убийстве. Я прохожу по делу как заказчица.

— Постой... Так они приехали проводить следственный эксперимент? — я молча кивнула. — Убили какую-то женщину. — Я еще раз кивнула. — Мне пассажир, которого я сегодня подвез, рассказывал. Она вроде была темнокожая.

— Мулатка. Любовница моего богатого мужа. Которого под старость на экзотику потянуло. Ее нашли мертвой в этом лесу.

— И обвиняют тебя. Понятно... — протянул он. — Но ты ведь не убивала?

— Нет. Я этого не хотела. Ее смерти.

— Понятно, — в который уже раз повторил он и повернул ключ в замке зажигания.

— Куда мы едем? — спросила я.

— Ко мне.

— А где ты живешь?

— Квартиру снимаю. Сразу предупреждаю: не дворец. Однушка в области, в часе езды от Москвы. А по пробкам все два. А то и три.

— Мне все равно, сколько ехать до Москвы. Я туда не хочу. Мне просто надо спрятаться.

— Это я понял.

Машина наконец тронулась. У меня почему-то было чувство, что я и сюда не вернусь. Никогда. Мне больше нет места в элитном доме, в ЦАО, и меня теперь никто не ждет в огромном особняке на Новой Риге. Иван Иваныч меня ненавидит, я ему нужна только в качестве ищейки, взять след пропавшей Анжелы. Я больше не хочу видеть своего мужа. Элитная часть моей жизни закончилась, на мне грязная одежда и сапоги, перепачканные в рыжей глине. И я еду в съемную однушку, находящуюся в часе езды от Москвы. А по пробкам в двух или даже в трех часах езды. На что мне совершенно наплевать. Столица меня больше не интересует.

Мы медленно выбирались на Рижское шоссе. Машину Ян вел аккуратно, что мне очень понравилось. Не люблю необдуманных решений и людей, которые живут в авральном режиме. Судя по тому, как Ян вел машину, он не склонен к авантюрам. Сто раз подумает, прежде чем что-то мне предложить. Ошибок мне больше совершать не хотелось. Их было сделано достаточно.

— Давай кое-что обсудим, — сказала я, когда мы выехали на трассу. — Денег у меня нет, это раз.

— У меня тоже. Так что боевая ничья. Будем жить, чем бог пошлет, — пожал плечами он. — Сегодня я неплохо набомбил, а завтра пойду на работу. Мой заработок зависит от количества заказчиков. Я на проценте сижу. Но сейчас у меня дела идут неплохо. На «мыле» наверняка есть письма, да и вызовов неотвеченных полно, должно быть, хозяин звонил, — он достал из кармана мобильный телефон. Простенький, копеечный. Я невольно вспомнила свой. Я от него все-таки избавилась, оставила в лесу. Так что и в этом у нас с Яном почти ничья. Он посмотрел на меня и улыбнулся: — Возьму побольше заказов. Прорвемся.

— А чем ты занимаешься?

— Установкой железных дверей, — серьезно сказал он.

— Интересно...

— Ничего интересного, но платят хорошо. В наше время железная дверь — крайне необходимая вещь. А в особенности железная дверь с двумя секретными замками. Или даже с тремя. Я неплохо с этим справляюсь.

наталья АНДРЕЕВА

— С замками?

— Мне нравится твое чувство юмора, — улыбнулся он. — Я уже понял, что с тобой не соскучишься. Обычно женщины озабочены какими-то своими проблемами, а такие красивые, как ты, озабочены собственной внешностью. И шутить над собой не умеют. Ты другая.

— Да, чувство юмора у меня есть. Мне за это крепко влетало от моего бывшего мужа. — Я даже не заметила, что невольно назвала Иван Иваныча бывшим. — Значит, ты бомбишь в свободное от работы время?

— Именно.

— А выходные у тебя есть?

— Нет.

— Но тогда ты должен много зарабатывать. У тебя долги, да?

— Ипотека.

— Но ведь ты живешь на съемной квартире!

— Банальнейшая история, не стоит даже ее рассказывать.

— Я тебе свою почти рассказала, — мне вдруг стало обидно. Надо же, какой скрытный! — Если хочешь подробности — пожалуйста! Тоже сплошная банальность. Вышла замуж за богатого, почти четверть века купалась в роскоши, потом муж нашел молоденькую. Захотел ребенка. А меня из дома выгнал почти без копейки. Когда нашли труп мулатки, во всем обвинили меня. Хотя я вовсе не уверена, что это именно та мулатка. Ее лицо было изуродовано так, что возможна ошибка. Опознали не ту девушку. Муж пустил по следу меня, предварительно обвинив во всем. Сообщники Анжелы хотели отравить. Теперь я прячусь. Хотя следователь на моей стороне, он тоже считает, не все так однозначно. Так и сказал: ищите, Зинаида Андреевна.

— Что ж... У меня все проще. Родился в российской глубинке, в деревеньке под названием Лесное. Потом родители переехали в город. Большой и красивый. А еще учителя в школе были хорошие, особенно математик. Благодаря ему я поступил в Московский Университет. Остался здесь, думал пробиться. Но не случилось. Какое-то время работал программистом.

— Программистом?!

— А что тебя удивляет?

— Так.

— Да, у меня высшее техническое. Какое-то время я зарабатывал большие деньги, все было: клубы, девочки, дорогое хобби... А потом моя фирма разорилась, и все закончилось. Зато, как мне тогда показалось, я встретил свою судьбу, — усмехнулся он.

— Женился, что ли?

— Да. Она сразу взяла меня в оборот. Кое-какие сбережения у меня имелись, и жена сказала, что надо взять квартиру в ипотеку. Сколько можно по съемным-то скитаться? Я же обрадовался тому, что в жизни появилось что-то постоянное. Дом, жена. Потом она забеременела. Я был так счастлив, что спорить не стал. Ипотека так ипотека. Родился сын. А лет через пять мы поняли, что чужие друг другу люди. Она требовала, чтобы я искал такую же денежную работу, какая была у меня раньше. А я уже старый для этого, — он опять усмехнулся. — Пацаны подросли, поколение next, они знают гораздо больше, да и в мире программного обеспечения очень уж быстро все меняется. Даже тридцатилетние уже считаются стариками, эти наглые щенки двадцатилетние их теснят. Они ничего не боятся, ни по какому поводу не комплексуют. Честно слово, я им завидую. Я полтора года не работал по специальности, а когда меня, наконец, позвали на собеседование, понял, что безнадежно отстал. Тут, как и в иностранном языке, нужна постоянная практика, и никакие учебники не помогут, понимаешь? На этом языке, на языке программирования, надо говорить каждый день, на нем надо даже думать, быть в теме и быстро ловить все новое. Эти двадцатилетние все мобильные. Другое поколение, понимаешь? У них сознание другое, с пеленок заточенное под высокие технологии. А мне уже хорошо за сорок. Я получал образование еще в то время, когда на компьютер меняли машину. И когда Инета в помине не было.

— Понимаю, — осторожно сказала я. Выходит, мы почти ровесники. Ян лишь чуть постарше. Я тоже проходила курс информатики на допотопном монстре размером с пол-комнаты.

Рижское шоссе закончилось, мы выехали на Кольцо. Здесь движение было плотное, что не удивительно. Кольцевая стоит практически всегда. Времени у нас было полно, и я задала Яну наводящий вопрос:

— И чем закончилось? Как ты оказался установщиком железных дверей?

— Я понял, что выпал из обоймы и решил сменить профессию, устроился простым менеджером по продажам. Начал с нуля. Решил продавать то, на чем раньше работал. Компьютеры. Посчитал, что уж в этом вопросе я разбираюсь досконально. А там, в офисе, опять одна молодежь. Те же двадцатилетние. Которые смотрят на меня, как на ископаемое. И прозвище дали соответствующее, — он горько улыбнулся. — Патриарх. А за глаза «папаша», а то и «дед». Я понял, что мы говорим на разных языках. Их, кроме денег, вообще ничего не интересует, рвут друг у друга заказы, не стесняются подставлять перед начальством, клиентов уводить. Лишь бы проценты с продаж были побольше. Все ведь кредитов понабрали. Ценностей, кроме денег, никаких, про секс говорят, будто переспать с кем-то, как зубы почистить. Сдернулся я вроде бы из-за пустяка. Помню, стою у стенда с мониторами, а рядом парень с девушкой обсуждают оргазм. Она ему пытается объяснить в деталях, что во время этого чувствует, а он пытается вникнуть и задает наводящие вопросы. Причем они друг другу никто, просто коллеги по работе. Я, например, так не могу, да и мало кто из моего поколения может. Для нас это интимное чувство, глубоко личные переживания. А они вообще, кажется, не переживают. Или, как они говорят, «не парятся». Нет денег? Пойди — возьми кредит! Жизнь в долг — это нормально, все так живут. В общем, другой мир, другое поколение. Я для них инопланетянин, чудище какое-то. Смешки постоянные, подначки. А то и откровенно: «Вали отсюда, дед!». Я не выдержал и ушел. А вот руками они ничего не умеют делать, только на кнопки давить. Я и пошел в работяги, благо там всегда есть вакантные места. Сменил белый воротничок на синий. В зарплате точно выиграл.

— А жена не поняла.

— Точно, — кивнул Ян. — Сочла, что это для нее оскорбительно, — он вдруг улыбнулся. — Замужем за рабочим быть не престижно. Она моложе меня на пятнадцать лет. Тоже другое поколение. Они не понимают слов «нет денег». Или «надо экономить». Зачем, если можно взять кредит? И можно его не отдавать. Я, например, спать не могу, если у меня долги. А они ничего, спят. И даже не переживают по этому поводу. Не так сказал, — он широко улыбнулся. — Не парятся. Я ее не осуждаю. Не она виновата. Просто мы разные. И я ушел. Квартиру, разумеется, оставил ей и сыну.

А поскольку ипотеку оформляли на меня, то я ее по-прежнему выплачиваю. И платить мне еще долго. Вот и работаю без выходных.

— А живет там она.

— С моим сыном. Его я никогда не брошу. Плюс алименты. Мне тоже надо где-то жить, хоть и область, но двадцать пять тысяч в месяц на жилье уходит. Еды надо купить, одежду. Иногда приходится у приятелей в долг брать. Родственников у меня здесь нет. Но ты не переживай: прорвемся!

— Да. Ушли наши поезда. И мой, и твой. Самое неприкаянное поколение. Те, которые на пятнадцать-двадцать лет старше нас, хотя бы пенсию себе заработали и квартиры от государства получили. Они живут прошлым, ненавидя всех тех, кто разрушил их, как им кажется, счастливую жизнь. А те, которые на пятнадцать-двадцать лет моложе, вообще ничем не заморачиваются, здесь ты прав. Живут сегодняшним днем. Может, это и правильно. А мы... Зашоренные, загруженные, жизнью замученные. Росли при одном строе, а жить пришлось совсем при другом. Мы ненавидим то прошлое, то настоящее, в зависимости от обстоятельств, и страшно боимся будущего. Потому что ничего хорошего нам там не светит. Вот и маемся.

— Какая-то философская у нас беседа получается, Зина. Можно так тебя называть?

— Да как угодно, раз я у тебя собираюсь какое-то время жить. Сразу предупреждаю: готовить я не умею.

наталья АНДРЕЕВА

— А посуду мыть?

— Это можно попробовать.

— Устраивает. Как-то незаметно мы и рассказали друг другу свои биографии. За дорогой. Сейчас проскочим Кольцо, и еще минут сорок пути, если повезет. Но вроде бы пробок сейчас быть не должно.

— Будем надеяться... Ты, наверное, свою жену ненавидишь? — тихо спросила я.

— Зачем? — пожал плечами Ян. — Я к ней нормально отношусь. Она же не виновата, что связалась с неудачником. А выходила за героя. Думала я — каменная стена. За которой ей будет надежно. А я подвел.

— Самокритично.

— Но не всем же олигархами быть? Я на сей счет спокоен. Мне больших денег никогда не заработать. Те, кто идет в бизнес и во власть, а самые большие деньги крутятся там, поступаются своими моральными принципами. По-простому, надо быть большой сволочью, чтобы использовать людей, заранее зная, что ты их кинешь. А без этого нельзя. Я же со своей бывшей даже судиться не стал. Все оставил ей. Ну, какой из меня бизнесмен? — открыто улыбнулся он. — С другой стороны, в чем я конкретно виноват? В том, что порядочный?

— Все правильно. Был бы ты ленивый или пил, как сволочь. Просто не повезло. Родился хорошим человеком, а время сейчас такое, что востребованы плохие.

— Может, мне сегодня, наконец, повезло? — осторожно сказал он. — Тебя, вот, встретил.

— Теперь ты кинешься меня спасать. А почем ты знаешь? Может, я виновата? Я тебе далеко не все рассказала. Не всю правду.

— Так, времени у нас еще много. Рассказывай...

Королевич Елисей между тем по свету скачет

НАТАЛЬЯ АНДРЕЕВА

«Вот здесь я теперь буду жить», — думала я, разглядывая крохотную кухню. То есть, по меркам простых смертных это была нормальная кухня, восемь квадратных метров. И даже с половиной. Восемь с половиной квадратов моего теперешнего женского счастья. Все, что мне осталось. «Бывает хуже», — вздохнула я. В нашей с мамой однушке, хрущобе, кухня была и того меньше, всего-то метров пять, и такая же тесная прихожая, где двоим негде было развернуться. Каждый раз, заходя туда, я невольно вспоминала лаз в кроличью нору: заползти и лечь, жуя. Полноценно жить в таких «хоромах» проблематично. Может, потому я и вышла за Иван Иваныча с его дворцами, что досыта наелась в детстве тесноты?

Этот дом был поновее, следовательно, и квартира побольше. Здесь имелось все не-

270

обходимое: стол, стул, диван, хоть и старый, но большой, платяной шкаф и даже диванчик на кухне.

— Я буду спать здесь, — сказал Ян. И пошутил: — К холодильнику поближе.

Я же с некоторым удивлением рассматривала оранжевую кухонную мебель. Я уже поняла, что передо мной выставочный образец, хозяин квартиры купил его с большой скидкой. Потому что добровольно вряд ли кто согласится жить в кухне, где ни днем, ни ночью не заходит солнце. Все пластиковые панели здесь были ярко-оранжевые, плюс оранжевый абажур, и впрямь похожий на мини-солнце, оранжевый заварочный чайник и букет искусственных подсолнухов в оранжевой вазе. А еще оранжевая солонка. Квартира изначально была инвестиционной, хозяин планировал зарабатывать деньги, сдавая ее в аренду, и на хорошую мебель он тратиться и не собирался. Здесь не было даже духовки, только микроволновая печь. Но по крайней мере я застала порядок, так же, как и салоне машины, на которой сюда добралась: все вещи были на своих местах.

— Нравится? — осторожно спросил Ян.

— Прикольно, — сказала я, совсем как Анжела. Почему-то именно это слово пришло мне на ум под оранжевым абажуром и рядом с оранжевой солонкой. Да еще подсолнухи! А как еще это назвать? Только так: прикольно.

— Со временем привыкаешь, — обнадежил меня Ян. — К тому же в комнате мебель нормальная.

В этом он был прав. Мебель казалась абсолютно нормальной, «под орех», разве что была старой, обшарпанной, но вот что касается обоев... Они были новенькие, с иголочки, но красные! Видимо, на оранжевой кухне выставочные образцы в магазине не закончились, остались еще выставочные обои, с большой скидкой. Но красные.

— Прикольно, — повторила я.

— Можем сделать ремонт, — сказал мне в макушку Ян. Поскольку я застыла в дверях, он тоже замер на пороге, ожидая, когда ко мне вернутся чувства. А покамест дышал мне в макушку.

— Не стоит. Я ведь здесь ненадолго.

— Есть хочешь?

— Пожалуй.

Надо было чем-то заняться. Я ожидала очередной стакан с дешевой лапшой, два в одном, и первое, и второе. А на десерт шоколадку «Аленка». Но, к моему огромному удивлению, Ян достал из холодильника кастрюлю с супом.

— Ты умеешь готовить?!

— А как же! Я ведь живу один. Пришлось научиться.

— Дай, я хотя бы разогрею!

Мне не терпелось внести посильный вклад в домашнее хозяйство. Должна же и от меня быть польза? Но увы! Суп я про-

наталья АНДРЕЕВА

лила, а потом уронила тряпку. Наверное, на меня так действовала оранжевая мебель. Я к ней еще не привыкла. В конце концов Ян отобрал у меня половник и сам вытер пол шваброй.

— Садись, ешь, — сказал он.

Суп оказался вкусным, поэтому какое-то время мы молчали. Потом он спросил:

— У тебя ведь есть план спасения? Ну, ты знаешь, что надо делать?

— Да. Надо найти ее брата, Эрика. Он и приведет нас к Анжеле.

— А почему ты думаешь, что они в сговоре?

— Потому что другого варианта нет. Он ее опознал как свою сестру. И это он поднял панику. Якобы сестра у него пропала.

— Но зачем ей прятаться? Этой, как ты сказала? Анжеле?

— Думаешь, Иван Иваныч подарок?

— Твой муж?

— Да. Мой Кощеюшка. Я не знаю, что там у них случилось. Но полагаю, что он задумал отобрать у нее ребенка. Я ведь бесплодна. А ему нравилось жить со мной. И он бы ко мне вернулся, я в этом уверена.

— Почему?

— Ты уже сказал о пропасти между поколениями. Иван Иваныч старше меня на четверть века. Но Анжела моложе него на целых сорок пять лет! У них вообще нет ничего общего кроме секса. И быть не может. Она нужна ему исключительно как сосуд, в который можно поместить оплодотворенную яйцеклетку. Возможно, он хотел подсунуть ей брачный контракт, как и мне. А она увидела черновик. Я не знаю, что она там увидела, но кто-то надоумил ее прочитать эти бумаги. Или даже нанять консультанта по юридическим вопросам. А дальше... Она решила исчезнуть. Хотя я не понимаю, почему ей так дорог этот ребенок? Ах да! Муж ведь сказал мне, что составил в его пользу завещание! Черт возьми, я ничего не понимаю! Понимаю только, что в избушке у братьев Анжелы не было. Там нет ни ее крови, ни вообще каких бы то ни было следов. А вещи... Их подбросила Анисья. Версия с похищением всех устраивала. Похоже, что меня использовали. Но какой во всем этом смысл?

— А как ты догадалась, что Анжела жива?

— Пушкин сказал.

— Какой Пушкин? — вытаращил глаза Ян.

— Александр Сергеевич, — сказала я на полном серьезе.

Он посмотрел на меня как на сумасшедшую. Видимо, в школе у него по литературе была тройка.

Я вскочила и метнулась в прихожую, где лежали мои сумки. Выхватила оттуда книжку со стихами и вернулась на кухню.

— На. Читай. «Сказка о мертвой царевне и семи богатырях».

— Ты это серьезно?!

— А что не так? Даже королевич Елисей. «И жених сыскался ей...» Правда не Елисей, а Куприян, но тебе не кажется, что разницы особой нет?

— Да, напоминает, — задумчиво сказал Ян. — Елисей, Куприян... В тему.

— А еще меня пытались отравить. Точь-в-точь по сказке. Мне принесли отравленный кусок мяса. Но моя собака... — я судорожно сглотнула. — У меня была собака. Очень умная собака. Она сразу учуяла яд. И буквально выхватила у меня из-под носа отравленную еду. Я чудом осталась жива. Скажи на милость, кому понадобилось меня травить?

— Да, задачка.

— На меня надо списать убийство. Мертвая я уже не буду этому сопротивляться. Братья не в счет, они законченные алкаши. Признались во всем. Денег на адвоката у них нет, по сему получат по полной. Анисья... Вот главная загадка! Но ей пообещали, что она получит срок условно. Хотя с этой диктофонной записью вряд ли. — Я полезла в сумочку. Мои вещи преспокойно лежали в прихожей, я об их сохранности и не заботилась, но вот с сумочкой не расставалась ни на минуту. Потому что там лежало самое ценное, что у меня было. Диктофон.

— Что это? — с опаской спросил Ян.

— Признания Анисьи. Она признается в том, что стреляла в Анжелу. Но меня это не спасет. Потому что она опять-таки ссылается на мой приказ. Мол, это я велела убить беременную девушку. Значит, нам нужна девушка, — уверенно сказала я. — Живая, здоровая. Это мой единственный шанс на спасение.

— И где искать этого Эрика?

— Есть одна мысль, — я опять полезла в сумочку. — Господи, только бы она была здесь!

— Кто — она?

— Визитка.

В наше время у каждого есть визитка, даже, кажется, у дворника, и у того она есть. И всяк норовит совать свою визитку всем без разбору, надо, не надо. А вдруг повезет? В нужном месте в нужное время именно твоя визитка попадется на глаза тому, кому надо. И, о чудо! Тебя пригласили на... На кастинг в модный сериал, на новую работу, разумеется, халявную и денежную, в круиз вокруг света, на Неделю моды в Париж... Да куда угодно! Под лежачий камень вода не течет, на пути у счастья надо оставлять маячки, чтобы не заблудилось. Эти маячки и есть визитки. Но чаще всего телефонный номер попадает в базу данных, и по нему начинают звонить день и ночь, навязывая какие-нибудь услуги. А то и пытаясь развести на деньги.

Наверное, я добрая, потому что всегда их беру, эти визитки. Причем с улыбкой. И никогда не выбрасываю. У меня есть коробка, куда я их складываю. А некоторые просто запихиваю в кошелек и там забываю. Он уже раздут до неимоверных размеров и похож на удава, наглотавшегося всякой дряни. Эту дрянь мой удав все никак не переварит, да это и невозможно. Мне давно пора навести там порядок, но сегодня я обрадовалась, что так и не сделала этого.

Когда мой муж познакомился с Анжелой...

О, я разве не рассказывала вам эту историю? Просто не было времени. Вкратце: Иван Иванычу после больнички прописали массаж. Папа Анжелы — классный массажист и даже мануальный терапевт. К нему на прием можно попасть только по звонку и по солидной рекомендации. Во-первых, он самый настоящий афроамериканец родом с Мадагаскара, черный, как мадагаскарская ночь, во-вторых, у него золотые руки, даром что такие же черные, в-третьих, к нему нельзя попасть с улицы, а вы уже знаете, что Иван Иваныч коллекционирует все элитарное. Для него очень важно подчеркнуть свой социальный статус: я вам не кто-нибудь, я Иван Иваныч. И пришел я к вам не от кого-нибудь, а от Сергея Сергеича. Поэтому мой муж не пошел в клинику, чей адрес легко найти в Интернете. Фи! Он стал наводить справки через своих влиятельных знакомых. И те посоветовали ему папу Анжелы. Только сказали: предварительно позвони, скажи от кого и запишись на прием.

Обязанности личного секретаря при Иван Иваныче отродясь исполняла я. На работе у него, само собой, была секретарша, но занималась она исключительно работой. А бытовые проблемы все лежали на мне. Я организовывала мужу отдых, обеспечивала Иван Иванычу медицинское обслуживание, следила за его диетой и изо всех сил подтверждала его социальный статус, занимаясь собой. Поэтому Иван Иваныч сунул мне добытую с таким трудом визитку и велел:

— Разберись с этим, Зинаида.

«Разобраться, — значило договориться о приеме и гонораре. Я все это сделала и в первый раз лично отвезла мужа в апартаменты папы Анжелы. Эти апартаменты оказались за городом, в глухой деревне. Там отстроили шикарный коттедж и устроили элитный салон массажа. Аюрведа, шиатсу и все такое, чего с первого раза не выговоришь. В цокольном этаже расположились сауна, турецкая баня и целый комплекс бассейнов. Один с настоящей морской водой, другой с настоящей пресной, из озера Байкал, а третий, как мне сказали, с целебной водой из Мертвого моря. На дне его был толстенный слой морской соли, и все стенки в соли, ее можно было черпать со дна огромной ложкой и натираться хоть до ушей. Якобы искупавшись в этих трех водах, живой, мертвой и никакой, и содрав кожу солью из Мертвого моря, можно было скинуть лет десять, а после сеанса массажа

НАТАЛЬЯ АНДРЕЕВА

с каким-нибудь заковыристым названием, так и все двадцать. Поэтому салон этот пользовался у ООМ и их женщин бешеным успехом.

Сама Анжела выполняла в этом омолаживающем заведении обязанности релаксанта. Экзотика при экзотике. Я вам сейчас объясню, в чем это заключалось. Она надевала купальник, спускалась в бассейн к клиенту, клала ему под голову резиновый валик и велела расслабиться. После чего начинала «катать» его по бассейну на своих руках. За это ей платили ошеломляющие деньги плюс чаевые. Но этого ей оказалось мало.

Дела они вели по-черному (да что ж такое!). Я просто хотела сказать, что без кассы: брали черный нал и не платили налоги. Потому и шифровались. Иван Иваныч сразу нашел родственные души, потому что он тоже это дело не любит: налоги платить. Короче, я сдала его с рук на руки темнокожей Анжеле, которая сказала мне, что беспокоиться не о чем. Дальше о моем муже позаботится она. Так и вышло. Пару недель она катала Иван Иваныча по бассейну на своих руках, после чего прочно села ему на шею.

А визитка с адресом релаксирующего рая осталась у меня в кошельке. И теперь я принялась лихорадочно ее искать. Мобильного телефона у меня больше не было, а там номер массажного салона наверняка сохранился, да и не могла я заявиться на массаж к Анжелиному папе под именем Зинаиды Царевой. Это должен был сделать Ян. Войти, попытаться втереться в доверие, а если не получится, то прибегнуть к пыткам, чтобы узнать адрес Эрика. А может статься, и самой Анжелы. Раз они на пару это затеяли, то наверняка и живут сейчас вместе.

— Есть! — радостно закричала я, выхватывая из кошелька визитку.

— Что это? — поежился Ян. — Ты меня пугаешь.

— Это номер телефона, по которому ты должен позвонить. — Я положила перед ним визитку. — Запишись на массаж, скажи, что срочно. Я, мол, от Иван Иваныча. Если не поможет, намекнешь, что Игорь Анатольевич настоятельно рекомендовал. И это не поможет, — сошлешься на Сергея Павловича.

— А кто они?

— О! Это великие люди! ООМ! Их имена, как отмычки, открывают любые замки.

— ОО... как ты сказала?

— Неважно. Давай, звони!

Если бы на том конце эфира могли видеть телефон, по которому звонили в святая святых! Мобильник за две тысячи русских рублей. Это притом, что прием меньше ста долларов не стоил. И это только за вход! Купание в омолаживающих бассейнах оплачивалось отдельно, равно как и услуги темнокожей модели в мокром купальнике.

— Алло... Здравствуйте. Я от... Иван Иваныча.

280

— Увереннее, — прошептала я.

— Кто я? Э-э-э... Клиент. Мне Игорь Анатольевич настоятельно рекомендовал...

В общем, как я и предполагала, на Сергее Павловиче они сломались. Яна записали на массаж на завтра, на сеанс, который длился полтора часа. Этого нам должно было хватить.

— Послушай, — сказал он, дав отбой. — А где мы возьмем деньги?

— Если я пойду с тобой, тебе не придется платить, — заверила я. — Это семейство Свиридовых должно мне столько, что им вовек не расплатиться. Завтра едем. Ах да! У тебя же работа!

— Я позвоню и договорюсь. Скажу, что потянул спину.

— Ну вот, я уже научила тебя врать! Эдак ты со временем станешь человеком. Может, даже бизнесом займешься.

— А ты прикольная, — рассмеялся Ян. — Посуду помоешь?

— Конечно!

И я принялась мыть посуду. А что вы удивляетесь? Это не труднее, чем растопить русскую печь. Как-то незаметно наступил вечер. Я немного забеспокоилась: не придется ли нам с Яном спать вместе? Я еще не была к этому готова, я ведь фригидная, как сказал сексопатолог. Мне надо настроиться. К первой брачной ночи я настраивалась три месяца, ровно с того момента, как мы с Иван Иванычем подали заявление в ЗАГС.

Я четко представляла себе в деталях: что именно делать и в какой последовательности. Мама смотрела на меня так, словно провожала на плаху, а не на брачное ложе. В глазах у нее был ужас, так что я старалась на нее не смотреть. Видимо, у нас это наследственное. Я имею в виду фригидность. Но все кончилось хорошо. Иван Иваныч и сам был со странностями, поэтому спать со мной ему понравилось. А вот что касается Яна...

— Не беспокойся, я лягу на кухне, — сказал он.

— Нет, на кухне лягу я. Здесь диван очень маленький. Ты на нем не поместишься.

— Прекрасно помещусь, — заартачился он. — Я не хочу тебя стеснять. Ты — дама.

— Ну, как хочешь.

Мне уже надоел этот сюрпляс. Мы не на велотреке, а в крохотной однушке, и золотая медаль за благородство не светит, зато светят боли в спине, потому что диван на кухне не только маленький, но и очень жесткий. При ближайшем рассмотрении оказалось, что это и не диван в том смысле в котором ему положено быть диваном, а топчан, сколоченный из досок. Поверх них лежал жиденький матрасик, и наутро массаж Яну в самом деле, не помешает. Но это его выбор. Он всегда будет оставлять все самое лучшее бывшим женам. Мне придется либо самой проявить благородство, либо использовать Яна, как и все остальные женщины...

Да уж не собираюсь ли я стать его женой?! Почему такая мысль пришла мне в голову?! Пушкин сказал?! Ведь королевич Елисей сыграл-таки свадьбу со своей избранницей. Спасибо тебе, мама за сказки!

Часов в десять мы, усталые, улеглись спать. Я была уверена, что Ян даже не попытается войти ко мне в комнату. Ведь мы люди одного поколения, состоящего большей частью из людей закомплексованных. Для нас заняться сексом — не зубы перед сном почистить. Это накладывает определенные обязательства. Ян хорошенько все обдумает, потом обсудит это со мной, и только когда я дам свое согласие, переберется на мой диван. А до того я могу чувствовать себя совершенно спокойно. Так и вышло.

Мы устроились, каждый на своем диванчике, я на нормальном, он на самодельном, и стали ждать утра. Сон ко мне долго не шел. Я лежала и думала о том, что буду делать, когда с меня снимут обвинение в убийстве. Похищение я планировала, от этого никуда уже не деться. Но если его не было, мои деяния подпадают под статью «неоконченное преступление». Товарки в СИЗО меня на сей счет просветили. Вообще по части уголовной грамотности я там стала докой. Минус отягчающие, и остается половина минимального срока. Года четыре, да разделить пополам. Получается два условно. Я ведь ничего такого страшного не совершила. Надо только найти Анжелу.

Я вздохнула и перевернулась на другой бок.

Ну а что касается личной жизни, к Иван Иванчу я не вернусь. Надо будет хорошенько подумать: может, устроиться на работу? Я ведь окончила Институт Русского языка имени все того же Пушкина. Интересно, как мне это может пригодиться?

С этими мыслями я и уснула.

...А утром мы поехать искать Анжелу. Сначала, конечно, Эрика. Через его папу, который мануальный терапевт. Я уже знала, что на въезде в массажный раек охрана, но понадеялась, что они не запомнили меня в лицо. К тому же замаскировалась: на голову надела платок, под которым спрятала волосы, да еще нацепила огромные солнцезащитные очки. Они завалялись у меня в сумочке еще с лета. Там много чего завалялось, и вот все эти вещи мне пригодились. В таком виде я и вышла из машины, имитируя утомленность гламуром. Следом не очень уверенно шел Ян. А ведь это он записался на массаж!

— Что вы хотели? — вцепился в меня охранник. Оно и понятно: машина у Яна была вовсе не как у олигарха.

— У нас вчера угнали «Порше», — томно вздохнула я и поправила очки. — Пришлось взять напрокат эту консервную банку, — я небрежно кивнула через плечо. — Пока не выплатят страховку, и мы не купим какое-нибудь еще Инфинити. Я вчера запи-

наталья Андреева

сала мужа на прием к Зафиру. По рекомендации Иван Иваныча, Игоря Анатольевича и Сергея Павловича. И еще мы хотели искупаться в ваших замечательных омолаживающих трех бассейнах, о них по Москве ходят легенды. Проверьте ваши списки гостей на сегодня, — повелительно сказала я. О! Будучи замужем за Иван Иванычем, я прекрасно усвоила этот тон! Тон барыни, которая остается барыней, даже если придет пешком и в рубище.

— Тогда конечно! — засуетился охранник. — Раз по рекомендации *таких* людей! Проходите, пожалуйста. Но машину придется оставить здесь, — он льстиво заглянул мне в глаза.

— Ничего. Пешие прогулки на свежем воздухе полезны для здоровья, — величественно кивнула я. И томно протянула: — Любимый, идем.

«Любимый», втянув голову в плечи, двинулся за мной.

— Я чувствую себя здесь неловко, — прошептал он мне в затылок.

— Тогда просто молчи и надувай щеки. Ты — вип. Чем меньше говоришь, тем больше вип.

В общем, через первые кордоны мы прорвались. В приемной нас перехватила вертлявая девчонка, ничем не похожая на Анжелу, на встречу с которой в этом райском местечке я, признаться, рассчитывала. Здесь ведь прекрасно можно спрятаться, в этой глуши с омолаживающими бассейнами. Любовницу моего мужа отличала замедленная реакция, порою даже казалось, что она не живет, а дремлет. Эта же особа скакала, как резиновый мячик, у меня скоро в глазах начало рябить.

— Проходите сюда! Нет, сюда! Присядьте! Ой, чай! А может, кофе? Вы записывались? Да, конечно, записывались! Вас сейчас примут! Ой, чай!

Мне хотелось заткнуть уши. Ян неуверенно замер на пороге.

— Что же вы стоите? Проходите! Садитесь! Вас сейчас примут! Ой, чай!

— Кофе, — сквозь зубы сказала я. — Принесите, пожалуйста.

— Ага! Сейчас! — она исчезла.

— Это не Анжела? — спросил Ян.

— Ты разве не видишь, что она блондинка?

— Может, перекрасилась.

— Не до такой же степени. У нее белая кожа, и вообще, на вид типичная славянка. Они, видать, сделали ребрендинг.

— Мне как-то не по себе.

— Ты передумал меня спасать?

— Нет, но...

— Ваш кофе! — несносная девчонка опять принялась тараторить без умолку: — Учтите, все наши массажисты ни слова не говорят по-русски! Это коренные жители Филиппин!

— Чего? — уставилась на нее я.

— Ну, кто-то из Туниса, а лучший наш массажист, тот, к которому вы записались, вообще с Мадагаскара! В общем, они все азиаты!

— И он тоже ни слова не говорит по-русски, наш э-э-э... Зафир? — с иронией спросила я.

— Ни единого!

— Но по крайней мере понимает?

— О! Далеко не все! Но он гениальный массажист — клянусь! Он вообще мануальный терапевт! Учился на Мадагаскаре у индийских йогов! — продолжала она нести пургу. Я решила пропустить это мимо ушей. И индийских йогов, облюбовавших для постоянного проживания Филиппины, и тунисцев, внезапно оккупировавших Мадагаскар. Эпидемия повального обучения массажу, видать, охватила весь мир, что лежит чуть повыше экватора. Едва освоив какую-нибудь аюбурду, все они валили в Россию рубить бабло. — У нас тут все элитное! — вопила девчонка.

— Я в курсе. Мы ведь по рекомендации.

— Вашему мужу понравится!

Я увидела, как Ян покраснел. То ли от смущения, то ли ему было приятно. Вот уже полчаса он был моим мужем, так и до постели недалеко.

— Вы не возражаете, если мы войдем вместе? — тихо спросила я. — Мне надо убедиться, что все так, как я хочу. Деньги немаленькие, — я строго посмотрела на секретаршу. — Я хочу знать, за что плачу́.

— Любой каприз за ваши деньги! — выпалила та. — Вы можете посмотреть на гениальную работу Зафира, и вам самой захочется, гарантирую!

— Не сомневаюсь.

— Многие наши клиенты в восторге: это даже здорово, что массажисты не говорят по-русски! Так расслабляет! А еще...

Она начала с восторгом рассказывать про бассейны. «Господи, да где ж у нее кнопка! — мысленно взмолилась я. — Или хотя бы кляп, которым ей можно за мои деньги заткнуть рот. Она же сказала: любой каприз...»

В общем, к тому моменту, как мы вошли в святая святых, голова у меня трещала. В комнате был полумрак, но я его сразу узнала, отца Анжелы. Он даже не постарел с того дня, как мы виделись в последний раз. Густые курчавые волосы, похожие на меховую шапку, огромный приплюснутый нос, руки, как у гориллы, длинные и цепкие. Статью Анжела явно пошла не в него, а в мать. И ростом тоже. Зато худобу унаследовала от отца, который, несмотря на свой возраст, был строен, как какой-нибудь юноша.

Он жестами показал Яну: раздевайтесь, ложитесь.

— Ян, включи свет, — велела я и сняла с головы платок.

Раздался щелчок выключателя. Я увидела, как отец Анжелы зажмурился и втянул голову в плечи.

наталья АНДРЕЕВА

— Здравствуй, Зафир, ты меня узнаешь? — для того, чтобы это случилось как можно скорее, я сняла еще и очки.

— Зинаида Андреевна? — сказал он на чистом русском языке и попятился к двери, махая на меня руками: — Нет, нет, нет!

Он словно увидел привидение.

— Ян, не выпускай его! — велела я. — Зафир, это мой телохранитель, жуткий головорез! Я его наняла за огромные деньги! Так что не дергайся!

— Что вы от меня хотите? — враз испугался темнокожий массажист. Рост у Яна был внушительный.

— Где Эрик? А может, ты знаешь, где твоя дочь?

— Дочь? Какая дочь? — рассеянно заморгал он.

— Молоденькая дрянь, которая увела у меня мужа, вот какая! Анжела!

— Но она же у... — он сглотнул. — Умерла.

— Хватит врать! Она не умерла, а сбежала!

— Не понимаю... — он затряс головой, словно отгоняя от себя мух. Подбородок Зафира задрожал, в голосе появились слезы. — Ее убили, и вы сами... В этом замешаны... Бедная моя девочка...

— Да, меня в этом обвиняют! Но я уверена, что девчонка просто сбежала!

— Но зачем ей это надо? — удивился он. На огромных глазах, похожих на маслины, мгновенно высохли слезы. Он уставился на меня, не моргая, в ожидании ответа. Либо отец Анжелы гениальный актер, либо это я — полная дура. Но у меня в рукаве был козырь.

— Вы не хотите отдавать Иван Иванычу его ребенка! — выпалила я.

— Какого еще ребенка? — оторопел Зафир.

— Зина, он и в самом деле ничего не знает, разве ты не видишь? — мягко сказал Ян.

— Не знаю, — подтвердил Зафир. — Вообще не понимаю, о чем вы говорите.

— Но где живет твой сын ты, по крайней мере знаешь?

— Который? У меня ведь их восемь, — он тяжело вздохнул. — Восемь детей.

— Как восемь? — теперь уже я удивилась. — Было же семь!

— Жена недавно родила, — счастливо сказал он. Поистине чадолюбие этих темнокожих умиляет! — Мальчика.

— Которая жена? Четвертая?

— Зачем же? — с обидой сказал он. — Последняя.

— Поздравляю. Хотя я совсем запуталась в твоих женах. Но меня интересует исключительно Эрик. Помнишь такого?

— Конечно! Только я не знаю, где он живет!

— Это же твой сын! Как так: ты не знаешь?

наталья Андреева

— Он переехал к своей женщине, — важно сказал Зафир. — А он их постоянно меняет. Но я могу сказать, где он работает.

— Где?

— Инструктором в фитнес-клубе. Он иногда направляет ко мне своих клиенток. А я своих к нему.

— Перекрестное опыление, понятно. Где находится клуб?

— Я знаю только название, — растерянно заморгал он. — Я там никогда не был!

— Говори! Ян, запоминай!

Название клуба лично мне ни о чем не говорило, я подумала, что, видимо, придется поискать его координаты в Инете. Только бы он был не таким же закрытым, как этот массажный салон!

— Туда вход свободный или по звонку? — спросила я у Зафира.

— Я не знаю.

— Ладно, войдем. Получается, ты вообще ничего не знаешь? Об Эрике, об Анжеле? Обо всей этой истории с ее исчезновением?

— Мои взрослые дети живут сами по себе, — серьезно сказал темнокожий массажист. — Я забочусь о них, пока они маленькие, надеясь, что в старости они позаботятся обо мне.

— Поэтому у тебя их так много. Хочешь получить десять стаканов воды, а не один, когда будешь на смертном одре. А ты оказывается жадный, Зафир.

— Почему жадный? У нас так принято. Много детей — много счастья. Я в семье восьмой, и не последний ребенок. И у меня тоже еще будут дети. И вы могли бы иметь много детей, — внимательно посмотрел на меня Зафир.

— Бог не послал.

— Потому что вы не старались. Я вам как врач говорю: вы здоровы.

— Мы не мое здоровье пришли сюда обсуждать, — сердито сказала я. — И, между прочим, все началось здесь, в этом массажном кабинете. Точнее, в бассейне. Твоя дочь превысила свои должностные полномочия. Она разбила семью, катая Иван Иваныча на себе по бассейну, — жестко сказала я.

— Я говорил Анжеле, что не надо выходить за этого старика, — сказал вдруг Зафир. — Я с самого начала был на вашей стороне, Зинаида Андреевна, но дочка не слушалась. Вся в мать, — он покачал кудрявой головой. — Я потому и ушел от нее. От первой своей жены. Только о деньгах и думала. А делать ничего не хотела. Даже детей рожать не хотела, — горестно сказал он. — Зачем мне такая жена? Вы, русские, странные. Не понятно, чего вы ищете, чего от жизни хотите? Вот и Анжела была такая же. Вообще не думала, что делает. С работы ушла. Надоело, говорит. А она мне хорошо помогала. Клиент на нее шел. А какие давали чаевые? — он поцокал языком. — Бросила все, ушла. Надоело, говорит, сама хочу пальцем указывать. Чтобы меня по бассейну катали. Хочу быть такой же, как Зинаида Андреевна. Очень она вас уважала.

— Не говори ерунды! — сердито сказала я.

— Святая правда! — разгорячился Зафир. И вдруг перекрестился: — Истинный крест!

— Ты что, православный?! — аж подпрыгнула я.

— А как же. Я человек верующий. Россия — моя вторая родина. В храм хожу, исповедуюсь, причащаюсь.

— И как на тебя смотрят прихожане? Особенно бабушки?

— Привыкли, — улыбнулся он. — Помогают даже. Подсказывают, что и как. Я и молитвы знаю, — с гордостью сказал он. — «Отче наш», «Богородица, дева, радуйся!»

— Только клиентам об этом не говори. Что ты патриот России и христианин. А то все разбегутся.

— Здесь я вообще молчу. Они все экзотики хотят, особенно дамочки, — Зафир тяжело вздохнул. — А мне семью кормить надо. У меня восемь детей.

— Анжела же умерла! — попыталась я поймать его за язык. — Значит, семь? Или ты мне врешь?

— Я вам правду говорю, Зинаида Андреевна. Эрика я давно уже не видел, а уж Анжелу и подавно.

— Что ж, поверю. Идем, Ян. Извини, Зафир, но я тебе не заплачу́. Нет у меня сейчас денег. От Иван Иваныча я ушла, на работу пока не устроилась. Еще и под следствием нахожусь.

— Не надо денег. Я как-нибудь это устрою, — засуетился он. — Где же вы теперь живете? На что?

— А вот этого я тебе не скажу. Будут спрашивать — ты ничего не знаешь.

— Как скажете, Зинаида Андреевна, — тяжело вздохнул Зафир. — Такая женщина и в таком положении. Нескладно. Замуж вам надо.

Ян опять покраснел.

— Это я всегда успею. Идем.

Мы вышли в холл. При виде нас секретарша вскочила и завертелась юлой, даже огоньки засверкали: зеленые, красные, синие. Потом я поняла, что это ее серьги с подвесками. Не бриллианты, но подделка хорошего качества, как и все здесь.

— Все в порядке? Вы довольны? — трещала она. — Зафир вас понял? Он сделал все, как вы хотели?

— Довольны, довольны.

— А деньги?

Я посмотрела на Зафира. Тот кивнул.

— Не беспокойтесь: чаевые были щедрые, — заверила я.

— Записать вас повторно?

— Я вам позвоню. Ян, идем.

наталья Андреева

И еще один рай, точнее, раек, я покинула без сожаления, уверенная, что не вернусь сюда больше никогда. Меня отныне не интересовал массаж ни в каком его виде. И омолаживаться в бассейнах с живой и мертвой водой я больше не собиралась. Я стала тем, кем мне и положено было сейчас быть: женщиной средних лет без претензий на оригинальность вследствие тяжелого материального положения. Натянув на себя лягушачью кожу, я, как ни странно, почувствовала себя довольно комфортно. Прежняя гламурная шкурка а-ля королевская кобра трещала на мне по швам. И мужчина, который был сейчас рядом со мной, никогда не пошел бы рядом с Зинаидой Царевой в прежнем ее виде. Не посмел бы.

В общем, я старалась ему соответствовать, и у меня это получалось. Когда мы отъехали от коттеджа, где находился элитный массажный салон, Ян тихо спросил:

— Ты довольна результатом?

— Конечно! Я выяснила, где работает Эрик!

— Мы прямо сейчас туда поедем?

— Надо еще выяснить адрес этого фитнес-центра. Если хочешь, я поеду туда одна. Тебе ведь надо работать.

— А кто же тогда будет пугать Эрика? — улыбнулся Ян. — Я ведь твой телохранитель. Как ты сказала? Жуткий головорез!

— С этой ролью ты не справился. У тебя глаза добрые, скажи спасибо, что Зафир не стал упрямиться.

— Точнее, ничего не знает. А ты уверена, что Анжела жива?

— Не я. Пушкин.

— Странная ты, — рассмеялся Ян. — Но, как это говорится? Прикольная.

— Если бы не мое чувство юмора, я бы умерла от тоски, будучи замужем за Иван Иванычем. Он ведь даже улыбаться не умеет.

— И что ты вообще в нем нашла? Неужели из-за денег?

— Скорее из любопытства. Мне хотелось узнать, какова она, любовь Кощея? Может, правильно его убили? За дело? Ведь все сказки заканчиваются одинаково: старик или злой волшебник типа Черномора побежден, а юная красавица выходит замуж за молодого богатыря. Что в этом? Житейская мудрость? Огромный опыт простого народа, который сложил поговорки на тему «Не в деньгах счастье»? Мне захотелось узнать, почему так. Проверить гармонию алгеброй.

— Проверила?

— Да.

— И как?

— Народ оказался прав. Все эти сказки правильные. А я дура. У злого человека и любовь злая. Если это можно вообще назвать любовью. Потребительская. Он не способен на благодарность, на привязанность. Это просто зависимость. Потреблять и мучить, упиваясь безнаказанностью, постоянно унижая этой зависимостью, напоминая о ней. Ты, мол, без меня ничто.

— Ты не похожа на жертву. На безобидное и безответное существо. Которое безнаказанно можно обидеть.

— Никто не похож на то, чем он на самом деле является. Человек, как хамелеон, очень любит маскироваться. Я даже думаю, что это животный инстинкт, наследство первобытных предков. Нищие обожают пускать пыль в глаза, изображая из себя богачей. Тру́сы изо всех сил прикидываются храбрецами, и их невозможно разоблачить, пока не дойдет до драки. Застенчивые постоянно лезут на рожон и хамят, злодеи прикидываются добренькими. Жадные сорят деньгами, пока никто не подозревает, что деньги эти чужие. Импотенты охотнее всего говорят о сексуальных извращениях. О том, какие они крутые в постели. К любому человеку стоит присмотреться повнимательнее, и, скорее всего, поменять плюс на минус. Или минус на плюс. Только у откровенных дураков что на уме, то и на языке. Хотя сейчас и дураки стали другие. Качество человеческой глупости изменилось. Теперь вся она с дипломом о высшем образовании.

— Язва ты, — не удержался Ян. — Ох, и язва!

— Сейчас я просто несчастная женщина. До тех пор, пока мне не вынесут приговор, и о чудо! Он не окажется оправдательным! Хотя я на это и не рассчитываю. Но рассчитываю на условный срок.

— Я сделаю для этого все возможное, — серьезно сказал Ян. — В фитнес-центр мы поедем вместе.

— А как же твоя работа?

— Я вот уже три года не беру больничный. И в отпуске не был. Перекинут заказы кому-нибудь другому. Или просто подождут.

— Спасибо тебе!

— Пока не за что.

Какое-то время мы ехали молча. Я смотрела на дорогу и думала. Бог послал мне спутника. Не друга, не любовника, не средство к существованию. А именно спутника. Ведь большинство женщин не знают, что именно они ищут. Потому и найти не могут. А я вот, кажется, нашла.

И кого ни спросит он, всем вопрос его мудрен

На следующий день... Ох, что это был за день! Я даже не подозревала, ложась накануне в постель, насколько он будет насыщен событиями. Я ведь пережила всю гамму чувств, весь спектр эмоций: от глубочайшего разочарования до ослепительной надежды. Именно ослепительной, потому что она блеснула в конце, как яркий солнечный луч, разорвавший тучи. В общем, я вскарабкалась на Эльбрус, рухнула с крутого обрыва в пропасть, разбилась насмерть, а потом воскресла и воспарила к небесам. И наконец поверила: рай есть. Ад тоже есть, но на этом все не заканчивается. Вот что это был за день!

Но обо всем по порядку.

Найти в Инете адрес фитнес-клуба, в котором работал инструктором Эрик Свиридов, не составило труда. Сводный брат Анжелы и не шифровался. Вход в клуб тоже был свободным. Почему-то они решили платить налоги и не скупились на взятки пожарному инспектору и санэпидемстанции. Потому, видать, и не процветали. Я поняла это, когда с легкостью проникла в клуб и сразу получила скидку.

— Хотите пробный урок фитнеса? — предложила мне высоченная платиновая блондинка с коричневым лицом, совсем как у шахтера.

Девушка явно злоупотребляла солярием, благо он был в свободном доступе и в любое время суток. Искусственный загар намертво въелся в кожу блондинки, так же как угольная пыль въедается в кожу трудяг, весь день проводящих в забое. Ее «забой» тоже пах едким потом, только здесь сжигали калории без всякой пользы для человечества. Сбрасывали лишние килограммы, заработанные на вкусной еде и вследствие лени. На стене, прямо над ухом у блондинки, висела фотография поп-дивы, подтвержденная ее автографом. Вымученная улыбка на лице звезды отбила у меня всякую охоту встать рядом с ней на беговую дорожку.

— Пробный урок бесплатно, — вкрадчиво сказала высоченная администраторша.

— Меня интересуют темнокожие мальчики, — не стала скрывать я своих пристрастий. — Есть у вас такие?

— Вы имеете в виду инструктора по фитнесу? — оценивающе посмотрела на меня блондинка. Мой цинизм ее не смутил, она просто прикидывала, хватит ли у меня денег, чтобы содержать Эрика.

— Именно.

— Есть у нас темнокожий инструктор. Его зовут Эрик, — пропела блондинка. — Но сейчас он занят.

— Занят с клиенткой?

Она смутилась. Но ненадолго:

— Нет, его просто нет на работе.

— А когда появится?

— Не знаю. Должен сегодня. Вы пока могли бы позаниматься с другим инструктором.

— А Эрик точно приедет?

— Да, у меня лежит его конверт с зарплатой. Эрик сейчас, конечно, в деньгах не нуждается, но никогда от них не отказывается.

Еще бы! Я прекрасно знала, что Эрик не отказывается ни от каких денег. Сколько бы ни зарабатывал его отец, первоклассный массажист, Эрик из многодетной семьи, к тому же его родители в разводе. Чадолюбивый Зафир заботится обо всех своих отпрысках, но, как я уже поняла, лишь до их

наталья Андреева

совершеннолетия. А потом, извините — на вольные хлеба, вас у меня много. Жадный Иван Иваныч родню Анжелы никогда не баловал, а Эрика и вовсе запретил пускать в дом, называя попрошайкой. Поэтому парень с утра до вечера рыскал по огромному мегаполису в поисках денег. Эрик был поистине неутомим! Даже если сейчас он нашел себе богатую любовницу, у него уже выработался комплекс верблюда. Живительную влагу из финансового источника Эрик будет заглатывать про запас, сколько влезет, опасаясь, что опять наступят времена, когда оазис превратится в пустыню. Ни у одной из своих любовниц он надолго не задержался, и я все гадала: почему? Видимо, в Эрике был какой-то изъян.

— Если он не нуждается в деньгах, возьмет ли он меня? — притворно заволновалась я.

— Это будет зависеть от вас, — намекнула девушка.

— Я сейчас поеду в бутик, прикуплю спортивный костюм, а через часок опять появлюсь. Эрику скажите, чтобы он меня подождал.

— Будьте добры, оставьте вашу визитку, — очаровательно улыбнулась блондинка.

— По мне не видно, кто я? — презрительно смерила я ее взглядом. Она даже пригнулась от страха. Строить прислугу я научилась, будучи замужем за Иван Иванычем. Всяк, кто меня еще не раскусил, цепенел при одном только виде Зинаиды Андреевны Царевой. Я в совершенстве освоила науку мимикрию. Сейчас перед блондинкой замерла в боевой стойке королевская кобра.

— Извините, — пробормотала администраторша и опустила глаза.

— Увидимся позже!

Я величественно покинула клуб. Ян ждал меня в машине.

— Ну, и как успехи? — спросил он, открывая передо мной дверцу. Я уселась рядом с ним и перевела дух.

— Эрик сегодня приедет за зарплатой. Придется ждать.

— Хорошо, подождем. Есть хочешь?

— Не знаю, наверное, да. Но кусок в горло не лезет.

— Тебе надо поесть, — мягко сказал Ян. — Ты все худеешь и худеешь.

— Это нервы. Другие, вон, на тренажерах потеют, чтобы вес сбросить, — кивнула я на яркую вывеску фитнес-клуба. — А мне и делать ничего не надо, таю на глазах. Пусть завидуют.

— Тебе, Зина, сейчас не позавидуешь. Как думаешь, тебя уже ищут?

— Да с чего? Если только Иван Иваныч не настучал, что я сбежала из-под домашнего ареста. Хорошо, принеси мне что-нибудь поесть. И попить.

— Я сейчас, — обрадовался он. — В двух шагах есть Макдоналдс.

Господи! Макдоналдс! Я чуть не расхохоталась. Меня, законную жену ООМ, будут потчевать фаст-фудом! И это после того, как мой изнеженный желудок ворчал на соус из черных трюфелей и фуа-гра. Я с улыбкой смотрела, как Ян идет к двери, за которой находится рай для любителей еды на скорую руку. А минут через десять уже впилась зубами в чизбургер. И никакой изжоги. Главное, чтобы не яд, которым меня хотела отравить Анисья. И кока-кола, о которой я раньше говорила не иначе как с ужасом, показалась вдруг удивительно вкусной. Я даже не подозревала, что на свете существует такая вкусная еда! Куда там трюфелям и паштету из гусиной печени!

— Когда он приедет? — с набитым ртом спросил Ян. Он жевал такой же огромный, как и он сам, сэндвич с говядиной. Большому мужчине надо много еды. Это Иван Иваныч обходился супчиком из тыквы и вареным шпинатом. Яну надо мясо, он его и лопает за обе щеки. Я смотрела на это с умилением.

— Что с тобой? — он на секунду перестал жевать.

— Так. Пытаюсь привыкнуть к себе новой. И к тебе. Эрик приедет, но не знаю когда.

— Будем ждать, — он опять принялся за сэндвич. Какое-то время мы жадно ели, набираясь сил.

Как я и предполагала, Эрик объявился после полудня. На часах в панели управления нашего с Яном автомобиля было двадцать минут второго, когда к дверям фитнес-клуба подкатила машина. Это была роскошная иномарка, за рулем которой сидела не менее роскошная дама. Она и вылезла из машины первой. И сразу же стала демонстрировать себя. Видимо, она только что посетила салон красоты.

Первое, на что я обратила внимание: шикарное пальто, отделанное мехом рыси. Я прекрасно разбираюсь в брэндах, поэтому цену этого пальто определила мгновенно. Не для простых смертных. А для всякого, кто еще сомневался в высоком социальном статусе дамы, имелись бриллианты, которыми щедро были осыпаны ее шея, уши и пальцы.

— Что с тобой? — спросил Ян.

— Я знаю эту даму.

И тут из машины вылез Эрик. Я его видела пару раз, поэтому ошибиться не могла. Они с Анжелой были очень похожи, даром, что оба Свиридовы. Эрик был высоким и щуплым, похожим на хлыст, которым возница погоняет ленивую лошадь. Несмотря на то что сводный брат Анжелы работал инструктором в фитнес-клубе, мускулатурой Эрик так и не оброс, видимо, он проводил со своими подопечными какой-то особый инструктаж, не требующий физической силы. Он был бы очень хорош собой, если бы не огромный приплюснутый нос. Анжела свой унаследовала от мамы, поэтому ее личико было хорошеньким без всякой натяжки.

наталья Андреева

А вот Эрика я бы не назвала красавчиком. Экзотичен, это правда. Темный цвет кожи придавал ему определенный шарм, но среди бич-боев, рыскающих по популярным у сексуально озабоченных дамочек курортам, Эрик бы затерялся. Здесь, в Москве, он был кем-то вроде ручной обезьянки для пресыщенных богатых женщин, которые сами уже не знают, чего хотят. Вчера был удав, позавчера варан, а сегодня вот обезьянка. Авось хоть ненадолго развлечет.

Что касается его дамы... Это оказалась моя давняя приятельница, у них имелся общий интерес с Иван Иванычем. Дама возглавляла некое ООО под эгидой Минобороны. Они занимались тем, что регулярно выигрывали тендер на ремонт ведомственного жилья. Фишка заключалась в том, что ремонт был давно уже сделан, а тендер, соответственно, являлся липовым. Иван Иваныч якобы поставлял продукцию своего завода для этого несуществующего ремонта. В общем, они гоняли туда-сюда воздух, а потом обналичивали его в офшорах. Обычное дело. Дама, соответственно, процветала. Иван Иваныч тоже на жизнь не жаловался.

— Не задерживайся там, Эрик, — капризно сказала моя приятельница. — Нам пора обедать.

Я бы никогда не подумала, что ей нужен фитнес. А вот поди ж ты!

— Поехали отсюда, — сказала я.

— А как же Эрик?

— Я знаю, где она живет.

— Но...

— Поехали!

Мне надо было войти в дом до того, как хозяйка запретит меня туда впускать. Я знаю, что они с Иван Иванычем временно приостановили свою деятельность. Начались серьезные проверки в Минобороны, поэтому гендиректору сомнительного ООО и понадобился Эрик, снимать стресс. Но я, скорее всего, еще в списках ее гостей.

Так и вышло. Меня с моим «телохранителем» беспрепятственно пустили на территорию элитного поселка, где домов не видно за заборами, настолько эти заборы высокие. Но я-то знала, где в нужном мне заборе находится калитка. Мне открыла горничная, которая не один год принимала мое пальто, шубку или плащ, в зависимости от сезона. И хотя мой внешний вид, а в особенности мой спутник ее удивили, она была настолько вышколена, что оставила это без комментариев.

— Прошу вас в гостиную, Зинаида Андреевна, — она сделала книксен, выражая мне свою почтительность. Недостаточно глубокий, как для королевы, но и не слишком низкий, как для простой гостьи. Из чего я сделала вывод, что в этом доме не знают всей правды о моем печальном положении. — Аллы Арнольдовны сейчас нет, но если вы соизволите подождать...

— Соизволю. У меня к ней дело.

— Может быть, ей позвонить? Сказать, что вы ее ждете?

— Не стоит. Я знаю, что она сейчас обедает со своим бойфрендом, и не хочу портить ей аппетит.

Моя осведомленность, где сейчас находится хозяйка, окончательно убедила горничную в том, что мы с Аллой Арнольдовной все еще приятельницы. И я к ней не просто так, а от Иван Иваныча. Что не звоню, не удивительно, сейчас надо соблюдать конспирацию. Все разговоры прослушиваются, а деловые связи отслеживаются. За мной не числится никакой собственности, и от акций я отказалась. Чиста, аки белый лист. Кого как не меня использовать в качестве посредника? Удачно я зашла.

Нам с Яном тут же предложили напитки. Он выбрал кофе, а я попросила бокал вина, чтобы взбодриться.

— Садись, жди, — сказала я своему спутнику. — Наберись терпения.

Ян молча кивнул. Мне не терпелось обыскать дом, потому что я была почти уверена: здесь прячется Анжела. Но дом настолько большой, что проще дождаться хозяйку. К тому же на территории имеются и многочисленные хозяйственные постройки, «домик» для прислуги, двухэтажная баня с бассейном и бильярдной, оранжерея. Хозяйка помешана на розах, у нее есть редкие сорта, которыми она любит похвастаться перед гостями. Я не думаю, что Анжелу поселили в оранжерее, но всякое бывает. А если Алла вообще не в курсе, что у нее живет сестра Эрика? Вот было бы забавно!

В гостиной мы сидели с час. Я листала глянцевые журналы, Ян зевал, прикрывая рот ладонью. Я уже давно обратила внимание на его руки. Они были очень маленькие для такого крупного мужчины, пальцы длинные и нервные, а ногти прекрасной формы, ухоженные, я бы даже подумала, что отполированные, если бы не знала о материальных трудностях своего спутника. Вряд ли он посещает маникюршу. Руки Яна были первое, во что я влюбилась. Я так и смотрела на них, не отрываясь. Представила вдруг, как эти длинные нервные пальцы, дрожа от нетерпения, вынимают шпильки из моих волос, и почувствовала, как нижняя часть моего тела становится невесомой. Раньше это чувство было мне незнакомо, я даже не знала, как его назвать...

Фу ты, наваждение! Я тряхнула головой, стараясь избавиться от посетившего меня видения.

— Что с тобой? — заботливо спросил Ян.

— Ничего. Нервничаю немного. Сейчас должно все решиться.

— Успокойся, я рядом, — нежно сказал он. И я еще больше заволновалась, вместо того чтобы успокоиться. Когда мужчина говорит с тобой таким тоном, хорошего не жди. Дальше он понесет тебе кофе в постель, и задержится в спальне, чтобы намазать сдобную булочку маслом. Это может затянуться надолго, если не на всю жизнь. Я пока не знаю, хочу ли за него замуж.

Зато, благодаря моим видениям, ожидание не было столь мучительным. Несколько раз приходила горничная, интересовалась, не нужно ли нам что-нибудь? Я делала отрицательный жест рукой: ступай, мол, у нас все есть.

Наконец, к дому подъехала машина. Я услышала шум мотора и невольно заволновалась. Вот он, момент истины! В гостиную они вошли вместе, моя приятельница и Эрик. Неизвестно, кто из них больше удивился. В гостиной повисла мхатовская пауза. Явно запахло драмой. Я так и впилась глазами в темнокожего парня. Вот это выдержка! Он удивился, но не напрягся, не занервничал. Будто не имел отношения к тому, что со мной случилось!

— Зина, ты? Тебя Иван послал? Но я ничего не могу сделать! — выпалила Алла.

Вот она как раз нервничала. По ее лицу было видно, как она мечтает выставить меня за дверь. Но я не из тех людей, с которыми можно так вольно обращаться. Пока я не хочу уйти, я не уйду. Я с улыбкой направилась к ней.

— Здравствуй, Алла.

Она смотрела на меня в ужасе, но с места не тронулась. Я безнаказанно подошла вплотную и поцеловала ее в щечку, стараясь не испачкаться в губной помаде. Сказала дежурное:

— Прекрасно выглядишь.

— Ты тоже, — сфальшивила она. — Хотя, я знаю, с тобой случилась неприятность.

Подобная неприятность в любой момент может случиться и с ней. Я в курсе, что ее уже вызывали на допрос в Следственный Комитет, пока в статусе свидетельницы. Речь идет о хищении бюджетных денег в особо крупных размерах. Алла прекрасно знает, что ей грозит.

— Это твой секьюрити? — кивнула она на Яна. — Почему ты не оставила его за дверью?

Ян побагровел. Я сделала ему знак бровями: терпи.

— А почему ты не оставила за дверью своего боя? — указала я подбородком на Эрика. Если он и покраснел, то этого никто не заметил. Хорошо быть темнокожим.

— Он все равно ничего не понимает в делах, — небрежно сказала Алла. — Пусть остается. Это все равно что пустое место. Я не понимаю, почему Иван прислал тебя? Вы с ним вроде бы расстались. Вы что, опять вместе?

Я смотрела на Эрика. Никакой реакции! Получив дозволение остаться, он молча уселся на диван перед журнальным столиком и, слившись с пепельной кожаной обивкой, стал дожидаться, пока ему что-нибудь принесут. На Яна он вообще не прореагировал.

— Ты не предложишь мне сесть, подруга? — небрежно спросила я.

— Садись, но... Разговор пустой.

— А мне так не кажется, — сказала я, усаживаясь в кресло.

— Но почему ты? Твоему мужу что, больше не к кому обратиться? — Алла тоже присела. Я обратила внимание, что спина у нее напряженная, а шея вытянулась, как у жирафа. Ей срочно надо к Зафиру, на массаж. А еще искупаться в трех омолаживающих бассейнах. Потому что я ей тоже польстила: выглядит она плохо. На лице следы бессонных ночей, круги под глазами и морщины, которые не скрывает даже толстый слой косметики. — Почему ты? — повторила Алла.

— Иван мне доверяет. Я поумнее, чем э-э-э... — я взглядом указала на Эрика.

— Ирония судьбы! — рассмеялась вдруг она. — Теперь я с ее братом. Мы с Иваном вроде как породнились. Но это все равно ничего не меняет.

— Что ты имеешь в виду? — насторожилась я.

— При всем своем желании я не могу ему помочь. Мне сейчас о себе надо подумать. — Она, наконец, заметила стоящую в дверях горничную. — Лиза, принеси мне коньяк. Мой любимый, ты знаешь. А ты, Зина, что будешь?

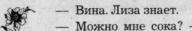

— Вина. Лиза знает.

— Можно мне сока? — робко попросил Эрик.

— Лиза, еще апельсиновый сок.

— Я хотел томатный, — заикнулся было Эрик.

— В апельсиновом фрэше больше витаминов. Тебе нужны силы, — оборвала его хозяйка. Яну вообще ничего не предложили. Его как не было.

— Да, твое положение немногим лучше моего, — сказала я, закидывая ногу на ногу. Алла уставилась на мой ботинок. Другой обуви, кроме той, в которой я лазила по лесу, прячась от полиции, у меня не было. Не разжилась еще. Но все равно в этом ботинке была нога Зинаиды Андреевны Царевой. Алла поморщилась, но проглотила.

— Я надеюсь выкарабкаться, — нервно заговорила она и поправила огромный бриллиант, висящий в ухе. Пальцы ее слегка дрожали, поэтому бриллиант не сразу занял нужное положение. Какое-то время он бился в руке у Аллы, раздраженно рассыпая искры, от которых, казалось, вспыхнет сейчас обивка кресла. Я следила за ним как завороженная. — Но я не гарантирую, что мы с Иваном э-э-э... возобновим нашу деятельность, — наконец, продолжила Алла. — Я решила отойти от дел. Он хочет использовать меня как посредника в переговорах, но вряд ли я пригожусь ему в этом качестве. — Она махом выпила принесенный Лизой коньяк. —

НАТАЛЬЯ АНДРЕЕВА

Со мной сейчас никто не хочет иметь дело. Словно я зачумленная. Впрочем, с тобой тоже. — Она смерила меня взглядом. — Я знаю, тебя обвиняют в убийстве.

— Меня подставили, — я посмотрела на Эрика. Тот и бровью не повел.

— Вот как? И что ты собираешься делать?

— Искать.

Опять никакой реакции. Я уже начала волноваться. Эрик что, железный?!

— Зина, я вынуждена ответить тебе отказом, — Алла резко встала. — Ни за какие деньги я не соглашусь быть посредником в переговорах, о которых заранее знаю, что они не принесут результата. Иван не получит этот заказ. Руководство сменилось. Происходит передел сфер влияния. Мы проиграли, надо это признать. Человек, с которым твой муж вел переговоры, больше не у дел. И я не у дел. Ивану надо радоваться, что его еще не вызвали в Следственный Комитет на допрос. Царев, скорее всего, выйдет сухим из воды. Если будет молчать. — Она вопросительно посмотрела на меня.

— Значит, никакого госзаказа он не получил, — я намеренно не поставила знак вопроса. Ведь муж говорил мне обратное. Он, мол, боится, что похитители Анжелы потребуют пожертвовать бизнесом. А никакого бизнеса не было. То есть, не было никакого развития, как мой муж утверждал. Переговоры сорвались. Очень интересно!

Тогда зачем он мне это сказал?!

— Не получил, — Алла отрицательно покачала головой. — Я бы посоветовала ему какое-то время залечь на дно и не высовываться. Пока все не утрясется. Возможно, потом он найдет контакт с новым руководством. Хотя не думаю. Новый руководитель приходит со своей командой. Но разве Иван мало нахапал? То есть, я хотела сказать заработал.

— Нет, ты абсолютно правильно выразилась: нахапал.

— Он же больной человек. Ну, сколько ему осталось? При всем своем желании он этого не проживет. Я прекрасно знаю о его многомиллионных счетах в офшорах. О недвижимости за границей. Я бы посоветовала вам уехать отсюда. Хотя... Ты ведь находишься под следствием. Ты никуда не можешь уехать. Может, потому он и...

— Вот мерзавец! — не удержалась я. Муж, оказывается, скрывал от меня истинные размеры своего состояния! В общем, провел как девчонку. — Использует меня втемную, — поспешила пояснить я свое возмущение враз насторожившейся Алле. — Я стараюсь за услуги дорогого адвоката. Больше мне ничего не перепадет.

— Да брось! — невесело рассмеялась она. — Никогда не поверю, что вы не заодно. Муж и жена — одна сатана. Иван всегда так тобой гордился. Я не поверила, когда услышала, что тебя обвиняют в убийстве. Вы что-то задумали, — она посмотрела на меня вопросительно.

— Хочешь — верь, хочешь — не верь, но меня используют втемную.

— Тогда ты дура. — Алла прошлась взад-вперед по комнате. — Господи, мне-то каково! Ведь я еще так молода! Жить и жить! Я не хочу состариться в тюрьме, пусть даже в комфортабельной камере, в окружении таких же, как я, бывших чиновников! А главное: я оплатила отдых в шикарном коттедже на Кипре! Частный пляж, вип-сервис! Я даже заказала нам чартер! Мы должны были улететь туда вчера! — она посмотрела на Эрика. — Такая обида! Я ведь так и не отдохнула! Когда теперь получится выбраться на море? Придется ждать, пока не кончится следствие, — с досадой сказала она.

— Тебя только это и волнует?! — искренне удивилась я. — А срок, который ты можешь получить?

— Да брось, — махнула она рукой. — Когда все закончится, я эмигрирую куда-нибудь в Эмираты или на тот же Кипр. Какое-то время буду не у дел, это правда. Но потом, как знать? Вдруг к власти опять придут те, с кем я начинала? Связи-то остались. Но сейчас... Досадно то, что мне придется какое-то время терпеть э-э-э... — она слегка замялась, — неудобства. Поэтому никаких контактов с людьми, с которыми у меня когда-то были дела. Ты поняла?

— Я передам мужу твои слова.

— Отлично. Лиза! Еще коньяка!

Я уже поняла: она занята только собой, своими проблемами. Все ее мысли об этом. О заказанном, но так и не использованном вип-отдыхе, о пляжных нарядах, которые она купила, но так и не надела. Алла хочет выйти из сложившейся ситуации, крайне для нее непростой, с минимальными потерями. Да, она гендиректор, но, по сути, всего лишь маленький винтик в отлаженном механизме огромных откатов. Она верит в то, что хозяева ее прикроют. А если сольют? Но пока она думает только об оплаченном коттедже на Кипре и заказанном чартере. О потерянных деньгах. Эрик ей больше не нужен, поскольку отдых сорвался. Парня можно брать голыми руками.

— У меня есть еще один вопрос, — хрипло сказала я. — Теперь уже к Эрику.

— К Эрику? — удивилась Алла. — А он здесь при чем?

— Где Анжела? — в упор спросила я у темнокожего парня. И прикрикнула на него: — Отвечай!

Эрик вздрогнул и чуть не поперхнулся апельсиновым фрешем. До этого момента он им просто давился. Ну не лезли в него цитрусовые.

— Зина, ты о чем? — оторопела Алла.

— Этот парень решил разжиться деньгами. Он ничем не гнушается. Его сестра

наталья андреева

ждет ребенка. Они решили спрятать этого ребенка и шантажировать им моего мужа.

— Какого ребенка? — вытаращил на меня глаза Эрик. Совсем как давеча его отец, Зафир.

— Ребенка Иван Иваныча и Анжелы!

— Она что, была беременна?!

— Что значит была?!

— Так ведь ее убили! — он взволнованно встал. — Почему вы говорите так, будто она жива?

— Ты мне врешь! — я топнула ногой. — Она жива! Ты ее спрятал! Ты здесь ее спрятал!

— Зина, ты что? — уставилась на меня Алла. — С ума, что ли, сошла? Здесь никого нет! Никакой Анжелы! Если бы была, я бы об этом знала!

— Он тебе не сказал, что она здесь!

— Эрик? — вопросительно посмотрела на парня хозяйка.

— Да я понятия не имею, о чем она говорит!

Я похолодела. Только спокойно.

— Хорошо, я поясню.

— Будь так любезна, — попросила Алла.

— У меня есть подозрение, что под именем Анжелы Свиридовой опознали другую девушку. Ее лицо было изуродовано до неузнаваемости.

— Но это была Анжела! — разгорячился Эрик. — Мамой клянусь! Я не мог ошибиться! Что мне лицо? У нее был шрам на голени. Мы играли в прятки, и она упала, распоров ногу о гвоздь. Как я тогда перепугался! И руки... Да я бы ее из тысячи узнал! Из миллиона! Потому что это моя сестра! Я сразу понял, что это не она звонит мне по телефону. Она меня любила, — в его голосе появились слезы. — Называла мой шоколадный заяц. «Как ты, мой шоколадный заяц?». А еще Рикусей. И она всегда говорила со мной очень ласково. А эта женщина совсем не Анжела. Но она звонила по мобильному моей сестры. Сердце мне подсказало, что Анжелы больше нет. Нет моей любимый сестры... — он всхлипнул. — И я побежал в полицию. Потому что я тоже ее любил. Сначала они не хотели со мной разговаривать. Но потом нашли ее труп. — Он расплакался, как ребенок.

— Ну, началось! — презрительно сказала Алла. — Все хорошо у этого парня, но слезы близко. Представляешь, Зина, он плачет, когда смотрит мелодрамы! Да что там! Он даже во время оргазма плачет! Я не чувствую, что рядом со мной мужчина. Хоть мне и не довелось стать матерью, но видеть на себе плачущую двухметровую обезьяну я тоже не хочу. Жалкое зрелище.

— Ты злая! — крикнул Эрик. — Какая же ты злая!

— А ты м... к! Достал!

— В общем, понятно. — Ян встал. Это была первая фраза, которую он произнес. — Зина, пойдем.

— Зина?! — уставилась на меня Алла. — Он называет тебя просто Зина?! Он кто?!

— Мой помощник.

— Так вы с ним трахаетесь? — ее лицо от коньяка раскраснелось. — Совсем с ума сошла! Да ты глянь на него! Это же неотесанная деревенщина!

— А ты? Заводишь себе бой-френдов, которые на двадцать лет моложе!

— А вдруг я завтра сяду? Хочется оторваться напоследок. Я же не знала, что он такая размазня! С виду-то нормальный!

— Я тоже ухожу! — Эрик вытер слезы. — Нет больше сил терпеть.

— Скатертью дорога! — выкрикнула Алла.

— Вы меня подвезете? — жалобно посмотрел на меня Эрик. — Хотя бы до ближайшей автобусной остановки.

— Мы подвезем тебя до метро, — пообещал добрый Ян.

И мы втроем направились к двери.

— Лиза, еще коньяка! — крикнула нам вслед Алла. — И никогда больше не впускай в мой дом этих людей, слышишь?!

Вот так закончился мой визит к давней знакомой. Я даже не стала обыскивать дом, потому что Эрик ушел вместе со мной. Будь здесь Анжела, он бы ее не бросил. Но Анжела, судя по всему, умерла. Мои мечты разбились о хрустальный гроб, вместо того чтобы хрустальному гробу разбиться об истину. Я больше не верила в сказки. Пушкин впервые меня подвел.

Я села рядом с Яном, Эрик же растекся по заднему сиденью, как медуза, и заныл:

— Опять меня выгнали... Куда я теперь пойду? Придется ночевать в клубе. Почему меня никто не любит?

Мне хотелось заткнуть уши. Было такое чувство, что меня жестоко обманули. Вот представьте: вы идете охотиться на льва. Вооружаетесь до зубов, готовите арсенал от перочинного ножика до гранатомета. Все-таки лев! Отправляетесь в прерию или в джунгли. В дикое место, где кругом — одни опасности. У вас внутри все дрожит: вот сейчас я одолею льва и стану героем!

И в тот момент, когда палец лежит на спусковом крючке, а другая рука сжимает гранату, из прерий выбегает ручная собачонка и начинает, виляя хвостиком, лизать вам ноги! Вот такое чувство было сейчас и у меня.

— Я всю жизнь ищу женщину, которая меня бы поняла, я делаю все, что мне скажут, я с ними ласков, — продолжал ныть Эрик. — Слова плохого никогда не сказал. Все что мне надо — чтобы меня не прогоняли и хоть немного любили. Почему русские женщины такие жестокие?

— Потому что ты идиот, — не выдержала я. — Тебе не повезло со страной, в которой ты родился. Ты не понимаешь менталитета женщин, от которых хочешь, чтобы

320

они тебя любили. Русская женщина, какую бы высокую должность она ни занимала, в душе всегда останется просто бабой. Ей нужен мужик, понимаешь? Чтобы в компании своих подружек рассказывать, какой он козел и какая она мать-героиня. А без этого козла трудно оценить ее подвиг. Поэтому на русских так охотно и женятся иностранцы. Женщина европейская, или та же американка, даже если она простая поломойка, все равно в душе госпожа. И требует, чтобы с ней обращались как с госпожой. А русская женщина, даже если она начальница и кормилица, в душе все равно раба. И когда с ней обращаются иначе, чем с рабой, у нее душа не на места. Что-то не так. Она всегда ищет мужчину, которому будет служить. Не мужу, так сыну. Или отцу. Начальнику. Главное, чтобы у нее был господин. Мужчина. Так и будет льнуть. А из тебя какой мужик? Ты даже кулаком по столу стукнуть не умеешь, не то что в глаз дать.

— Мне что, надо их бить?! — в ужасе посмотрел на меня Эрик. — Бить, чтобы они меня любили?!

— Я пошутила. Не надо никого бить. Просто не надо быть размазней и в присутствии женщины лить слезы. Они этого терпеть не могу. В нашей стране истерика — привилегия женщин.

— Но если я такой чувствительный! — всплеснул руками Эрик.

— Господи, пошли мне терпение! — взмолилась я.

Мой монолог о русских женщинах Ян слушал очень внимательно. Я даже пожалела, что все это сказала. Поистине язык мой — враг мой. Я могу потерять Яна, еще даже не завоевав его. Да о чем это я?! Мне сейчас надо думать не о мужчине, а о том, как спастись. Все мои планы рухнули, потому Ян и не кидается в защиту сильного пола. Говори, женщина, лишь бы не плакала.

— Куда тебя отвезти? — спросил он у Эрика.

— К себе не зовем, — поспешила сказать я, зная, какой Ян добренький. — У нас крохотная съемная однушка, самим тесно.

— Тогда отвезите меня в клуб, — тяжело вздохнул Эрик. — Переночую там, не в первый раз.

— Неужели ты ничего не скопил на черный день? — Эти каламбуры из меня последнее время просто сыплются, что ты поделаешь!

— Попробую позвонить своей прежней квартирной хозяйке, — потупился несчастный. — Может, она еще не сдала жилье, которое я раньше снимал? К маме сейчас нельзя, у нее новый муж и ребенок недавно родился. А я... Я никому не нужен...

— Только не реветь! — прикрикнула я. — Не пытайся меня разжалобить, не до тебя. — Эрик шмыгнул носом. Вот ведь пиявка! У меня нет двери, перед которой я могла бы постелить ему коврик. У меня сейчас вообще ничего нет. — Тебе могла бы помочь Анисья, — намекнула я. Мне все еще не верилось, что парень сказал всю правду.

— Какая еще Анисья? — искренне удивился он.

— Как? Ты не знаешь Анисью? — я тоже сделала вид, что удивилась.

— Нет... Постойте-ка... Это ведь та женщина, которая звонила мне от имени Анжелы? Но ведь она преступница! С какой стати я к ней пойду?

— Понятно, — я тяжело вздохнула. И этот номер не прошел.

В общем, когда мы расстались с Эриком, я была в состоянии, близком к панике. Все мои коварные вопросы разбивались о грудь темнокожего парня, как об утес. Что бы я ни спросила, он начинал реветь об Анжеле. Мне пришлось поверить, что она на самом деле умерла. Эрик был искренне привязан к своей сводной сестре. Она его подкармливала, давала деньги, сводила с богатыми дамочками, у которых парень, правда, долго не задерживался. Но без нее он совсем потерялся. Алла — последняя милость Анжелы, это она его порекомендовала моей приятельнице. Поэтому теперь Эрик совершенно искренне лил слезы. Я даже посоветовала ему обратиться к отцу, к Зафиру.

— Да-да! Завтра позвоню папочке! — обрадовался парень. — Спасибо вам, Зинаида Андреевна! Вы такая добрая!

Он даже забыл, что меня обвиняют в убийстве его сестры! Это было нечто!

Эрика мы высадили у дверей фитнес-клуба, и он рассыпа́лся в благодарностях, пока я не захлопнула перед его огромным приплюснутым носом дверцу. Так он меня достал! Если бы я знала раньше, что это за парень, то не теряла бы попусту время. Он клялся, что Анжела не была беременна.

— Это какая-то ошибка, — твердил Эрик. — Я бы знал.

Я еле держалась. Теперь я вообще ничего не понимала. А главное, не понимала, что мне теперь делать? Это был тот самый момент, когда я упала в бездонную пропасть и, как мне тогда показалось, умерла.

В том гробу твоя невеста!

Но я все еще была Зинаидой Царевой, поэтому позволила себе разреветься, только когда за нами закрылась дверь. В лифте я еще держалась, стараясь казаться равнодушной, смотрела, как Ян нажал на кнопку с цифрой одиннадцать, и мы очутились в замкнутом пространстве. Подъем показался мне бесконечным, потому что меня душили слезы. И вот в тесной, темной прихожей со мной и случилась истерика. Я даже не дала Яну включить свет. Сползла по стенке на пол и разрыдалась.

В первый момент он испугался. Присел на корточки рядом со мной и почти в полной темноте принялся ощупывать мое лицо:

— Эй, что с тобой? Ты плачешь?

Как будто эти звуки можно принять за смех! Господи, он даже не догадался включить свет, чтобы убедиться в том, что я плачу! Да что там! Реву!

— Я не знаю, что теперь делать...

Я и в самом деле не знала.

— Успокойся...

Я не сразу поняла, что меня целуют. А когда поняла, было поздно: я тоже его целовала. Мне нужна была чья-то сила, потому что свою я с час назад потеряла. Он утешал меня, как мог. Целовал, обнимал, гладил мои волосы, плечи, шею, грудь... А что еще он мог мне дать? Только свою любовь. Или видимость любви, потому что я не верила в такое скоропалительное сближение. Еще каких-то пару дней назад я его не знала, и он не подозревал о моем существовании. А теперь мы оказались в одной постели. Точнее, на старом продавленном диване, который скрипел так отчаянно, будто прощался с жизнью. Казалось, он вот-вот под нами развалится. Но мы этого не замечали, не до того было. Я впервые себя не контролировала, не думала о том, что делаю, какова должна быть последовательность моих действий, какие слова я должна говорить, а какие не должна. С Иван Иванычем я всегда была начеку, да и он никогда не расслаблялся. Достаточно того, что я видела его голым.

Я даже поняла, почему у нас нет детей. Да откуда? Я его допускала до себя, но не в себя, внутри во время этих наших сближений все было зажато и сухо. Как только он заканчивал, я бежала в ванную комнату, стараясь поскорее смыть с себя его запах, настолько он был мне отвратителен. Запах старика, который питается брокколи и шпинатом. Чтобы забеременеть, надо стать добычей, которую терзает голодный зверь. Чтобы и внутри все было растерзано и не способно сопротивляться зачатию.

Сейчас у меня было такое чувство, будто меня засунули в плавильную печь. Все тело пылало, и превратилось в бесформенную раскаленную массу, я не могла понять, где руки, где ноги, а голову не чувствовала вообще, настолько она была пустой. Из этого огня рождалась новая я. Не стоит верить врачам, которые выносят вам приговор, и уж тем более сексопатологам. Своего я готова была сейчас убить. Ему, наверное, заплатил Иван Иваныч, за мой диагноз: фригидна. Стоило так мучиться!

И вот в тот момент, когда меня накрыло горячей волной и все тело секунд пять, показавшихся мне бесконечными, билось в сладкой судороге, я и поняла, что украла у себя половину жизни. Потому что я надеялась, вторая ее половина пройдет совсем по-другому. Я все для этого сделаю.

Какое-то время мы лежали молча. Я догадалась, что Ян меня боится. Боится моей реакции на свою несдержанность. А я что должна была сказать? Трахай меня еще? Или «спасибо, все было прекрасно, но мало»? Не так сразу. Мне надо было привыкнуть к моему новому состоянию.

— Ты первая пойдешь в душ? — осторожно спросил он.

— Да, — я резко встала. Надо дать ему время прийти в себя.

В зеркале крохотной ванной комнаты я увидела свое пылающее лицо, и оно впервые за этот год не показалось мне старым. Я даже готова была вновь с ним говорить, с зеркалом. И оно было не прочь, я это видела.

— Ты прекрасна, спору нет...

— Некогда, потом, — отмахнулась я и полезла в ванну.

Когда я вернулась из душа, с влажными волосами и кожей, на которой остались капельки воды, то сказала Яну:

— Знаешь, мне легче. Только согрей меня опять. — И легла рядом.

— Я хотя бы нашел способ тебя успокоить, — сказал он, промокая мою шею и грудь махровым полотенцем.

— Я спешила, поэтому вытиралась наспех. Я спешила к тебе...

Мы даже не заметили, как наступил вечер. Я не помнила, какой сегодня день недели, какое число. Какая разница? Это день моей смерти и моего воскрешения. И хорошо, что я упала в пропасть. Не будь этого, Ян никогда бы не посмел до меня дотронуться, да и я бы этого не позволила. Мы сначала должны были все обсудить, я выстроила бы план наших отношений, в том числе и постельных, как я всегда это делала с Иван Иванычем. И принялась бы по давней привычке платить своим телом долги. А так Яну пришлось меня спасать, и он почувствовал себя настоящим мужчиной. А я не сопротивлялась ничему, потому что просто не было сил.

— Ты будешь приезжать ко мне, когда меня отправят отбывать срок? — грустно спросила я. — Хотя бы раз в месяц, иначе я умру.

— Ты не сядешь в тюрьму, — твердо сказал он.

— Куда деваться? Видимо, Анисья сказала правду. Это она застрелила мулатку. И мне неимоверно трудно будет доказать, что она сделала это не по моему приказу. Мне дадут лет семь. Надеюсь на это. Так ты будешь ко мне приезжать? — я заглянула ему в глаза, замирая от страха. А вдруг это все? Мужчина, изголодавшийся по женской ласке, и женщина, ни разу в жизни не испытавшая оргазма, удовлетворили свои естественные потребности, насытились, и дальше каждый из них пойдет своей дорогой. Мне хотелось знать: что это было?

наталья андреева

— Я все придумал. То есть, почти придумал. Придумал, как тебя спасти. Я пойду к следователю.

— Зачем? — уставилась я на него. Что за бредовая идея?

— Я много думал всю прошлую ночь. А до того внимательно слушал. И сегодня слушал. Зина, хочешь — верь, хочешь — нет, но я сразу тебя полюбил.

— Любовь с первого взгляда? — горько рассмеялась я.

— Нет, с первого ты мне жутко не понравилась. Нервная, злая и очень уж красивая. Вся такая чужая.

— А когда? Когда ты в меня влюбился?

— Когда ты уронила половник и разлила суп.

— Шутишь?

— Нет. Ты враз стала беспомощной, а до того была такая уверенная в себе. Я смотрел и думал: вот так дама! Железная леди! Как к такой подступиться? И вдруг я увидел твой взгляд. Ты стояла над лужицей воды с тряпкой в руке и не знала, что с этим делать? Ты взглядом просила у меня помощи, быть может, даже не осознавая этого. И я понял, что могу быть полезен тебе. Так хочется быть кому-то нужным, понимаешь?

— Да.

— Не выношу одиночества, — поморщился Ян. — Мне надо жить для кого-то, так уж я устроен. И раз ты меня не оттолкнула, то я теперь тебя от себя не отпущу. Я все придумал, — заговорил он торопливо. — Я ведь бывший программист. Я все рассчитал. Составил точную модель убийства. Мы во всем обвиним твоего мужа.

— Что-о?!

— Смотри. Такой расклад. Это он убил Анжелу, понимаешь?

— Нет.

— Я скажу, что в тот день видел, как он выезжал с территории коттеджного поселка, а в машине у него была женщина. Она сидела как-то странно, привалившись к правой передней стойке. Я обратил на это внимание, потому что женщина была темнокожей.

— Постой... А где ты был на самом деле?

— Я уже все подсчитал, — счастливо рассмеялся Ян. — Представляешь, я как раз бомбил! Меня не было на работе! Я легко могу доказать, что в день, когда убили эту Анжелу, занимался извозом. Я и в самом деле *мог быть здесь*, понимаешь? Это же моя территория!

— Вроде да.

— Доказать обратное невозможно. Я проезжал мимо коттеджного поселка, где раньше жила ты, не исключено, что найдутся люди, которые видели мою машину. Охранник! — сообразил Ян. — Я высадил у ворот клиента!

— Но время? Паша покажет, что видел твою машину, но, скажем, в три часа дня.

— Нет, милая, — улыбнулся Ян. — Уже сгущались сумерки.

— А убили ее уже после семи часов вечера. Потому что в семь ей звонил мой муж и она еще была жива.

— А я стоял у ворот и ждал клиента! И потом: раз он убийца, то врет!

— Ну, допустим. Но ты забываешь одну важную деталь. Я бы даже сказала, ключевую. У моего мужа есть алиби. Он был на переговорах у своего делового партнера. А нас ничего не выйдет, милый.

— Вот! — Ян поднял вверх указательный палец. — Теперь мы дошли до сути! Алла, как там ее? Да, неважно. Ты помнишь, что она сказала? Они сейчас все находятся под следствием. Как думаешь, этот деловой партнер Иван Иваныча признается в том, что они встречались, чтобы договориться об откате?

— Не думаю... Постой! — до меня вдруг дошло. Так вот куда он клонит! — Ян! А ведь ты прав! Мой муж госзаказа так и не получил! Переговоры сорвались. А сорвались они по той причине, что начались проверки в Минобороны. Если «деловой партнер» Иван Иваныча засветит моего мужа... Это большой чиновник, судя по всему, человек из Министерства... Ему самому это увеличит срок! Потому что тогда проверяющие выйдут на завод, который «обслуживал» потребности расхитителей. А это мама дорогая! Нет, этот Клондайк они светить не хотят, Алла мне непрозрачно намекнула.

Это лишний том в уголовном деле и лишние проблемы. Да еще какие!

— Умница, — похвалил меня Ян.

— Гений! — я с жаром принялась его целовать.

— Погоди, — начал он отбиваться. — Надо все хорошенько обдумать, все детали...

— Анисья... Похоже, мой муж ее подкупил. Очень уж ему не терпится засадить меня в тюрьму. Ну а мы все переиграем! Он заплатил ей за молчание!

— Точно! Она — его сообщница! А не твоя.

— Итак, алиби у Ивана рассыпалось, свидетель в мою пользу, то есть ты, в наличии оружие... А это Иван подбросил мне пистолет, а вовсе не Коля! Муж ведь приходил ко мне сразу после того, как узнал о похищении Анжелы. Он и принес оружие. Ведь это его пистолет. Из него он и убил Анжелу. Постой... Ян, самое главное: мотив. Зачем Ивану ее убивать?

— Допустим, изменила...

— Застукал девчонку с массажистом, — продолжала я развивать его мысль. Это уже было коллективное творчество. Мы оба старались. — Вернулся домой пораньше — а они в постели...

— А она ведь сказала, что беременна...

— Возможно, просто тест был ошибочным...

— Но твой муж этого не знал...

наталья Андреева

— И подумал, что ребенок не от него. Он все-таки старик...

— Подумал, что Анжела его обманула, разозлился. Сгоряча схватил пистолет и...

— Выстрелил.

— Точно!

Мы на радостях принялись целоваться.

— Ох, только бы все получилось! А если тебе не поверят? — вцепилась я в него. — Ян? Как быть?

— Я постараюсь быть убедительным.

— Как сейчас, в постели?

— Еще убедительней. Я ради тебя убить готов, не то что соврать.

— Не верю! Так не бывает! Я еще ничего такого не сделала, чтобы это заслужить.

— А вот посмотришь.

Вот тогда у меня и появилась надежда. Она была похожа на солнечный луч, распоровший тучи, я даже прослезилась от счастья. Не случайно же мы встретились. Я уже говорила, что не верю в случайности. Я ведь хотела изменить свою жизнь, я не раз просила об этом и даже молилась. Ходила в храм и долго стояла перед иконой со свечкой в руке, шепча свое заветное желание:

— Господи, сделай так...

А когда была в Иерусалиме, оставила у Стены Плача записочку, где было всего четыре слова: «Господи, измени мою жизнь». Потому что дура. Надо было оговорить условия. Измени, но так, чтобы это мне ничего не стоило. Или «измени так, чтобы я была счастлива». А разве я сейчас несчастна? Вот в чем штука-то! Я избавилась от Иван Иваныча и впервые полноценно занималась сексом. Почувствовала себя, наконец, женщиной. А если еще и забеременею... Теперь меня мало заботит стройность талии, я давно уже не красавица. Разве не изменилась моя жизнь? Да еще как! Но за все надо платить. Это закон сохранения вещей. Прежде чем заплакать от счастья, надо как следует нареветься от горя.

А еще, когда о чем-то просишь, надо знать в деталях, чего именно ты просишь. Надо было написать развернутое сочинение, как это делают все. Видела я в Стене Плача эти записочки. Мы приехали туда последними, уже глубокой ночью, и кроме нас у Стены не было никого, кроме уборщика, который довольно лениво работал метлой. Он гнал к мусорному баку ворох скомканных, сложенных в узенькие полоски, сжатых в комочки бумажных листков, они шуршали, как опавшие осенние листья, печально и словно жалуясь. Кладбище желаний, вот что это было. Потом их, наверное, сжигают, эти записочки, и сизый дымок тянется вверх, где якобы находится тот, кто нас слышит. Мои попутчицы подошли к Стене и стали запихивать свои послания в щели, и без того уже густо замазанные исписанной бумагой. Там нет ни единой щелочки, ни кусочка свободного пространства, все забито желаниями. Сколько же на свете несчастных! Да есть ли счастливые? Я молча подошла к Стене и бросила свою записку под ноги уборщику, который посмотрел на меня удивленно и торопливо взмахнул метлой. И вот, поди ж ты! Именно меня услышали! Огребай теперь!

— Эй, ты спишь? — позвал меня Ян.

— Нет, — я отмахнулась от наваждения. От видения Стены, которая неожиданно выбрала меня. — Просто задумалась.

— Зина, нам надо поспать, — ласково сказал он. — Завтра тяжелый день.

— Если бы я могла уснуть!

— Ты, главное, успокойся.

— Постой... А как же твоя работа? Из-за меня ты ее потеряешь.

— А она мне нужна? Если мы будем вместе, вряд ли я останусь на прежней работе. Мы попробуем изменить свою жизнь. Будем жить вдвоем.

— Где, здесь? — я в ужасе обвела глазами комнату, оклеенную красными обоями.

— Я понимаю, ты к другому привыкла...

— Не в этом дело. Я здесь вполне счастлива. Какое-то время, — добавила я. — Но это совсем не то, чего я хочу. Давай будем объективны. Нам обоим за сорок, высокооплачиваемую работу мы вряд ли найдем. Ты уже пытался и сделался в итоге установщиком дверей. Я еще не пыталась, но почему-то уверена в результате. Меня нигде не ждут. Надо начать с нуля. И только не здесь. Прости, я не верю в сказки.

— А как же Пушкин? — улыбнулся Ян.

— Как видишь, он меня подвел, — сказала я грустно. — Царевна мертва, в то время как я думала, что она жива, согласно сказке. У моей, похоже, совсем другой конец. Не знаю, счастливый или нет, но другой. Как думаешь, мне пора сдаться?

— Когда? Сейчас? — в ужасе спросил Ян.

— Не сейчас, конечно. Завтра. Пойду в полицию и скажу: вот она я, сажайте.

— Подожди, по крайней мере пока я дам показания.

— Допустим, тебе поверят. Но как меня найдет следователь, чтобы снять обвинения? Я ведь сбежала и выкинула мобильный телефон. Я должна ему позвонить.

— Давай завтра вечером, когда я вернусь. Я пока понятия не имею, с чего начать, чтобы не вызвать подозрение. Наверное, надо пойти в ближайшее отделение полиции... Давай спать, завтра у нас трудный день, — повторил он и зевнул в подтверждение своих слов.

— А может, еще разок? — я положила руку на его живот. И повела ее вниз, в курчавые волосы.

— Когда ты в последний раз этим занималась?

— Никогда. По-настоящему никогда.

— Тогда понятно.

— А у тебя сколько было любовниц?

— После жены — ни одной.

— Хоть так.

— А ты ревнивая.

— Да, я собственница. Запомни это. Изменишь — убью!

— Верю, — тихо рассмеялся он.

— А сейчас — иди ко мне... — Я потянулась к нему. Поверят нам или нет, еще вопрос. Возможно, это моя последняя ночь на свободе, и я не собираюсь тратить ее на сон...

...Проснулись мы около полудня, и Ян торопливо начал собираться.

— Постой, — сообразила я. — А как ты им объяснишь, почему пошел в полицию?

— Это мой гражданский долг, — сказал он, торопливо жуя бутерброд.

— А если серьезно?

— Не беспокойся, я все обдумал. Скажу, что недавно подвозил клиента и услышал от него эту историю. Что сущая правда. Помнишь тот день, когда мы познакомились?

— Конечно!

— Сначала я с час слушал об убийстве мулатки, а потом наблюдал за следственным экспериментом. Это меня заинтересовало тем более я знаю, кто на самом деле убийца. Вот я и пошел в полицию.

— Звучит не слишком убедительно, — вздохнула я. — У нас не Америка и не Европа. Это Россия, милый. У нас в ходу поговорка «доносчику первый кнут». Не стучи на ближнего своего, дабы не хочешь, чтобы и дальний твой, и ближний стучали на тебя.

— Пусть думают, что я честный придурок, — пожал плечами Ян. — Не ходи за мной и не звони. Приду поздно.

И он ушел. Не знаю, как я пережила этот день, но до вечера кое-как дотянула. А когда совсем уже стемнело, вернулся он, голодный и усталый. Я торопливо кинулась разогревать суп.

— Мурыжили меня долго, — Ян уселся на табурет, который натужно заскрипел под тяжестью его тела. — В местном отделении полиции долго не могли взять в толк, кто я и чего хочу? Еле убедил, — он тяжело вздохнул.

— Санитаров из психушки не пытались вызвать? — усмехнулась я.

— Нет. — Он устало рассмеялся. — Слава богу, участковый оказался нормальный мужик, вменяемый. Дозвонился до кого надо, и в итоге я оказался у следователя, который ведет дело об убийстве Анжелы Свиридовой.

— Невысокий такой, щуплый? — взволнованно спросила я. — У него еще руки все время не на месте. То ручку терзает, то на листке бумаги каракули рисует, то галстук теребит. А зубы большие, желтые.

— Точно! Он самый!

— И как он с тобой обошелся?

— Знаешь, обрадовался.

— Обрадовался?

— Сказал: что-то подобное я и предполагал. Убили не в доме у Паниных. Внимательно меня выслушал, все записал.

— Ты уверен, что нигде не прокололся?

— Разве можно в чем-то быть до конца уверенным? Только дураки убеждены в том, что они непогрешимы. Я старался говорить убедительно.

— Когда мне звонить следователю?

— У тебя хотя бы номер его есть?

Я со вздохом пошла искать свою сумочку, в которой находился кошелек, набитый визитками.

— Вот он, — сказала я, — кладя нужную мне визитку перед Яном на стол.

— Он сам тебе его дал?

— Конечно. Просил звонить в любое время суток.

— Тогда звони.

Я с сомнением посмотрела на часы: а не поздно ли? Мой следователь наверняка уже дома, лежит на диване перед телевизором или на кухне чай пьет, а может, чего и покрепче. Все мы люди. С другой стороны, лучше я поговорю с ним, пока он дома, а не на работе. Я решительно взялась за мобильный телефон.

— Погоди, — остановил меня Ян. — А если они отследят номер? Он ведь записан на меня.

— И что делать?

— Звони с домашнего.

— Тогда они отследят адрес.

— Черт!

— Из двух зол надо выбирать меньшее. Я позвоню с мобильника.

— Я не уверен, что это меньшее зло. Зачем только ты закопала в лесу свой телефон?!

— Потому что побоялась слежки! — огрызнулась я. — С айфоном в кармане я чувствую себя, словно корова с колокольчиком на шее. Стоит сделать всего лишь один шаг — и он звенит. И все знают, где ты. В наше время секреты можно сохранить, только если ты не пользуешься новомодными гаджетами. Ян, ты прав: я позвоню с домашнего. Надеюсь, ты не оставил следователю свой домашний адрес?

— Конечно оставил! Слушай, иди к соседке.

— К какой еще соседке?

— Этажом ниже живет очаровательная старушка, у нее еще песик такой смешной. Я иногда хожу по ее просьбе за молоком и в аптеку за лекарствами.

— Ты, оказывается, занимаешься благотворительностью!

— Что поделаешь? Она — бывшая актриса. Может быть, и играет в беспомощность, но так убедительно! Не могу отказать женщине в просьбе, такой уж характер.

— Вот и остался в итоге без штанов, — с иронией сказала я. — Нынче благородство дорого обходится.

— Я с этим смирился, — усмехнулся Ян. — Зато можем теперь пойти к старушке и оттуда позвонить твоему следователю.

— Чепуха все это, — тяжело вздохнула я. — Допустим, я позвоню из квартиры, находящейся этажом ниже. Дом-то все равно тот же. И подъезд.

— Зина, не упрямься. Не все такие умные, как ты, и далеко не такие наблюдательные. Это для страховки, понимаешь? Чтобы в случае чего мы могли выкрутиться.

— Ты тоже сядешь. За лжесвидетельство, — сердито сказала я. — Давай, веди меня к своей подопечной.

Мы спустились на этаж ниже, в такую же однушку, все стены которой были оклеены старыми фотографиями и театральными афишами. Когда открылась дверь, я оторопела: мне под ноги кинулась... Кики! Только потом я сообразила, что это всего лишь той-терьер, но никак не моя собака. Но на душе все равно потеплело.

— Здравствуйте, Ян, — расцвела улыбкой сухонькая миниатюрная старушка. — Очень рада вас видеть.

— Мы не поздно, Мария Семеновна?

— Что вы, что вы! — замахала руками она. — У меня все равно бессонница!

— Это моя невеста, Зина, — Ян слегка подтолкнул меня в спину: заходи. — Можно ей от вас позвонить?

— Позвонить от меня? — она заморгала наклеенными ресницами. Да-да, передо мной стояла престарелая Мальвина! Белоснежные локоны, огромные ресницы, нарисованное алой помадой сердечко на месте тонких, высохших губ. Она словно ждала кого-то, несмотря на позднее время. Актриса во всем, везде и всегда, даже на пенсии.

— Не удивляйтесь, Мария Семеновна. Зина будет звонить бывшему мужу и не хочет, чтобы он знал, где она на самом деле сейчас живет.

А ловок он врать! Я бы не сообразила, как объяснить свой визит из квартиры, где есть домашний телефон, в квартиру этажом ниже с просьбой разрешить позвонить.

— Вы предлагаете мне сыграть роль квартирной хозяйки? — пришла в восторг Мария Семеновна. — О! Я поняла! Если этот зверь придет сюда, я скажу ему, что вы, Зиночка, жили здесь какое-то время, но день назад съехали, и я понятия не имею куда!

Мы с Яном переглянулись. А старушка-то, оказывается, сообразительная!

— Видите ли, в чем дело, — сказала я. — Мой муж фальшивомонетчик. — Ян закашлялся. — Он отлично умеет подделывать документы. Поэтому если он вам предъявит удостоверение сотрудника полиции...

— Криминал! — взвизгнула от восторга пожилая актриса. — Настоящий шпионский боевик! О! Если бы вы знали, как я обожаю детективы! Да что же мы встали в дверях? Проходите, дорогие мои! Проходите! Лора! Встречай же гостей! — она подхватила на руки крохотную собачонку, которая громко тявкнула. Видимо, это и было приветствие.

— Я всю жизнь мечтала сыграть злодейку, — взволнованно говорила Мария Семеновна, ведя нас к телефону. — Но доставались исключительно романтические героини. Кого только я не играла! Дездемону, Джульетту...

Подробности театральной карьеры Марии Семеновны выслушал Ян на кухне, я же осталась наедине с телефоном в единственной комнате. Лору старушка унесла с собой.

Немного волнуясь, я набрала номер.

— Да. Слушаю вас, — после пяти гудков, показавшихся мне бесконечными, раздался в трубке знакомый голос.

— Это Зинаида Царева.

— Пороть вас надо, — сказал он сердито. — Куда вы подевались, чтоб вас!

— Меня хотели отравить, и я спряталась.

— Где вы сейчас?

— У одной своей приятельницы. Но завтра отсюда съеду, — торопливо добавила я, чтобы не подставлять добрую старушку.

— Почему не отвечает ваш телефон?

— Я его выбросила.

— Вы с ума сошли! Вы соображаете, что вы делаете?! Вы же находитесь под следствием! Зинаида Андреевна, вы должны немедленно явиться ко мне!

— Куда же я пойду? — жалобно сказала я. — На дворе ночь.

— Не сейчас, разумеется. Завтра.

— А можно послезавтра?

— Прекратите торговаться! И перестаньте прятаться! Это глупо. Вы взрослая женщина и, как мне показалось, неглупая.

— Вы ошиблись. Я глупая.

— Я редко ошибаюсь в людях. Мне надо вас допросить, причем срочно. В деле открылись новые обстоятельства.

— Обстоятельства какого плана? — спросила я, замирая.

— Я скажу вам это при личной беседе. В ваших же интересах, чтобы она состоялась как можно скорее.

— Хорошо, я приеду.

— Жду вас завтра. В крайнем случае послезавтра, — смилостивился он, после чего дал отбой.

Итак, дезинформация дошла по назначению. Ян молодец! Я торопливо вышла к ним на кухню.

— Ну, как дела, Зиночка? — взволнованно спросила Мария Семеновна.

— Все в порядке.

— Он вам угрожал?

— Нет. Но не исключено, что будет меня искать.

— Не беспокойтесь, я знаю, что ему сказать, — заверила меня старушка. — Я ведь актриса! Я великолепно сыграю эту роль!

— Мы вам доверяем, — улыбнулся Ян. — Зина, идем. Мария Семеновна, завтра я принесу ваш любимый торт.

— Взятка? — подмигнула она.

— Просто подарок.

— Приму, если пообещаете, что съедите его вместе со мной.

— Обещаем! — сказали мы хором.

— Желаю вам счастья, молодые люди, — прослезилась от избытка чувств пожилая Мальвина, закрывая за нами дверь. — Вы прекрасная пара! Ах! Поистине, браки заключаются на небесах!

Я невольно вздрогнула. А неплохо после только что состоявшегося в аду развода!

— Ну? Как все прошло? — нетерпеливо спросил Ян, едва мы остались одни.

— Он сказал, что хотел бы меня видеть. В деле, мол, открылись новые обстоятельства. Какие именно, не пояснил.

— Значит, поверили, — взволнованно сказал он.

— Рано радоваться. Я не хочу ехать туда завтра. Хотя бы еще денек побыть рядом с тобой. Вдруг меня опять посадят в камеру?

— Перед смертью не надышишься, — усмехнулся он.

— Да, но можно попытаться забеременеть.

— Ты это серьезно?!

— Да.

— Тогда я постараюсь.

И он старался. Очень. Что касается меня, то мне с утра хотелось секса. Раньше я вообще не знала, что это такое: жгучее желание физической любви. В эту ночь мне впервые в жизни приснился эротический сон. Честное слово, я не променяла бы эти ощущения ни на какие миллионы! А теперь меня ждал сон наяву, полный эротических открытий. Если я, черт возьми, после этого

345

не забеременею, то я понятия не имею, откуда тогда берутся дети! Беременность — это стопроцентная возможность получить условный срок, если преступление признают неоконченным. И такая же вероятность получить отсрочку вплоть до совершеннолетия ребенка, если мне не удастся выкрутиться, тем более я буду числиться как мать-одиночка. Ведь Иван Иваныч подал документы на развод. Я без пяти секунд свободная женщина. Ян прекрасно все это понял.

Утопающий хватается за соломинку.

— Нам надо рассмотреть и этот вариант спасения, — сказала я, торопливо его раздевая.

— Замечательный вариант! — похвалил он, стягивая с меня бюстгальтер.

— Лучший!

Вот так я использовала время, выигранное в результате освобождения под залог. И скажите мне, что это плохо. В результате наших с Яном совместных стараний весь следующий день мы провели в постели.

— Я хочу дать им время, — сказала я, сладко, потягиваясь. — А то ляпну чего не то. Пусть они попробуют раскрутить мужа.

Если бы я не избавилась от мобильника, Иван Иваныч терзал бы меня теперь звонками день и ночь. А так я наслаждалась тишиной и любовью Яна. И мне было очень даже хорошо. Но все хорошее рано или поздно заканчивается. Как только наступило утро, я засобиралась в тюрьму.

— Не провожай меня и не звони, — сказала я на прощанье Яну.

— Куда же я буду звонить? — усмехнулся он. — Нет, Зина, я так не могу, — он кинулся ко мне.

— Стой, где стоишь! — велела я, делая шаг назад.

И он послушался. Я поняла, что так будет всегда. Ян всегда будет делать то, что я ему скажу. У меня уже был муж, который не считался с моим мнением вообще. Я еще не знала, что лучше, а что хуже. Которого из них можно назвать настоящим мужиком, а которого нельзя. Мне еще только предстояло в этом разобраться, и сейчас мои мысли были заняты другим. Я ехала, чтобы узнать свою судьбу.

Тут ее тоска взяла, и царица умерла

Во всяком случае, наручники на меня сразу не надели. Следователь был со мной вполне любезен.

— Проходите, садитесь.

Я уселась на стул перед ним и замерла в ожидании своего приговора.

— Ваш муж во всем признался.

— Что?!

— Ваш муж признался в убийстве Анжелы Свиридовой. Он сейчас взят под стражу и находится в Следственном Изоляторе. Его сообщницу Переверзеву мы тоже задержали. Сегодня утром ее перевели в тюремную больницу, у нее, оказывается, сахарный диабет.

— Я... не совсем понимаю.

— Для вас это открытие, так? — он неожиданно улыбнулся. Открыто и по-мальчишески. Я впервые подумала, что он совсем еще молод, а уже при такой должности. От него зависят судьбы людей, отсюда и важность, ежеминутные старания выглядеть старше, значительнее. — Видите ли, Зинаида Андреевна, нашелся свидетель. Вам несказанно повезло. Последние два месяца ваш муж находился в состоянии стресса. Он практически себя не контролировал, особенно после того, как вы внезапно исчезли из дома, куда вас посадили под домашний арест. Как только я дал почитать ему показания Павлова, он тут же во всем признался.

— Павлова?

— Да, это бомбила... извините. Таксист, который в тот день подвозил клиента в коттеджный поселок, где произошло убийство, и случайно увидел в машине вашего мужа мертвую женщину. Павлов хорошо запомнил это, потому что женщина была темнокожей. Согласитесь, в наших широтах это редкость.

Значит, фамилия Яна Павлов. Вот не знала.

— Что с вами, Зинаида Андреевна? — заволновался следователь. Я молчала уже с минуту, осмысливая только что услышанное.

наталья Андреева

— Я, признаться, в шоке.

— Может, водички? — он встал.

— Да, неплохо бы.

Мне все еще не верилось. Иван Иваныч убил Анжелу! Сами того не ведая, мы с Яном угадали! Какое-то время мы со следователем молчали: я пила воду, а он смотрел, как я ее пью.

— А... почему он ее убил? — наконец, спросила я. — За что?

— Все случилось, как в известном анекдоте: муж раньше времени вернулся из командировки и застал жену в постели с любовником. У Царева переговоры сорвались, он очень расстроился, а по дороге домой ему сообщили, что он бесплоден.

— Как?!

— Он засомневался в правдивости слов своей невесты и решил пройти полное медицинское обследование на ... как это? Репродуктивность. Оказалось, что Царев не может иметь детей. Когда он увидел свою якобы беременную невесту в постели с массажистом, то пришел в бешенство. Подумал, что ему хотят навязать чужого ребенка. Он и так-то был расстроен сорвавшейся сделкой. Понесся в кабинет за оружием. Массажист в это время сбежал, его до сих пор, кстати, не могут найти. Не исключено, что где-то на дне реки лежит его труп. Потому что, как только Царев опомнился, он тут же принялся уничтожать улики.

— О господи!

— А Переверзева ему в этом помогала. Он купил ей квартиру в пригороде.

— Так это была ее квартира!

— И пообещал купить ресторан, если она сделает все как надо. — Так она, оказывается, присматривала ресторан! То-то официантка ее облизывала! Не исключала возможности, что перед ней будущая хозяйка!

С моих глаз словно пелена упала. Теперь понятно, на какие деньги шиковала Анисья! До меня постепенно начало доходить. Вот сволочи! Я теперь понимаю. В доме кроме нее никого не было, и Иван Иваныч тут же предложил ей кучу денег за то, чтобы все свалить на меня. И Анисья легко меня предала!

— Я вижу, вы все еще не можете привыкнуть к этой мысли, Зинаида Андреевна, — мягко сказал следователь. — Идите домой, хорошенько отоспитесь.

— Да. Не могу поверить. Как такое возможно? Иван Иваныч — убийца! Мне всегда казалось, он человек без эмоций.

— Он по натуре своей флегматик. Для них характерно все копить в себе, зато, когда уж припечет, они словно с цепи срываются.

— Но что теперь будет со мной?

— Уголовное дело о готовящемся похищении Свиридовой возбуждено, увы, — развел он руками. — И закрыть его невозможно, потому что есть ваши показания и показания братьев Паниных. Суд рано или поздно состоится. Но поскольку Свиридова к тому моменту, как ее собирались похитить, была уже мертва... В общем, вам дадут условно.

— Я так и думала. То есть, я на это надеялась.

— Но я бы вам настоятельно рекомендовал обзавестись мобильным телефоном. Или вернуться в дом вашего мужа. Тем более мужа там сейчас нет. Мне показалось, что вы не ладите.

— Мы не то что не ладим, мы разводимся. На Новую Ригу я не вернусь.

— У вас есть еще московская квартира, — внимательно посмотрел на меня следователь.

— Да будь она проклята!

— Куда же вы пойдете?

— Куда угодно, только подальше от... — я провела пальцами по лицу, словно снимая невидимую паутину. — От всего этого. Вы хороший человек, по крайней мере честный. Спасибо вам.

— Не за что. Мне самому не нравится, когда людей сажают в тюрьму за преступление, которое они не совершали, — серьезно сказал следователь. — Купите мобильный телефон, Зинаида Андреевна. И позвоните мне, чтобы я знал его номер. И еще укажите адрес, по которому вам будут присылать повестки.

— Хорошо, — я кивнула.

— Я думаю, чрез пару месяцев состоится суд. Не будем с этим тянуть.

— Суд над кем?

— Над вами. Вашему мужу придется провести в СИЗО довольно долго. Если вас волнует его судьба...

— Не волнует, — я резко встала.

Мне надо было все хорошенько обдумать. Я еще не верила, что избавилась от этого кошмара. Иван Иваныч полон сюрпризов, а его закрома полны денег. Поэтому, когда Ян предложил отпраздновать победу, я сказала:

— Погоди. Рано еще.

И, как оказалось, не ошиблась. Буквально через неделю объявился адвокат моего мужа. Я, было, подумала, что мне принесли бумаги о разводе. Меня выследили в магазине, куда я пришла за продуктами, из чего я поняла, что люди Ивана Иваныча за такие деньги развили бурную деятельность. Впрочем, обошлись со мной ласково. Меня крепко взяли под локоть и вкрадчиво сказали в самое ухо:

— Зинаида Андреевна, нам надо поговорить.

Я старалась держаться с достоинством.

— Чего вы от меня хотите?

— Я устроил ваше свидание с мужем, — сказал мне холеный, похожий на кота адвокат. Из-под черной манишки выглядывала белоснежная сорочка, над верхней губой смешно топорщились усы. Он смотрел на меня, как на мышь, с которой собирался поиграть, прежде чем ее придушить. Есть он

НАТАЛЬЯ АНДРЕЕВА

эту несчастную мышь не собирался, просто потому, что не был голоден. Холеный, сытый, знающий себе цену. Меня замутило.

— Что с вами, Зинаида Андреевна? — заботливо спросил он.

— Еще не знаю. Не уверена. Я не уверена в том, стоит ли мне видеться со своим мужем. По-моему, мы с Иваном Иванычем расстались.

— У него к вам деловое предложение. Я настоятельно вам рекомендую... — он сжал мой локоть так, чтобы я почувствовала силу его хватки. Я беспомощно обернулась: Яна рядом не было. Я вспомнила, что утром проводила его на работу. Пришлось подчиниться:

— Хорошо, я поеду.

И снова я сидела в комнате для свиданий, только теперь мы с Иван Иванычем поменялись местами. Я обвиняла, а он защищался. Я была свободна, а он взят под стражу. Я невольно вспомнила предыдущий наш разговор в этом же месте. И охотно отыграла назад:

— Как ты мог, Иван? Не ожидала от тебя.

— Выслушай меня, Зина, — хрипло сказал он.

Я не в состоянии пересказать это своими словами. Поэтому вам придется выслушать монолог от первого лица. От лица моего мужа.

...В тот день я полностью предвкушал себя на вершине счастья. Проснулся в прекрасном настроении, покушал, против обыкновения, с отменным аппетитом и даже забыл на время о мучивших меня болях. Когда не помогают лекарства, я обычно думаю о деньгах, об увеличении капитала, и это придает мне силы. Так было и в то знаменательное во всех отношениях утро.

Все складывалось как нельзя лучше: моя женщина ждала ребенка, наследника, и я наконец-то заполучил выгодный контракт, за которым гонялся много лет. Я прекрасно понимал, в чем состоит основа материального благополучия такого человека, как я. Процветает лишь тот, кто сумел освоить бюджет, сесть на финансовые потоки и прикрыться государством, системой созданных им институтов власти. Самое перспективное в этом плане Министерство обороны, на которое денег никогда не жалели. И в которое пришли люди, имеющие в плане военной науки знания весьма примитивные. Да и в плане финансов тоже. В общем, задача была поставлена конкретная: все разворовать, а потом уйти от ответственности за огромные взятки, потому что всем давно уже известно: украл сто рублей — тебя посадят, украл сто миллиардов — отпустят за границу, а дело замнут. Еще никто из тех, кто расхитил из бюджета сумму с девятью нолями, не шьет на зоне рукавицы. Главное, чтобы к этому не примешивались политические мотивы. А от политики я всю свою жизнь предусмотрительно держался подальше.

И вот в тот момент, когда я уже буквально осязал руками свое счастье, когда сидел в машине, просматривая биржевые сводки и готовясь к чрезвычайно важному для меня разговору, раздался телефонный звонок. Ничто, как говорится, не предвещало. Звонил не тот человек, к которому я ехал на встречу, а молодой голос, принадлежащий женщине.

— Все отменяется, — сказала она торопливо. — Сергей Павлович велел передать, чтобы вы к нему не ездили.

Я, было, подумал, что ошиблись номером. Хотя я свой телефон кому попало не даю. Но буквально пару раз мне попадались чрезвычайно недалекие люди, которые путали цифры, звоня каким-то своим знакомым. Я им поставил на вид и принял разумное решение на звонки с необозначенных в моей телефонной книге номеров не отвечать. На то есть секретарь, который получает зарплату за то, что ограждает меня от нежелательных контактов.

Но дело в том, что этот номер значился в моей телефонной книге как «Офис С.П.» Потому я и ответил на звонок. Но мало ли кто мог звонить из офиса СП и мало ли кому? Я принял твердое решение прояснить, насколько возможно, ситуацию.

— Вы, должно быть, ошиблись, — так и сказал я в трубку.

— Иван Иванович?

— Именно.

— Встреча отменяется. Возвращайтесь домой.

— Но...

— У меня мало времени, все вам объяснять, — сказала молодая нахалка женского полу. — Скажите спасибо, что предупредили!

— Но...

— Там обыск, вы что, тупой, не понимаете? — раздраженно крикнула она и швырнула трубку.

Я всерьез задумался: обыск где? У Сергея Павловича? В офисе? Дома? Но этого не может быть! Он лицо настолько высокопоставленное, что трудно себе представить, кто бы осмелился... Я человек, который привык проверять любую информацию в мельчайших ее деталях, а не верить просто на слово, поэтому позвонил Алле.

— Я не могу с тобой говорить, — торопливо сказала она. — Не сейчас.

— Значит, все это правда?

— Да, — сказала она и тоже швырнула трубку.

Поистине, эти женщины несдержанны! Взять мою бывшую жену Зинаиду. Вместо того чтобы дать мне развод, как я того просил, она устроила целый отвратительный скандал. А ведь я был к ней добр. Кроме того, что она очень красивая женщина, право слово, никаких других достоинств у нее не было и нет. Недалекая, скверно образованная, да еще с чувством юмора, которое я не побоюсь назвать дурацким. Да-да, именно так! Тупые шутки, которые раздражали меня двадцать четыре года. А если быть точнее, двадцать четыре года, три месяца и двенадцать дней. Когда мы, наконец, расстались, я почувствовал облегчение. То, что произошло потом, значения не имеет. Я полагаю, это была лишь сила привычки. Я ездил к ней исключительно потому, что привык видеть ее каждый день, а я человек, который с трудом меняет свою жизнь. Если я привык есть на завтрак шпинат, вряд ли кто-нибудь заставит меня отведать, ну, скажем, артишоки. Потому что артишоки и шпинат это далеко не одно и то же.

Вот так я понял, что остаюсь при своих. Мало того, мне придется хорошенько постараться, чтобы сохранить имеющуюся у меня недвижимость и капитал. Я испытал глубочайшее разочарование, трудно даже передать словами его силу.

Но потом я утешил себя той мыслью, что у меня осталась Анжела. Моя женщина, которая ждет моего наследника. Я довольно долго не думал о продолжении рода, потому что всему свое время. Я веду здоровый образ жизни. Во-первых, я вегетарианец. Не пью и не курю, это само собой. Раз в год прохожу все положенные обследования: делаю флюорографию, в обязательном порядке посещаю проктолога, на предмет рака прямой кишки, потом окулиста, который контролирует мое зрение. Сдаю кал, мочу и кровь, обязательно и на сахар. В результате такого обследования я каждый год узнаю, что отмеренный мне срок жизни не менее ста лет, я и живу в соответствии с этим.

Досадной неприятностью явился случившийся со мной инфаркт. Я полагаю, это вина Зинаиды. Она меня доконала своими шуточками, и я подозреваю в этом злой умысел. Она это сделала, не побоюсь сказать, *намеренно*. Потому я с ней и развелся. Исключив элемент риска из своей жизни, иначе говоря, свою первую жену, я почувствовал себя гораздо увереннее и бодрее. И как следствие этого, зачал ребенка.

Второй телефонный звонок застал меня, признаться, врасплох. Как гром среди ясного неба, если выражаться языком народных пословиц и поговорок, что я себе позволю, поскольку перехожу к сути и дабы было понятнее мое состояние. Я на незапланированный звонок ответил, потому что ждал результата ряда тестов, у меня даже язык не поворачивается это сказать, на репродуктивность. Эту унизительную процедуру я прошел лишь для того, чтобы убедиться в состоянии своего, так сказать, мужского здоровья. В чем я никогда не сомневался.

— Господин Царев, вы не можете иметь детей, — сказала мне очередная молодая нахалка. И я во второй раз за этот день переспросил:

— Вы не ошиблись номером?

— Господин Царев?

— Он самый.

— Иван Иванович?

— Да, это я.

— Вам шестьдесят девять лет, верно?

— Совершенно точно.

— Так чего вы хотели?

— Но моя э-э-э... жена ждет ребенка.

— Поздравляю! Как только он родится, я бы посоветовала вам сделать тест ДНК. Хотя я и без того уверена в результате, — хихикнула девчонка. — Вам наставили рога! Хотите подробностей — приезжайте за документами, — и она швырнула трубку.

К этому моменту я уже возненавидел всех женщин на свете. Я и без того их терпеть не могу, эти низшие существа, которые занимаются всякими мерзостями. Все они нечистые, все, без исключения — с грязными помыслами. И все как одна — обманщицы.

С этими мыслями я и подъехал к воротам моего дома. Мне не терпелось объясниться с моей женщиной, которая утверждала, что ждет от меня ребенка. К моему огромному удивлению, в доме никого не было. Я подумал, что иногда полезно возвращаться домой раньше назначенного срока. Вокруг одни разгильдяи! Взять охранника на въезде в поселок! Он даже не вышел из своей будки, чтобы меня поприветствовать! Я подозреваю, что его вообще там не было! А если, к примеру, воры? Надо будет поставить вопрос ребром на общем собрании жильцов по поводу этого откровенного безобразия.

Впрочем, подобное же безобразие творится и в моем собственном доме, потому что мне даже дверь никто не открыл! Я засомневался, есть ли в доме люди хоть какие-нибудь? Потом явственно услышал доносящиеся со второго этажа стоны. Больше всего на свете я ненавижу разврат, а то, что я услышал, было очень похоже на разврат. Поэтому я для начала зашел в свой кабинет, чтобы вооружиться против разврата. Сам не осознавая того, я шел по лестнице на цыпочках, сжимая в руке пистолет. Думал я в этот момент исключительно о сорвавшейся сделке. О том, что могу потерять все свои деньги. Лишь потому, что моя голова была занята этими мыслями, я и не контролировал свое тело, которое, стыдно сказать, жило само по себе. В тот момент, когда я был занят важными для меня делами, оно вдруг возненавидело всех без исключения женщин, я физически чувствовал, как эта ненависть терзает все мои члены, те, что находятся ниже моей шеи. Голова, как я уже сказал, была отдельно, а все остальное, в частности рука... Все это вышло из-под моего контроля. Извините, я говорю немного сбивчиво, но вы должны понять мое состояние. Эти развратные стоны не шли ни в какое сравнение с тем, что я увидел в собственной, прости меня господи, спальне.

Всю свою жизнь я старался выражаться о половом вопросе крайне деликатно. Продолжение рода есть ответственный процесс, не имеющий никакого отношения к разврату. А то, чем занималась *моя* женщина, было похоже на, извините меня, половую вакханалию. Этого я вынести не мог.

Я сам не помню, как нажал на курок. Это произошло машинально, когда я увидел свою женщину в постели с каким-то мальчишкой в недвусмысленной позе. Он завизжал и вскочил, и понесся прямо на меня. Я тоже, кстати сказать, машинально отошел. Что касается моей женщины, то мне пришлось выстрелить в нее еще раз. Эта вторая пуля предназначалась чужому ребенку, которого мне пытались навязать. Я так понимаю, это был ребенок только что сбежавшего мальчишки. Кстати, потом я недосчитался своего плаща, между прочим, дорогого. Им мальчишка прикрыл наготу, выбегая из моего дома, а уж куда он делся... Само собой, и плащ. То есть, я понятия не имею, как ему удалось покинуть вверенную мне территорию, будучи никем не замеченным? Мальчишку на следующий же день нашли мои люди по адресу, найденному в записной книжке моей бывшей невесты в разделе «Маникюр, педикюр». Она всегда была безграмотной, раз не могла отличить маникюр от массажа. И, честно сказать, не знаю, что было дальше с моим обидчиком. Я этим не интересовался.

Но в тот момент я еще плохо соображал. Вдруг рядом раздался голос:

— Иван Иваныч, что же вы наделали!

— А что я наделал? — я все еще сжимал в руке пистолет и думал об уплывшем из моих рук богатстве.

— Вы ж ее убили!

— Да? — я с сомнением посмотрел на лежащую в кровати темнокожую женщину, как выяснилось, совершенно мне чужую, а теперь еще и мертвую. — А ведь и в самом деле.

Вот тут я начал приходить в себя.

— Ты кто? — спросил я женщину, стоящую рядом.

— Анисья, прислуга ваша.

— Ты здесь одна? — строго спросил я.

— А как же!

— Ты вот что... — Я поморщился. Еще одна гадина. Женщина. — Помоги мне здесь.

— Но как же? Ведь в полицию надо!

— Не надо в полицию. Сколько ты хочешь денег?

— Мильон! — выпалила она.

— Рубли, доллары, евро? — спросил я, как всегда при заключении сделки.

— Долларов!

— Хорошо. Мы договоримся. Давай-ка, прибери здесь все. Окажи мне любезность. Э-э-э...

— Анисья.

— Анисья. — Я попытался запомнить ее имя, для чего всерьез сосредоточился.

— Я знаю, как вам помочь! — торопливо заговорила она. — Ваша жена задумала вас извести.

— Какая жена? — удивился я. — Эта? — я глазами указал на лужу крови, растекающуюся по белоснежной простыне.

— Нет! Другая! Настоящая!

— Ты говоришь о Зинаиде?

— Да!

И мне поведали чудовищную по своей сути историю. О том, что здесь должно было случиться, не вернись я именно сегодня, а не как ранее планировал, завтра к обеду. Я сразу подумал, что вторая предательница должна быть наказана, как наказана первая. Я почувствовал, что Анисья ненавидит Зинаиду и понял причину. Моя первая жена — высокомерная красавица. Женщины ее терпеть не могут, все без исключения. И только она, наивная, может рассчитывать на их преданность и, ха-ха, дружбу. Анисья мало того, ее предала, но сделала это с наслаждением.

— Я лучше возьму деньги от вас, чем от нее, — сказала она.

Так мы и договорились. Она пообещала, что все устроит, и взялась отвлекать охранника, пока я вывозил тело моей бывшей женщины в лес. Оказалось, он, охранник, любовник Анисьи. Имя его, кажется, Павел. А может, и Андрей. Я не помню, чтобы за воротами мне встретилась машина. Но я, признаться, почти ничего не помню из событий того вечера. В частности, не помню, как я резал ее лицо перед тем, как закидать ветками, имеется в виду лицо моей бывшей женщины. Мне надо было на ком-то выместить злость, а она попалась под руку уже мертвой. Вот я и... Мягко скажем, не сдержался.

В это время Анисья все прибрала, и когда я вернулся, мы стали выстраивать схему, как обвинить во всем Зинаиду. А на следующий день я поехал к ней, чтобы подбросить ей пистолет...

— Теперь мне все понятно, — я невольно вздрогнула. — Я поняла, почему у тебя руки дрожали и даже подбородок трясся. Я думала, ты переживаешь за Анжелу. А ты ее убил и боялся, что тебя разоблачат! Ты дрожал от страха за себя!

— Я знал, что ты рано или поздно догадаешься, — устало сказал мой муж. Все еще муж! Когда он выговорился, то словно сдулся. Взгляд сделался безжизненным, щеки запали. — Ты ведь сообразительная и наблюдательная. Поэтому я добился твоего освобождения под залог. Я знал, что если у тебя будет много свободного времени, чтобы как следует подумать, то ты поймешь, что это я убил Анжелу. И я решил, что на свободе ты наделаешь глупостей и тем самым усугубишь свое положение. Ты и в самом деле сбежала из-под домашнего ареста. И если бы не этот свидетель... — он поморщился. — Ума не приложу, откуда он взялся?

— А зачем ты решил меня отравить?

— Ты начала действовать совсем не в том направлении. Я испугался, что ты перевербуешь Анисью. Единожды предавшим доверять нельзя. И я велел ей тебя отравить.

— Я не буду писать заявление в полицию и увеличивать тебе срок. Ты и так надолго сядешь.

— Зина! — его подбородок затрясся. — Я за этим тебя и позвал... Ты ведь прекрасно знаешь, что я не выдержу тюремного заключения. У меня ведь больное сердце, мне хватит и пары лет, чтобы...

— Господи, Иван! Ты плачешь?! Впервые в жизни я вижу тебя плачущим!

— Помоги мне, Зина! Ты еще молода...

— Я тебя не понимаю...

— У тебя ведь есть ее показания. Анисьи. Ты записала их на диктофон.

— Откуда ты знаешь?

— Она мне сказала. Возьми все на себя, я тебя прошу. Умоляю... — прохрипел он.

— Что ты сказал?!

— Скажи, что это ты убила Анжелу. Нет-нет! — замахал руками он. — Не убила! Всего лишь отдала приказ! А взамен...

— Что взамен?

— Я предлагаю сделку, — он облизнул сухие старческие губы. — Документы о разводе готовы.

— Я с удовольствием их подпишу.

— Не торопись. Я меняю условия. Все — тебе. Понимаешь?

— Нет.

— Я отдаю тебе все. Особняк на Новой Риге, московскую квартиру.

— А недвижимость за границей? — насмешливо спросила я.

— Ты и об этом знаешь?!

— Алла сказала. Я с ней недавно встречалась, так что, Иван, я знаю все.

— Хорошо. Ее я тебе тоже отдам. Заграничную собственность. Оставлю себе самую малость.

— Я положу тебе пенсию, скажем, э-э-э... В тридцать тысяч.

— Долларов? — жадно спросил он.

— Рублей. Ты же старик, тебе много не надо.

— Но где я буду жить?

— Здесь. Я пошутила, Иван. Мне не надо твоих денег.

— Я оставлю тебя без копейки! — пригрозил он. — Ты согласилась с моими условиями развода. Тебе придется судиться до бесконечности, чтобы все отменить.

— Я не собираюсь тратить на это время. Мне ничего не надо. Ни твоего дома, ни квартиры. Ни твоих денег. Понимаешь, Иван? Ничего.

— Ты не понимаешь, от чего отказываешься! Зина! Это же миллионы! — с придыханием сказал он. — Миллионы долларов! В обмен на... На несколько лет, которые ты проведешь в тюрьме.

наталья Андреева

— Видишь ли, я, похоже, жду ребенка. И мне вовсе не хочется, чтобы он родился в тюрьме.

— Ребенка?! От кого?!

— От мужчины. Почему ты так уверен, что я не могу найти себе мужчину? Как видишь, нашла, и очень быстро. И даже уже беременна.

— Кто он? — жадно спросил муж.

— Не беспокойся, не олигарх. Обычный человек, но, в отличие от тебя, совершенно здоровый. Репродуктивные функции в норме, — с насмешкой сказала я. И в доказательство похлопала по своему животу.

— Тем более! Если ты беременна, ты вообще не сядешь! — с воодушевлением сказал муж. — Это же наше спасение!

— Ошибаешься. Спасай себя сам. — Я встала.

— Зина! — он вдруг рухнул на пол и неловко встал на колени. А потом пополз ко мне. Я стала за себя опасаться. Еще немного, и я сломаюсь. Я его пожалею, и...

Тут я вспомнил, сколько пережила за этот месяц. Унизительный обыск в квартире, изматывающие допросы, клевету, потом тюремное заключение. А перед этим? Когда он угрожал мне разводом? Когда собирался вышвырнуть на улицу без денег? Это человек без совести, без сердца. И он меня все равно обманет. Наверняка уже строит планы, как ему вернуть все. Главное, свободу. А там уж он меня прижмет, можно не сомневаться. Это же Царев!

— Выбор простой, Иван, — сказала я, брезгливо отстраняясь от дрожащих старческих рук, которые пытались вцепиться в мой подол. — Одному из нас достается свобода, другому миллионы. Лично я выбираю свободу. А ты... Ты всегда любил деньги. Следовательно, тебе — миллионы. Я их тебе оставляю, причем все. Наслаждайся!

И я вышла, стараясь не оглядываться. Я слышала, как он плакал. Беспомощный одинокий старик остался за моей спиной. Миллионер, коллекционер всего элитного. Убийца... Почему я должна его жалеть? Он бы меня не пожалел. Я и так оставляю ему все, хотя могла бы оспорить документы о разводе, по которым я от всего отказываюсь. Я ведь их еще не подписала. Но я приняла условия сделки: одному достается свобода, другому миллионы. Я выбираю свободу.

Придя домой, я первым делом уничтожила диктофонную запись с «признаниями» Анисьи. Потом выпила чашку чая, приняла ванну и стала дожидаться Яна. Больше меня адвокаты моего бывшего мужа не беспокоили.

...Еще через неделю меня снова вызвали к следователю. Я, было, заволновалась, ведь от Ивана Иваныча можно ждать всего. Но, как выяснилось, волновалась напрасно. Новость, которую мне сообщили, я приняла спокойно:

— Вчера в тюремной больнице умерла главная свидетельница по вашему делу, Анисья Переверзева.

— Отчего же она умерла?

— У нее был целый букет хронических заболеваний. Видимо, нервы сдали, она ведь поняла, что срок теперь вряд ли будет условным. Вот организм и не выдержал.

— Тут ее тоска взяла, и царица умерла.

— Что?

— Я говорю, бывает.

— Без ее показаний вам на суде будет проще.

— Я догадываюсь. А... мой муж?

— Условным сроком он вряд ли отделается. Хотя его адвокаты стараются. Суд, конечно, сделает снисхождение на возраст, на состояние здоровья... Скажите честно, вы будете его топить или станете помогать?

— Я его ненавижу, но не настолько, чтобы потерять лицо. Месть — это удел недостойных. Что касается меня, я выхожу замуж и уезжаю из Москвы.

— Куда?

— В провинцию. Мы с будущим мужем облюбовали хутор на самой окраине московской области. Людей там нет, место тихое.

— А чем будете жить?

— Решили заняться сельским хозяйством.

— Вы и... деревня?! Никогда не поверю!

— И напрасно. Я провела там детство. Моя мама родом из деревни. Если хотите — зов предков, — я усмехнулась. — Кстати, у моего будущего мужа тоже деревенские корни, он мое решение поддержал.

— Так это было ваше решение?

— Да. Мое.

— А как зовут вашего будущего мужа, позвольте спросить?

Я смешалась:

— Зачем это вам?

— Дайте-ка я вам погадаю... Мне кажется, у него очень редкое имя. Что-то типа Федота. Или Касьяна? Что-то очень русское, так сказать, из глубины веков.

Я вспыхнула:

— И что вы этим хотите сказать?

— Просто предупредить хотел: будьте осторожнее, Зинаида Андреевна. В уголовном кодексе есть статья за лжесвидетельство. И хотя вина вашего мужа... Я имею в виду бывшего мужа, не будущего. Вина господина Царева полностью доказана... Мы нашли гостиницу, где он ночевал после того, как отвез тело своей темнокожей сожительницы в лес. Есть показания администратора. Царева хорошо запомнили. Да и нож, наконец, нашелся. В доме у вашего супруга. Клинок плохо отмыли, и это еще одна важная улика. Но все же, лжесвидетельство... Чего не сделаешь ради красивой женщины, ведь так? — неожиданно подмигнул он. — А вы

наталья АНДРЕЕВА

очень красивая женщина. Как мужчина я его понимаю. Павлова.

— Я понятия не имею, о ком вы говорите, — твердо сказала я.

— Вы плохо выглядите, Зинаида Андреевна, — сочувственно сказал он.

— Я жду ребенка.

— Ах, вот оно что... Тогда не буду вас больше задерживать. Поздравляю вас с новым замужеством и с... — он глазами указал на мой живот.

— Спасибо.

К двери мы направились вместе. Открыв ее и пропуская меня вперед, он нагнулся и шепнул мне на ухо:

— Молодец. Я не знаю, кто это придумал, но он молодец.

Я сделала вид, что не расслышала.

Как же долго я спала!

Прошло три года...

Нет, начать надо не с этого. С суда, который состоялся через два месяца после нашего разговора и где мне, как и предполагалось, присудили два года условно. Моя беременность сыграла в этом далеко не последнюю роль, в стране с демографией не очень, и женщин, у которых в чреве подрастают новые граждане, вроде как берегут.

К тому моменту мы с Яном уже купили облюбованный домик в деревне. Я продала все свои бриллианты, все до единого, а коллекция была неплохая. И еще я подписала документы о разводе, отказавшись от всего имущества Ивана Иваныча и, само собой, от денег. Суд поставил в этом деле точку: я навсегда рассталась с прошлым.

Первую зиму нам было очень тяжело. Но мы ее пережили. А весной пригрело солнышко, зазвенела капель, потом вокруг нашего дома забурлила вода. И хотя мы какое-то время не могли выйти за порог, душа все равно пела, потому что пришла долгожданная весна. Вместе с вешними водами ушла и наша тоска. Мы забылись работой, которой оказалось невпроворот.

А летом у меня родился первый ребенок, девочка. К этому времени мы с Яном уже перестали бояться. Бояться, что нас завалит снегом, что кончатся продукты, что мне вдруг станет плохо или что-то случится с моим мужем, а, я, беременная, страдающая мигренями и токсикозом, не смогу ему помочь. Господь справедлив, он бережет тех, кто никому не делает зла, а всякое наказание, каким бы суровым оно ни было, является заслуженным. Люди просто не задумываются над тем, как они живут и есть ли во всем этом смысл, а главное, достойно ли их существование награды. И уж конечно, все они думают, что недостойны порицания. Смешно.

Новую жизнь не поздно начать и в сорок лет, и в пятьдесят, да и в шестьдесят еще не поздно. Надо только набраться смелости.

Мы стали фермерами, и дела не сразу, но пошли. Постепенно мы обросли клиентурой, и за лето стали зарабатывать столько, что хватало на всю долгую зиму и на раннюю весну, вплоть до того момента, пока не заедут дачники. Летом наш маленький городок (мы живем на хуторе в двадцати минутах езды) мало чем отличается от курортного южного местечка. Те же толпы людей, узкие улочки, забитые машинами, бешеные цены на все. Дачники, в особенности москвичи, жадно хватают все деревенское, отлично идут домашняя сметана и творог, еще лучше парное мясо. Да, мы с Яном на этом зарабатываем, но мы ведь трудимся не покладая рук.

Недавно я услышала в магазине, куда зашла за приданым для очередного малыша, такой диалог:

— ...а она мне говорит: а что? Украду пять миллионов, отсижу пять лет, а потом куплю себе квартиру. Чем за копейки-то работать и на всю жизнь в рабство к банку — за ипотеку.

— И правильно!

Тюрьма уже никого не пугает, вот до чего дошло. Воровство сделалось нормой жизни, каждый только и смотрит: где бы украсть? Уже не хватает на всех того, что можно разворовать, слишком много желающих. Это просто какая-то вакханалия воровства! И не было на свете ни одного человека, кроме моего мужа, который понял бы мой поступок и уж тем более одобрил. Я имею в виду мой отказ от миллионов и имущества господина Царева.

— Да подумаешь! Отсидела бы, зато вышла из тюрьмы миллионершей!

Мне иногда позванивают бывшие приятельницы, чтобы позлорадствовать. Ну как это я, Зинаида Царева, дою корову! И кручу банки с огурцами!

— А я сейчас в Ницце, — щебечет очередная гламурная болтушка. — Погода супер! А какие зажигательные вечеринки! Шампанское льется рекой! Да ты помнишь Ниццу...

Да, помню. Но не жалею о том, что меня сейчас там нет. Потому что это бессмысленное времяпрепровождение, а шампанское льется рекой, чтобы заглушить тоску, ведь все эти люди теперь боятся. Боятся, что кончатся деньги, ворованную собственность отберут, на покровителя, под чьим крылышком все это устроилось, заведут уголовное дело. Боятся, что власть сменится или народ проснется, боятся передела собственности и борьбы кланов. Проще сказать, чего они не боятся! И если вдруг это случится, начнутся изматывающие допросы, а заграничные вояжи прекратятся, ведь те, на кого заведено уголовное дело, становятся невыездными. И придется отдать все, чтобы сохранить свободу. А что с ней делать, когда денег нет? Свобода без денег — это тюрьма, с глухими стенами из желаний, которые нет возможности удовлетворить. Начинается конфликт между «хочу» и «могу», когда первое по-прежнему не знает удержу и напоминает рвущегося на старт племенного жеребца, а что касается второго, оно теперь похоже на волкодава, запертого в конуре. Он там еле помещается и все время скулит от тоски. И душа наполняется ненавистью ко всему человечеству, желанием кого-нибудь убить, которое с каждым днем делается все сильнее. Подчас это становится невыносимым. Так и до самоубийства недалеко, а уж до алкоголизма рукой подать.

— ...Ты слышала, Аллу-то посадили!

— Да ты что?

— Дали семь лет. Она не ожидала. Теперь надеется на УДО.

— А как твой? Я имею в виду мужа.

— У меня все в порядке! — слишком уж поспешно. — Ну, пока!

Пока я не начала выпытывать подробности. Пока она в Ницце, а я в деревне.

Я поняла только, что правильно сделала. Из этого безумного мира надо бежать, чтобы самой не сделаться сумасшедшей. Сумасшедшей потребительницей.

От Яна я узнала, что Иван Иванычу дали четыре года, и не условно, как мне. Сама я на суд не поехала, отговорилась болезнью. После родов мне требовалось восстановиться, все-таки возраст, да и ребенка оставить было не с кем, не кормить же его грудью в зале суда? Как бывшая жена я могла отказаться свидетельствовать против близкого мне человека, а защищать Царева — увольте! В общем, не поехала. Да и подробности слушать не стала: осудили так осудили. Четыре года мой бывший муж должен был отсидеть за убийство Анжелы Свиридовой. Мало, конечно, его адвокаты постарались, но для его здоровья и это являлось смертельным приговором. Так и вышло: через полтора года после состоявшегося над ним суда Иван Иванович Царев умер в тюремной больнице от сердечного приступа.

Я не поехала на похороны. Да меня, признаться, никто и не приглашал. Мы ведь теперь были друг другу никто, чужие люди. Я даже не знаю, где Царев похоронен, да мне это и не интересно. Я вообще теперь Павлова. У меня давно уже своя жизнь, далекая от того, что было раньше. Я стараюсь не вспоминать о прежней.

А через пару месяцев после того, как до меня дошла весть о смерти Царева (лето уже вошло в зенит), к моему дому подкатила машина. Я не ждала гостей. Работы, как всегда, было невпроворот, завтра мы с Яном собирались поехать на рынок с очередной партией товара. Я сама предпочитала стоять за прилавком, Ян слишком уж мягок, всем готов сделать скидку, поэтому ему я доверяю только рубить мясо и мариновать шашлык. Я-то по одному лишь взгляду могу определить, есть у людей деньги или они еле сводят концы с концами. И если я вижу, что у них

наталья Андреева

есть деньги, будьте уверены, они получат все самое лучшее по максимальной цене. Не будь я Зинаида Царева. Да, за прилавком я Царева, это дома Павлова, когда ласковой кошечкой вьюсь около любимого мужа. Дома он хозяин, зато на работе я госпожа. Так и живем. И никто не жалуется.

Вот и сегодня я составляла список заказов, которые* надо было выполнить. Ян знает умопомрачительный рецепт шашлыка, и занятые люди, денежные, разумеется, предпочитают приехать на рынок и взять у нас готовое мясо, чем возиться самим. Это наша работа, и мы выполняем ее добросовестно. Я даже вынуждена некоторым отказывать, потому что не успеваю. Хотя беременность переношу легко, да и роды не показались мне трудными. С коровой иной раз управляться труднее, у нее норов тот еще, держу ее лишь потому, что молока — залейся. Приходится терпеть норовистую скотину, от нее немалая прибыль.

— Хозяйка дома?

Я вышла на крыльцо. Выбеленная перекисью фифа, одетая в узкие брючки и куцую кофтенку, да еще в босоножках на огромных каблуках стояла у ступенек, не решаясь шагнуть дальше. Ну, кто в таком виде едет в деревню?!

— У вас тут грязно, — сморщила она носик.

— Чем обязана? — окинула я ее ледяным взглядом. Очередная клиентка?

— Я племянница вашего бывшего мужа.

— Вот как? Никогда не слышала о том, что у Иван Иваныча есть родственники!

— Я внучатая племянница. Двоюродная.

— В общем, седьмая вода на киселе. Понятно. Что ж, проходите. — Я посторонилась.

На заднем дворе Ян готовил шашлык для завтрашнего рынка, а наша дочка играла в песочнице, у него под присмотром. Я же занималась бухгалтерией, одновременно борясь с тошнотой. Мне, право слово, было не до гостей. Но девица оказалась настойчивой. Уходить она не собиралась.

— Садитесь, — предложила я скрепя сердце. — Молоко будете?

— Из-под коровы?

— Нет, из пакета. Девушка, вы в деревню приехали.

— Спасибо, я кушать не хочу, — поежилась она.

— Понятно. Лучше глотать пестициды вместе с магазинными огурцами, чем употреблять микробов, кишащих в парном молоке. Что у вас за дело? Говорите быстрее, я не располагаю временем для долгой беседы.

— Вот вы какая-а... — протянула она. — Мне говорили...

— Что вам говорили?

— Вы ведь знаете, что ваш бывший муж умер?

— Царев? Да. Знаю.

— И что вы собираетесь делать?

— Ничего.

— Я имею в виду наследство, — она вспыхнула. Девочка, если бы я хотела, я бы стерла тебя в порошок. Потому что ты — дешевка. А твои адвокаты — они идиоты. Иначе бы ты не приехала ко мне. Неосмотрительно давать мне в руки оружие против себя. Теперь я знаю, что у тебя с наследством проблемы.

— Я на него не претендую.

— Но мне сказали... — она судорожно сглотнула. — Что вы могли бы о... оспорить. Большая часть собственности моего дедушки была нажита в браке с вами.

— Дедушки? — прищурилась я.

— Внучатого дедушки... Господи, я не знаю, как это называется!

— Кто вас нашел?

— Адвокаты.

— Сколько они запросили?

— Не поняла? — ее взгляд был наивным и беспомощным.

— Вы должны будете с ними поделиться, коли вам удастся заполучить наследство вашего ну очень дальнего родственника. Мне интересно, какой процент они с вас слупят? Десять? Двадцать? Неужели пополам? Кстати, мой бывший муж разве не оставил завещания?

— Нет.

— Похоже на Ивана.

— Он не... не успел. Он не собирался умирать. Говорят, перед смертью он звал вас.

— Это сила привычки. Когда ему хотелось сказать очередную гадость, он искал меня. Иван хотел перед тем, как отойти в мир иной, убедиться, что я прозябаю в нищете и глубоко несчастна. Хорошо, что меня рядом не оказалось. Он хотя бы умер спокойно.

— Но кто-то должен все это унаследовать? Там же миллионы!

— Вы одна или с кем-то?

— Не поняла?

— Есть еще претенденты на наследство?

— Внучатый племянник.

— Значит, в ближайшее время мне опять ждать гостей, — я вздохнула. — А вы не слишком молоды для таких денег?

— Вообще-то я представляю интересы моих родителей. Моя мама — дочь двоюродной сестры вашего бывшего мужа.

— Господи, как все запущено! Слушайте, разбирайтесь сами.

— Так вы не претендуете? — она уставилась, на меня, не моргая.

— Я вполне довольна своей жизнью.

— Но чем? Чем тут можно быть довольной?! — воскликнула она с ужасом.

И в этот момент вошел Ян.

— Любимая, у нас что, гости? А ты мне ничего не сказала.

Да, он зовет меня так: любимая. А еще «милая», «солнце мое». Завидуй, девочка! И вали отсюда в Ниццу или в Канны. Вали поскорее.

наталья Андреева

— Девушка уже уходит. Ян, ты оставил Аню одну?!

— Всего на минуту, — он виновато улыбнулся. — Чтобы проверить: как ты?

— Идем скорее!

Я выскочила во двор. Напрасно я волновалась. Аня — очень спокойная девочка. У нее взгляд, как у взрослой. Я не читаю ей сказок. Боюсь услышать вопрос:

— Мам, а почему принц не носил очки?

Хотя она еще маленькая. Все свои вопросы она задаст мне потом, когда подрастет.

— Так что я должна делать? — спросила мне в спину незваная гостья.

— Я не собираюсь тратить время в судах, — равнодушно сказала я. — Мы с мужем давно уже это решили. Никаких судов. И вообще от всевозможных институтов власти лучше держаться подальше. Вот еще генератор купим, и наше маленькое хозяйство станет полностью автономным. Мы и так уже только за свет и платим. Ну, еще за место на рынке. Пусть все катятся к чертям, правда, Ян? От государства, которое тебя постоянно кидает, надо отделяться. Мы теперь сами по себе. А деньги заработаем. Никаких судов.

— Я так и передам своим адвокатам. Всего хорошего. А у вас мальчик или девочка? — она с чисто женским любопытством посмотрела на мой выпирающий живот.

— На этот раз мальчик.

Когда она уехала, Ян спросил:

— Что она хотела?

— Узнать, буду ли я судиться за деньги Царева.

— А ты будешь?

— Только если ты об этом попросишь.

— Мне ничего не надо, — он замотал головой. — У меня все есть.

— Я ей так и сказала. Ну? Пойдем работать?

...Прошло три года. Вот теперь уже можно об этом. Три года — срок, во время которого можно подать иск по гражданским делам. Срок истек — дверца захлопнулась. Наследство Иван Иваныча потеряно для меня навсегда. Я даже не хочу знать его судьбу. Кто победил, внучатый племянник или племянница? У меня уже двое маленьких детей, и я кручусь, как могу.

Отдыхаю я зимой. К вечеру мы с мужем жарко натопим печку, чтобы за ночь не остыла, я напеку пирогов, всех накормлю, уложу детей спать. И мы какое-то время сидим молча и смотрим на огонь. Это наш маленький мир, снежной зимой полностью отрезанный от большой земли. И мы на этом острове одни. Любви не в тягость даже молчание, когда мужчина и женщина одни на всем белом свете. Когда в их отношения никто не вмешивается, не дает советов, в общем, когда о них все забывают. Поэтому наша с Яном любовь только крепнет. Моя жизнь изменилась, как я того просила. Когда она только начала меняться, я должна была

наталья Андреева

принять решение: начать все с нуля или тащить за собой хвост из прошлого, который настолько длинный, что никогда не даст захлопнуть дверь, так и будет цепляться за порог. И всегда останется щелочка, в которую будут просачиваться призраки и терзать душу. Искушать.

«А можно было бы сейчас где-нибудь под пальмой, на бережку...»

Поэтому я и закрыла дверь. Совсем. Надеюсь, я приняла верное решение.

BC 3/22

Литературно-художественное издание
Әдеби-көркем басылым

БЕСТСЕЛЛЕРЫ НАТАЛЬИ АНДРЕЕВОЙ

Андреева Наталья Вячеславовна
БРАКИ РАСТОРГАЮТСЯ В АДУ

Редакционно-издательская группа «Жанровая литература»
Зав. группой *М. Сергеева*
Ведущий редактор *Н. Ткачёва*
Технический редактор *Н. Духанина*
Компьютерная верстка *Е. Коптевой*

Общероссийский классификатор продукции
ОК-034-2014 (КПЕС 2008): — 58.11.1 — книги, брошюры печатные

Произведено в Российской Федерации. Изготовлено в 2021 г.

Изготовитель: ООО «Издательство АСТ»
129085, г. Москва, Звёздный бульвар, дом 21, строение 1, комната 705, пом. I, 7 этаж.
Наш электронный адрес: www.ast.ru
https://vk.com/janry_ast
https://www.facebook.com/Janry.AST/

«Баспа Аста» деген ООО
129085, г. Мәскеу, Жулдызды гүлзар, д. 21, 1 құрылым, 705 бөлме, пом. 1, 7-қабат
Біздің электрондық мекенжайымыз : www.ast.ru

Интернет-магазин www.book24.kz
Интернет-дукен: www.book24.kz
Импортер в Республику Казахстан и Представитель по приему претензий
в Республике Казахстан — ТОО РДЦ Алматы, г. Алматы.
Қазақстан Республикасына импорттаушы және Қазақстан Республикасында
наразылықтарды қабылдау бойынша өкіл «РДЦ-Алматы» ЖШС. Алматы қ.,
Домбровский көш., 3-а», Б литері офис 1. Тел.: 8(727) 2 51 59 90,91
(факс): 8 (727) 251 59 92 ішкі 107;
E-mail: RDC-Almaty@eksmo.kz , www.book24.kz Тауар белгісі: «АСТ»
Өндірілген жылы: 2021
Өнімнің жарамдылық; мерзімі шектелмеген.

Подписано в печать 27.04.2021. Формат 70x90¹/₃₂.
Гарнитура «Journal». Печать офсетная. Усл. печ. л. 14,0.
Тираж 4 000 экз. Заказ 1822.

Отпечатано с электронных носителей издательства.
ОАО "Тверской полиграфический комбинат". 170024, Россия, г. Тверь, пр-т Ленина, 5.
Телефон: (4822) 44-52-03, 44-50-34, Телефон/факс: (4822)44-42-15
Home page - www.tverpk.ru Электронная почта (E-mail) - sales@tverpk.ru

ISBN 978-5-17-135157-1

16+

ЧИТАЙ·ГОРОД
book 24.ru

Официальный
интернет-магазин
издательской группы
«ЭКСМО-АСТ»